KNAUR

Über die Autorin:
Ihre ersten Geschichten erfand Mareike Marlow im Urstromtal der Isar, wenn sie dort mit ihrem Hund auf Entdeckungstour war. Als junge Frau in Berlin gestrandet, genoss sie zwar die Annehmlichkeiten der Großstadt, die niemals schläft, doch tief im Herzen wuchs die Sehnsucht nach Landluft. Und so zog sie mit ihrem Mann von der Hauptstadt in ein wunderbares niedersächsisches Örtchen. Dort widmet sie sich ihrem Garten, stromert mit ihren Kindern durch die Natur und findet dadurch immer wieder neue Ideen für ihre Bücher.

Mareike Marlow

BLAUBEER MORDE

Kriminalroman

KNAUR

Rezepte: Markus Hummel, www.backbube.com

Besuchen Sie uns im Internet:
www.knaur.de

FSC
www.fsc.org
MIX
Papier aus verantwortungsvollen Quellen
FSC® C083411

Originalausgabe Februar 2016
Knaur Taschenbuch

Redaktion: Alexandra Baisch
Umschlaggestaltung: semper smile, München
Umschlagabbildung: Plainpicture / Tona Sturzenegger;
Kerstin Schoene / Shutterstock
Satz: Adobe InDesign im Verlag
Illustrationen:
Hintergrund (Papier): Shutterstock / pashabo
Hintergrund (Holz): Shutterstock / Liudmila Veledynska
Blaubeeren: Shutterstock / amiloslava
Druck und Bindung: CPI books GmbH, Leck
ISBN 978-3-426-51699-7

2 4 5 3 1

1

Ein Zitronenfalter landete auf dem Lauf der Pistole.

Abigail hatte weder mit Pistolen noch mit Schmetterlingen Erfahrung – aber der Anblick verstörte sie. Es fühlte sich falsch an, dieses zierliche Tier auf der todbringenden Waffe zu sehen.

Ungläubig starrte die junge Frau den Falter an, hielt die Waffe ganz ruhig in die warme Frühlingsluft und versuchte, ihn nicht zu verschrecken. Für einen Moment kam es ihr vor, als hole die Welt noch einmal Luft. Sie spürte die Sonnenstrahlen im Gesicht, hörte den Gesang der Vögel, das Plätschern des Bachs und roch die nasse Erde und das frische Grün. Hier, am sonnenbeschienen Bachufer, war alles voller Leben.

Die Pistole hatte sie aus ihrer Handtasche geholt, um sich zu beruhigen, um sie näher bei sich zu wissen. Sie rief sich Nicks Worte ins Gedächtnis, der ihr eingeschärft hatte, wie man die Waffe entsicherte, wie man zielte und abdrückte.

So lautlos, wie der Schmetterling gekommen war, flatterte er davon, glitt über die uralten Zaunpfähle, an denen Brombeeren und Rosen rankten, und flog den Bachlauf entlang. Schließlich trieb er mit dem lauen Frühlingswind in den Birkenhain auf der anderen Seite des Flüsschens.

Abigail musterte die Waffe in ihrer Hand. Erstaunlicherweise war Nicks Walther PPK warm. Die Sonne hatte das Metall erwärmt. Bisher hatte sie gedacht, Waffen seien kalt. Wie konnte etwas, das den Tod brachte, so angenehm warm sein? Mit einem unguten Gefühl steckte Abigail die Pistole in den Bund ihrer Jeans.

»Und wenn was schiefläuft?« Das waren Nicks Worte gewesen. Deshalb hatte er ihr die Waffe gegeben. Er war immer so voller Sorge. Sie hingegen dachte nur an Isla. Es war ausgeschlossen, dass ihr Plan fehlschlug. Er *durfte* nicht fehlschlagen. Schon Isla zuliebe nicht.

Doch der Gedanke an ihre zehnjährige Tochter konnte das flaue Gefühl nicht vertreiben.

Und wenn was schiefläuft?

Auf dem Grund des Bachbetts konnte sie das Laub des vergangenen Jahres erkennen. Zersetzt und modrig.

Wie alles aus meiner Vergangenheit, dachte Abigail. Alles stirbt und wird zu einem stinkenden Matsch, der sich an meine Fersen heftet und schlammige Spuren hinterlässt.

Ich werde niemals hierher zurückkehren. Nach Burgheide. Niemals wieder.

Wie zum Abschied blickte sie hinter sich über die Wiese. Dort führte die Straße entlang, auf der sie gekommen war. Die roten Ziegeldächer und der Kirchturm des Dorfes lugten über den sanften Hügel. Die Uhr am Kirchturm von Burgheide zeigte zehn nach neun. Abigail konnte sich noch an ihre Restaurierung erinnern und an das Dorffest zur Einweihung der neuen Glocken.

Sie strich ihre roten Locken aus der Stirn und schloss die Augen, während sie durchatmete. Sie spürte das Sonnenglitzern des Bachlaufs auf ihren Wangen.

Alles wird gut. Es wird alles gut, sprach sie sich Mut zu.

In einer Stunde fuhr der Bus, und wenn alles nach Plan lief, dann würde sie die Pistole nicht brauchen.

Es wurde Zeit.

Abigail gab sich einen Ruck, sprang über den Bach und versuchte, mit ihren Treckingschuhen nicht in den Morast zu geraten. Sie eilte den Trampelpfad am Ufer entlang. Die Waffe drückte bei jedem Schritt gegen ihre Hüfte.

2

Jana? … Soll das auch mit?«

Jana Hinrichs saß im Halbdunkeln da und starrte auf die leere Untersuchungsliege vor sich. Der taubengraue Kunstlederbezug war am Fußende durch die unzähligen Patienten, die sie hier untersucht hatte, abgeschabt.

»Jana?«, piepste eine verstellte Stimme. »Jaaaanaaaa …?«

Mit dem zerknüllten Papiertaschentuch, das sie seit Stunden in der Hand knetete, tupfte sie sich die Träne aus dem Augenwinkel. Normalerweise funkelten in diesen blauen Augen keine Tränen, sondern verschmitzter Frohsinn. Sie setzte ihre Brille wieder auf. Die vielen Fältchen um ihre Augen verrieten, dass sie oft lachte. Und genau dieses Lachen hatten ihre Patienten mit am meisten an ihrer Dorfärztin geschätzt. Jana hatte für jeden einen guten Rat und fuhr selbst in der Silvesternacht zum Hausbesuch – auch wenn das Kind mal wieder nur zu viele Weihnachtskekse gefuttert hatte.

Sie drehte sich auf ihrem Rollhocker um und sah einen grün-rot-geringelten Plüsch-Hirsch im Türspalt zappeln.

»Huhu! Jaaanaa! Darf ich mit dir mitfahren?«, fragte er mit seiner piepsenden Stimme. »Fabian und Ruth haben den Wagen vollgeladen. Aber ich kann noch reinhüpfen.« Aufgeregt wackelte er mit dem Kopf und blieb prompt mit seinem schlabbernden Filzgeweih an der Türklinke hängen.

Jana musste schmunzeln. »Ich fürchte, du musst hier in der Praxis bleiben. Doktor Fabian braucht dich doch in der Spielecke im Wartezimmer.«

»Wirklich?« Diesmal fragte Gustav mit sonorer Stimme. Der 67-jährige lugte in Arbeitslatzhose herein. Seine hagere Gestalt und sein zerfurchtes Gesicht erinnerten Jana stets an Alberto Giacometti. Vermutlich hatte dieser Künstler jedoch kein so ausgeprägtes Faible für Prinz-Heinrich-Mützen.

»Bist du sicher, dass du in deinem neuen Domizil keinen Mitbewohner brauchst?«, fragte er. »Das wird dir doch sonst viel zu einsam da draußen.«

»Einsam? Mir?« Jana stand auf und schob den Hocker unter den Schreibtisch, rückte ein letztes Mal die Tastatur des Computers zurecht, so wie sie es immer zum Feierabend getan hatte. »Du weißt gar nicht, wie sehr ich mich auf mich allein freue.« Sie stupste das Kuscheltier auf die Nase.

»Und auf einen guten Weißwein.«

»Einen guten Weißwein vor dem Kamin, genau. Und die Einzige, die mir ungefragt Gesellschaft leisten darf, ist Billie Holliday.« Sie setzte ein frohes Gesicht auf und öffnete die Tür ganz.

»Fünfunddreißig Jahre Notdienst, schnoddernde Kinder, humpelnde Bauern, keuchende Mamis. Also mir wird wirklich nichts davon fehlen.« Lächelnd schüttelte Jana den Kopf, so dass ihr grauer Bob wippte.

»Keuchende Mamis und jede Menge Leben. Du kannst mir erzählen, was du willst, Jana. Du wirst das alles hier in zwei Wochen schmerzhaft vermissen. Ich wette, du … Sind das etwa Tränen?« Der Hirsch hob einen Huf und deutete auf ihre Wange.

Jana lüpfte schnell ihre Brille und tupfte sie weg.

»Kumm erst mol her, ole Deern.« Gustav nahm sie in den Arm.

»He!« Sie sträubte sich gespielt. »*Ole Deern?* Das nimmst du zurück, du alter Kauz!« Doch seine Umarmung tat ihr gut. Für einen Moment legte Jana ihre Wange an seine knochige Brust. Sie konnte sich noch genau erinnern, wie sie sich vor zweiundfünfzig Jahren kennengelernt hatten. Natürlich auf dem Schützenfest. Ein halbes Jahrhundert, schoss es ihr durch den Kopf.

»Na gut, du *junger Hüpper*«, korrigierte sich Gustav und zupfte an ihren grauen Haaren. »Aaaalso, das lass dir mal von deinem greisen Kumpel sagen: Als ich die Flinte ins Korn geschmissen hab, da hab ich drei Tage nichts gegessen. Und Karuso – der hat da noch gelebt –, der hat drei Tage geheult, weil wir keinem Hasen mehr nach sind.«

»Gustav …«

»Aber meine Haare …«

»Gustav …«

»… aber meine Haare …«

»Gustav! Lass gut sein.« Wenn er erst mal in seinen Erinnerungen schwelgte, waren sie vor Sonnenuntergang hier nicht raus.

»Meine Haare …«, fuhr er fort. »Also die sind ja schlagartig wieder schwarz geworden. Echt.«

Jana prustete los. »Was für Haare denn bitte? Und außerdem – ich werfe die Flinte nicht ins Korn. Ich gebe nur die Praxis ab, das ist alles.«

»Na klar. Das ist alles. Ganz leicht nach fünfunddreißig Jahren.« Er hakte sie bei sich unter und führte sie durch den Flur.

Im Vorbeigehen setzte er den Hirsch auf den Tresen der leeren Rezeption.

Die letzten drei Tage hatte Jana gemeinsam mit Gustav und ihrer Freundin Ruth erst ihre Wohnung über der Praxis ausgeräumt und schließlich auch alles Persönliche aus den Räumen unten.

Mit Kartons unter dem Arm kam Fabian ihnen entgegen. »Wir sind so weit fertig. Das Büro erstrahlt in männlichem Glanz. Was ist mit den Bildern im Wartezimmer, überlässt du die mir, Jana?«

»Hab ich dir doch gesagt. Sicher.«

Der Vollbart ließ Doktor Fabian Kerner wesentlich älter erscheinen, als er war. Jana hatte lange nach einem Nachfolger für die Praxis gesucht, weil kaum Ärzte aufs Land ziehen wollten. Hier, irgendwo im Niemandsland zwischen Bremen, Hamburg und Hannover, gab es mehr Pferde als Einwohner. Burgheide zählte gerade einmal 3134 Seelen. Als sich letztes Jahr Fabian vorgestellt hatte, hatte sie erst gezögert. Nicht nur, dass Fabian frisch von der Universität kam, er hatte auch einen extra gestärkten Arztkittel und Bügelfalte in der Hose getragen. Konnte ein 32-jähriger Hamburger der Richtige für ihre Dorfpraxis sein?

Er konnte, denn in weniger als zwei Wochen hatte er sie mit seiner zupackenden Art und seinem Fachwissen überzeugt.

Die letzten Monate hatten sie sich die Praxis geteilt, und Jana hatte ihn in alles eingewiesen. Jetzt, nachdem Janas Vater verstorben war, hatte sie ihm angeboten, den Betrieb schon zwei Monate früher zu übernehmen.

Sie ging am Tresen vorbei und warf noch einen letzten Blick in das neu gestaltete Wartezimmer. »Hübsch geworden.«

»Danke.« Fabian hielt ihnen die Tür auf. Draußen begrüßte sie der Tag mit viel Sonne. Janas Landrover stand vollgepackt vor dem Eingang des Fachwerkhauses, in dem die Arztpraxis untergebracht war. Ein paar Meisen jagten sich über den Parkplatz und verschwanden piepsend im Knöterich, der das Haus beinahe vollkommen in Besitz genommen hatte.

»Du musst noch ein neues Schild anfertigen lassen.« Jana nickte zu ihrem gusseisernen Namenszug samt Äskulapstab.

»Ist schon in Auftrag.« Fabian schirmte seine Augen vor der Sonne ab. »Ein bisschen Bammel hab ich ja schon vor Montag.«

»Wieso, du hast den richten Händedruck, du kennst schon fast alle Patienten, und zur Not ist Ruth ja immer noch hier. Die greift dir bei den schwierigen Fällen unter die Arme. Und wenn's Fragen gibt, rufst du mich an.«

»So viel zu Weißwein und Kaminabend mit Billie Holliday«, frotzelte Gustav.

»Das ist das Stichwort … Ruth!«, rief Jana in die Praxis. »Komm! Wir wollen los.«

»Ihr drei fahrt die Sachen allein ins Häuschen?«, wollte Fabian wissen.

»Wieso?«

»Ihr wollt doch nicht die Standuhr und die schweren Bücherkisten selbst abladen.«

Ruth, die gerade aus der Praxis trat und ihren Sommerhut aufsetzte, bedachte Fabian mit einem beleidigten Seitenblick. Sie war ein paar Jahre jünger als Jana und arbeitete seit Ewigkeiten als Sprechstundenhilfe in der Praxis. »Hält der uns für alt?«

»Nein, nur für gebrechlich und schwach«, ergänzte Jana trocken.

»Na aber, Herr Doktor«, tadelte Ruth und zupfte sich den Hut in die Stirn.

»Fabian, kümmer du dich lieber um deine Praxis.« Jana öffnete die Fahrertür. »Wir schaffen das schon.«

»Nein, nein … Das kann ich nicht zulassen. Wirklich. Ihr fahrt voraus, und ich schlepp mit. Basta.«

»Aber …«

»Keine Widerrede, Jana.«

»Na gut. Du bist der neue Chef.« Lachend zog Jana eine bunte Schachtel mit Brot und Salz und einen Cognac aus ihrem Geländewagen. »Herzlichen Glückwunsch, Doktor med. Fabian Kerner. Alles Gute.«

Als sie Fabian das Willkommensgeschenk überreichte und ihn erröten sah, spürte auch sie Vorfreude. Alle Melancholie wich, und Jana packte das Fieber, endlich ihr neues Leben anzufangen. Es brauchte nur noch ein paar Umbauten.

3

Die Grillhütte war von ein paar Bauernjungen aufgestellt worden. Ein schwarz getünchter Holzbau aus Bohlen mit einer aus Feldsteinen gemauerten Feuerstelle, derben Bänken und romantischem Ausblick auf mannshohe Findlinge und die Birken des Hains. Jeder konnte hier Feste feiern, mit Freunden grillen oder ein Schäferstündchen abhalten. Letzteres war riskant, denn die Hütte lag direkt an einem beliebten Wanderweg und besaß keine Tür.

Als Abigail eintrat und an der Feuerstelle vorüberging, wirbelte sie etwas Asche auf, die in der Frühlingsluft tanzte.

Obwohl es erst Anfang April war, hatte die Dorfjugend also bereits angegrillt. Abigail konnte sich nicht erinnern, jemals einen Erwachsenen hier gesehen zu haben.

Er war noch nicht eingetroffen. Sie hatte also etwas Zeit.

Neugierig suchte sie die Wände ab. Zahlreiche Namen waren über die Jahrzehnte ins Holz geschnitzt oder gebrannt und Hunderte Namen mit Edding neben anzüglichen Sprüchen verewigt worden. Da war es. Mit einem Lächeln fuhr sie die Gravur ab.

Abigail was here. Summer 05.

Summer, und was für ein Sommer. Es waren herrliche Monate gewesen. Wochen, die wie das Wasser des Bachs gefunkelt hatten … bis … Bis der Tage Schönheit in wenigen Stunden verschrumpelte, bis sich das wahre Gesicht unter der Oberfläche zeigte. Dieser stinkende Brei aus Hass, Habgier und Angst.

»Ja, ja … Der Sommer 2005.«

Erschrocken fuhr Abigail herum. Auf den Gedanken, die Pistole zu ziehen, kam sie nicht. Sie blickte in sein lächelndes Gesicht.

»Du hast wirklich geglaubt, du kommst damit durch?« Er schüttelte den Kopf. »Seit wann bist du so naiv, Abigail?«, fragte er und hob das Jagdgewehr.

Der Schuss verhallte zwischen den Birken.

4

Jana wich einem der Schlaglöcher aus, die der schmelzende Schnee in den unbefestigten Weg gespült hatte. Er schlängelte sich durch den Laubwald und war für den Verkehr eigentlich gesperrt, aber die kürzeste Strecke zum Haus.

Souverän lenkte sie ihren Landrover durch die Pfützen. Schon als Mädchen hatte sie von einem Geländewagen geträumt, und als ihr klappriger Kombi vor vier Jahren den Geist aufgab, hatte sie sich dieses Schätzchen geleistet. Normalerweise wäre sie mit diebischer Freude durch die Löcher und über die Wurzeln gerauscht, aber sie musste auf ihre Umzugsfracht achtgeben, denn in einer der Kisten steckten ihre Lieblingstonschalen. Ihnen durfte nichts passieren. Und auch ihrer Freundin nicht.

»Festhalten«, warnte sie Ruth, die sofort nach ihrem Sommerhut griff und sich mit der anderen Hand an den Dachgriff klammerte. Die sechs Kartons mit Janas privaten Büchern und veralteten Fachblättern schaukelten heftig, und die auf der Rückbank festgezurrte Standuhr gab einen Schlag von sich.

Jana kontrollierte im Rückspiegel, ob Fabian mit seinem Wagen aufsetzte, aber sie hatte sein rotes Cabriolet abgehängt. »Bin mal gespannt, ob er mit dem Flitzer auch Hausbesuche bei Thoms macht.«

Ruth lachte. »Ohne Verdeck wird das eine ziemlich stinkende Angelegenheit.«

»Da fliegt ihm ganz schön die Gülle um die Ohren.«

Thoms war einer der mächtigsten Rinderzüchter in der Umgebung, und bei seiner Frau mussten regelmäßig die Zuckerwerte kontrolliert werden. Jana schüttelte den Gedanken an die Patientin ab. Das war jetzt alles Fabians Sache. Sie wollte sich lieber auf das konzentrieren, was vor ihr lag. Buchstäblich.

Sie freute sich auf die nächsten Meter, denn diesen Ausblick hatte sie schon als Kind geliebt …

Der Wald teilte sich, die Lichtung lief auf einer Wiese aus, deren Grasmeer sich wie ein geschwungenes Laken über einen sanften Hügel legte. Ihre grünen Wellen brandeten an den See, an dessen Ufer das Haus stand.

Es war das Haus ihrer Kindheit, in dem ihr Vater bis zum letzten Atemzug gewohnt hatte. Ein Fachwerkhaus, dessen leichtes Gelb in der Sonne strahlte und dessen reetgedecktes Dach sich wunderbar vom glitzernden See abhob. Ein zweites Gebäude, eine Scheune aus Backstein, flankierte das Wohnhaus und schuf so einen gemütlichen Hof mit Wendekreis und Magnolie. Jana hatte sie vor dreißig Jahren gepflanzt.

In mühevoller Arbeit hatte ihr Vater das Anwesen zu einem Kleinod ausgebaut. Joona hatte es 1957 als Ruine erstanden, und beinahe alle Freunde aus dem Dorf hatten dem Tierarzt prophezeit, er werde sich mit dem Gehöft gehörig übernehmen. In Janas Erinnerungen spielte ihre ganze Kindheit und auch Jugend auf einer einzigen Abenteuerbaustelle. Die besten Verstecke waren hinter den Mischeimern und Baupaletten voller historischer Backsteine gewesen, und zwischen den Lieferwagen von Schreinern, Maurern und Trockenbauern hatte sie Fahrradfahren gelernt. Die dicken Holzbohlen, die nun die Wohnzimmerdecke des einstöckigen Reethauses trugen, waren einst ihre Zirkusmanege, um Akrobatik-Kunststücke und gefährliche Shows mit Tigern und Löwen aufzuführen.

Das Haus war Joonas Lebenswerk. Selbst als Janas Mutter vor fünfzehn Jahren unerwartet gestorben war, hatte ihr Vater nie ans Wegziehen gedacht.

Bis vor drei Wochen hatte der 86-Jährige noch alle Arbeiten selbst erledigt, war zum Einkaufen gefahren, hatte den Zaun gestrichen und das Unkraut gezupft. Und am zweiten Sonntag im März dann, an einem stillen Morgen, war er einfach auf der Couch eingeschlafen und nicht mehr aufgewacht.

Ein perfekter Tod, wie Jana fand. Ein perfektes Ende für ein erfülltes Leben.

Sie warf einen Blick zu Ruth, die angesichts des romantischen Hauses nicht aufhören konnte zu lächeln. Jana wusste genau, was ihre Freundin derart zum Lächeln brachte, denn das Seehaus beherbergte etwas, das den meisten Häusern fehlte: Zauber. Eine Magie, die jeden, der das Haus betrat, mit Glück und Zufriedenheit erfüllte.

Das Einzige, das absolut nicht ins romantische Bild passte, war ein Auto.

Bertholds dunkler Kombi parkte vor der Magnolie.

Anscheinend wollte Joonas bester Freund Jana einen Besuch abstatten. Er verstand sich als eine Art Onkel und spielte diese Karte auch jetzt, im hohen Alter, gerne noch aus. Als Notar besaß Berthold Finke einen Schlüssel, weil er ab und an nach Joona gesehen und sich um die Finanzen und Papiere gekümmert hatte. Jana hatte die bedingungslose Freundschaft der beiden Männer immer bewundert, auch wenn sie mit Bertholds Pedanterie auf Kriegsfuß stand. Berthold hatte mit seinem Beruf als Notar eindeutig die richtige Wahl getroffen, aber wahrscheinlich war seine überkorrekte Art einfach seinen stattlichen 83 Lenzen geschuldet.

»Was will der denn hier?«, fragte Ruth.

»Keine Ahnung. Wartest du hier kurz?«

»Liebend gern. Auf Bertholds Kommentare kann ich gut verzichten.« Ruth fächelte sich frische Luft mit ihrem Sommerhut zu. »Ich warte auf die Männer. Mal sehen, ob Fabians Wagen in einem Stück hier ankommt.«

Kurz darauf betrat Jana das Haus. Sie überprüfte den Sitz ihrer Kleidung, bevor sie in die Diele ging, denn sie hasste es, dass Berthold zwanghaft jeden Fussel von ihr abzupfen musste. »Berthold?«

»Wohnzimmer«, knurrte es.

Im Haus war es angenehm kühl. Von der breiten Diele ging es rechts ins WC und links in die Küche. Geradeaus stand die Wohnzimmertür halb offen. Es war albern, aber ein weiteres Mal zog Jana an ihrem Blazer herum. Sie hatte keinerlei Lust, ihm auch nur den kleinsten Anlass zu geben, sie in irgendeiner Form zurechtzuweisen. Als Joonas bester Freund hatte Berthold sie aufwachsen sehen und zwickte sie noch immer zu gerne onkelhaft in die Wange oder meinte, ihr Ratschläge fürs Leben erteilen zu müssen. Diese Bevormundung, gepaart mit seiner Pedanterie, brachte Jana regelmäßig auf die Palme. »Gebraucht der Zeit, sie geht so schnell von hinnen, doch Ordnung lehrt euch Zeit gewinnen«, sagte er immer.

Jana betrat das Wohnzimmer, an das sich der Wintergarten mit Blick auf den See anschloss. Lichtreflexe des Wassers tanzten an der weiß getünchten Decke und über die zahlreichen Umzugskartons, die Jana einfach wild abgestellt hatte. In den Wintergarten kam man nur im Zickzack.

»Berthold!« Fassungslos sah sie auf seinen dicken Hintern.

»Ja, doch! Nu wes man stille!« Der Notar kniete hinter einem von Janas Sesseln und hielt umständlich ein Smartphone in seinen von der Gicht knotigen Fingern. Anscheinend suchte er einen guten Blickwinkel für ein Foto von … ja, wovon eigentlich? Vom Dielenboden? Ungeduldig schob er einen von Janas Umzugskartons beiseite, damit der nicht aufs Bild kam.

»Was … Was machst du da?« Mit drei Schritten war sie bei ihm und zog ihn auf die Füße. Das war gar nicht so einfach, denn unter Bertholds Sakko und seinem blütenweißen Hemd samt Weste wölbte sich ein schwerer, kugelrunder Bauch.

»Danke, Kindchen«, keuchte er, zupfte seine Ärmel wieder unter dem Sakko hervor und richtete seine Manschettenknöpfe. »Ich bin hier auch fertig.«

»Fertig? Womit fertig?«

»Fotos.«

»Ach.«

»Ja.«

»Von meinem Fußboden?«

»Deinem Fußboden? Sehr lustig.« Er kicherte, dass alles an ihm wackelte. »Kindchen, die Fotos sind für deinen Vater, … ähm … also das ist so nicht korrekt. Oder doch?«

Jana zog mahnend eine Augenbraue hoch und versuchte, Berthold mit ihrem strengsten Blick zum Reden zu bringen. Das beeindruckte den Notar jedoch in keiner Weise.

»Es war der Wunsch deines Vaters. Aber das wirst du ja alles bei der Testamentseröffnung hören.« Altväterlich tätschelte er Jana die Wange und wollte einfach gehen.

»*Testamentseröffnung*? Berthold, Moment mal. Was denn für ein Testament?« Jana machte Berthold Platz, als er in seinem wiegenden Schritt an ihr vorbeiging.

»Na, Testament. Willenserklärung, Verfügung nach dem Tode.«

»Ich weiß, was ein … Ich wusste nur nicht, dass er eins gemacht hat.« Mit einem Mal wurde Janas Hals trocken. Sie spürte, wie ihr die Spucke wegblieb. Ihr Vater hatte nie erwähnt, dass er etwas bei Berthold hinterlegt hatte.

»Selbstverständlich hat er, Kindchen. Selbstverständlich.« Berthold nahm seine Herrenhandtasche von ihrer Lieblingscouch. »Vor ein paar Jahren schon. Und Joona hat mir genaue Instruktionen erteilt, was nach seinem Tod zu arrangieren ist.«

»Fotos vom Fußboden zum Beispiel.«

»Ja, könnte man sagen. Richtig.«

Jana war endgültig sprachlos. »Aber …«, war das Einzige, was sie noch herausbrachte. »Das ist doch mein Haus. Ich meine … Mama ist doch schon lange tot.«

Berthold sah sich genötigt, jetzt doch ein paar Aspekte zu erläutern. »Also es ist so. Unter anderem hat dein Vater mich gebeten, Fotos von dieser Immobilie zu machen.« Etwas ungehalten sah er sich um. »Allerdings dürften deine Möbel nicht hier sein. Jana Hinrichs, dazu hattest du keine Befugnis. Das muss ich hier schon in aller Deutlichkeit sagen.«

»Immobilie? Befugnis? Ich glaube, du solltest mal wieder zur Vorsorgeuntersuchung, Berthold. Du weißt schon noch, dass ich hier groß geworden bin. Das sage ich dir mal in aller Deutlichkeit. Warum zum Kuckuck soll ich mein Erbe nicht betreten?«

»Weil's noch nicht deins ist, Kindchen. Formaljuristisch. Bevor das Testament nicht eröffnet wurde und der Erbschein ausgestellt ist.«

Jana konnte deutlich die Freude über diese Paragrafen-Spitzfindigkeit in seinen Augen blitzen sehen.

»Es ist so. Das deutsche Erbrecht ist im Bürgerlichen Gesetzbuch verankert, im fünften Buch. In Paragraf …«

»Berthold, komm schon. Dat is doch dumm Tüüch. Wir kennen uns sechzig Jahre, und meinen Vater kennst du seit … Was weiß ich. Lass uns das auf dem kurzen Dienstweg klären.«

»Ach, und das geht wie?«

»Ich lad dich auf ein Bier ein.«

»Eine Erbschaft klären? In den Fief Düwelskeerls? Auf einem Bierdeckel?«

Jana nickte zaghaft. Genau, ungefähr so hatte sie sich das vorgestellt. Ihre Mutter lebte nicht mehr, sie war das einzige Kind. Was sollte denn der ganze Aufstand?

»Hast du deine Diagnosen auch immer auf einen Bierdeckel gekritzelt? Liebe Jana Hinrichs, ein Notar ist eine Instanz. Eine *Instanz.* Und ich nehme meinen Beruf sehr ernst. Dein Vater hat mich um etwas gebeten, und genau das mache ich. Ohne Wenn und Aber!« Als begeisterter Schauspieler des Dorftheaters und Shakespeare-Liebhaber hatte Berthold nicht nur seine Stimme ins Fanal erhoben, sondern außerdem seinen sündteuren Füllfederhalter aus der Hemdtasche gezogen und wie ein Zepter geschwungen.

Jana ließ sich auf das Sofa plumpsen. »Sag mir bitte eins. Berthold, bitte. War Papa etwa dement? Sag nicht, er vermacht das hier irgendeinem Gnadenhof?«

»Weil er Tierarzt war?« Der Notar kratzte sich mit dem Füller am Kinn, dann schüttelte er den Kopf. Aber anstatt Jana zu beruhigen, fügte er hinzu: »Juristisch schwierig. Der Gnadenhof, meine ich. Und dir bliebe so oder so ein Pflichtteil. Dann müsstest du dich mit dem Gnadenhof arrangieren – oder du klagst. Aber du wirst dich nicht wirklich gegen den Willen deines …«, er legte erneut zwei Pfund Bedeutungsschwere in seine Stimme »… *toten* Vaters auflehnen, oder Kindchen?«

Das durfte jetzt doch nicht wahr sein! »Du weißt ganz genau, was in diesem Testament steht, hab ich recht?«

Berthold schmunzelte. »Testamentseröffnung ist am Montag. Um zehn Uhr in meiner Kanzlei. Die schriftliche Einladung habe ich an deine Praxis zustellen lassen.«

Jana nickte wortlos. Der Schrieb war wohl in den ganzen Umräumwirren untergegangen.

»Und bis dahin, Kindchen …« Berthold fuhr sich über seine kurz geschorenen, schlohweißen Haare. »Muss ich dich leider bitten, nichts im Haus zu verändern. Du kannst hier auch nicht einfach einziehen. Ich meine damit, das muss hier alles wieder raus.« Er zeigte mit seinen knotigen Fingern reihum. Auf die Kisten, ihre geliebte, über hundert Jahre alte Nussholzvitrine, ihren antiken Esstisch aus echten Schiffsplanken und das durchgesessene, aber urgemütliche rote Sofa, das Jana bereits vor ein paar Tagen von einer Spedition hatte herbringen lassen.

»Alles ausräumen. Aber nur *deine* Sachen, sonst muss ich die Polizei hinzuziehen.«

»Aha. Natürlich. Selbstverständlich«, brummelte sie zerknirscht, das Gesicht in den Händen vergraben.

»Ignorantia iuris nocet. Unkenntnis schützt vor Strafe nicht, Kindchen.«

Wie aufs Stichwort rumpelte Ruth mit Fabian und Gustav herein. Die beiden Männer schleppten die schwere Standuhr. Eigentlich trug Fabian das ganze Gewicht. Gustav mochte alt sein, aber nicht dumm.

»Achtung mit der Ecke oben«, rief Ruth. »Oh, Herr Finke«, fügte sie gespielt überrascht hinzu. »Jana, wohin soll die Uhr?«

»Marktplatz 5, erster Stock«, entgegnete Berthold kühl.

Verwirrt blickten die drei ihn an, während Jana sich auf dem Sofa zur Seite fallen ließ, den Kopf in eines der Kissen vergrub und abwinkte.

»Ähm. Da wohne ich doch jetzt, oder?« Unsicher sah Fabian zu den beiden Frauen. »Das ist doch meine neue Adresse? Äh, Marktplatz 5. Über der Praxis.«

Berthold drückte seinen Kugelbauch an Fabian und der Uhr vorbei. »Dann wischen Sie da am besten richtig durch. Diese Dame hat noch mehr unterzustellen. Habe die Ehre.« Sich an einen imaginären Hut tippend, ließ der Notar die vier allein.

»Das ist jetzt nicht euer Ernst, oder?«, fragte Fabian unsicher. »Haha. Lustig. Das ist so Dorf-Humor, ja?«

Mitleidig musterten alle den jungen Arzt.

5

Nein, nein! Georg soll sich erst mal die Fotos ansehen.«

»Okay.«

»Wenn der die sieht, dann packt er das auf jeden Fall ins Spargel-Spezial. Bin ich mir sicher.«

»Wenn du meinst.«

»Was soll denn das heißen?« Tessa Eichhorn stieß die Tür zum Großraumbüro mit der Schulter auf, damit die beiden Fototaschen nichts abbekamen, die lässig über ihrer Motorradjacke baumelten und gegen ihre Lederhose schlugen. In der einen Hand ihr Smartphone, in der anderen ihren Tablet-PC, eilte sie an den Arbeitsplätzen ihrer Kollegen vorbei. In der Redaktion von LandChic herrschte betriebsame Stille. Viele der Büroverschläge waren verwaist, seitdem die Tegler Verlagsgesellschaft von einem großen Medienkonzern aus Hamburg übernommen worden war. Im Großraumbüro roch es nach Reiniger und Lasertoner. Trotz der nicht zu öffnenden Fenster im fünften Stock des Hochhauses drang der Lärm des Potsdamer Platzes gedämpft herauf.

Die Absatzzahlen der Zeitschrift für »Landleben, Kochen und Lifestyle« befanden sich seit vier Monaten im Sinkflug. Nicht etwa, weil niemand mehr Gartentipps und Rezepte für Schmorpfannen lesen wollte, sondern weil die Konkurrenz in den letzten vier Jahren extrem zugenommen hatte.

Tessa schrieb für alle Blätter des Hauses. Mit ihren zweiunddreißig Jahren war sie nicht mehr die Jüngste. Kaum von der Hochschule, hatte sie ein Volontariat ergattert und schon mit dem ersten Artikel einen Fachpreis abgeräumt. Mittlerweile waren einige hinzugekommen, die sie in ihrer packschachtelgroßen Büroecke in einem Weidenkorb stets präsentierte. Den Jahreszeiten entsprechend dekorierte sie ihre Preise, in Anflügen von Humor und Stolz, immer mal wieder um. Mal mit Herbstlaub und Beeren, mal mit Trockenblumen und Früchten oder Stechpalmen und Lebkuchenherzen.

»Ich kürz den Artikel nicht«, fuhr sie unbeirrt fort. »Sag ihm das. Mir ist egal, was die Konkurrenz …«

Ein lautes »Au!« Unterbrach sie. »Sybille?«

Ihre junge Assistentin war mit ihrem Stapel LandChic-Zeitschriften gegen die Doppeltür gelaufen, die Tessa einfach hatte zufallen lassen. Sybille rückte ihre Brille zurecht und brummelte einen Fluch. »Tessa, ’tschuldige. Wie war das?«

»Vergiss es. Der Artikel und die Fotos kommen ins Spargel-Spezial. Die Stengel sind so sexy, das ist der Hammer. Schick mir Georg her, der kriegt triefende Zähnchen, wenn er die Stiele sieht.«

»Tessa«, tadelte Sybille und musste ein Giggeln unterdrücken.

»Ups. Ich darf das.« Tessa musste lachen. Georg war so ziemlich der schwulste Mann, den sie kannte – und ihr bester Freund. Eigentlich ihr einziger, wenn sie recht überlegte. Schon am ersten Tag hatte er sie unter seine Fittiche genommen. »Georg wird wirklich begeistert sein. Ich mein, es ist erst Anfang April, aber der Spargel … Und das Licht. Dieser Hof war ein Traum. Ich hab die noch ’n Gaul herholen lassen und die Spargelkörbe an den

Sattel gehängt …« Sie deutete mit spitzen Lippen ein »Fantastico« an. »So, gib mir den Kram und hol ihn, ja?«

Sybille zögerte, denn sie hatte noch die Zeitschriften in der Hand, und ihre Chefin war zu beladen, um sie ihr zu reichen. Kurzerhand klemmte Tessa ihr Smartphone zwischen die Zähne und griff sich den Stapel.

»Er woll wiff beeilen«, befahl sie und ließ sich auf ihren Bürostuhl fallen. »Iff muff in eine' Fumfe nach Leifig.«

»Okay. Aber Georg hat 'ne Stinklaune«, meinte Sybille noch, dann war sie zwischen den Großraumverschlägen verschwunden.

Tessa ließ die Zeitschriften auf den Tisch rutschen und wollte sich gerade von den Fototaschen befreien, als das Handy in ihrem Mund zu klingeln begann. Hektisch versuchte sie, die Taschen von der Schulter zu schütteln und gleichzeitig den richtigen Button auf dem Handydisplay zu erwischen.

»Ja, Karsten-Schatz?«

Ihr Freund war vier Jahre jünger als sie und ein echter Jackpot. Er sah nicht nur gut aus und war eloquent, er hatte auch eine smarte Villa in Lichterfelde und mit seiner Start-up-Firma in den letzten drei Jahren so viel Geld gemacht wie Tessa in ihrer ganzen Karriere.

»Bist du schon wieder im Büro?«

Tessa seufzte. »Gott sei Dank, ja. Bauernhöfe … Kennste einen, kennste alle.«

»Na, na, das sagt ausgerechnet die LandChics Karla Kolumna?« Er lachte.

Sosehr Tessa es liebte, verwunschene Gasthöfe, paradiesische Gärten und uralte Klöster aufzusuchen, sosehr freute sie sich darauf, ins hektische Großstadtgetümmel zurückzukehren. Das Leben auf dem Land war ihr eindeutig zu ruhig und die Leute so furchtbar unhip. Immerhin machte es unbändigen Spaß, mit dem neuen Motorrad durch die wunderschönen Landschaften um Berlin zu cruisen. Die Indian war ein Traum, Coolness und Ästhetik vereint in strahlendem Rot. Zwar hatte Tessa keine Ahnung, wie sie im Notfall das Ding reparieren sollte, aber die Maschine passte vom Styling her einfach perfekt zu ihr. Und das war die Hauptsache.

Genau dieser geschmackssichere Blick fürs Design hatte sie auch zur besten Fotojournalistin gemacht, die LandChic je gesehen hatte.

»Im Ernst. Heute der Spargel, das war sensationell, aber wie es auf dem Hof gestunken hat! Und dann bin ich mit meinen neuen Bikerboots, den roten, weißt du, glatt durch den Mist gelaufen.«

»Du Arme, lass dich küssen. Pass auf, ich wollt nur fragen, ob du mir Leipziger Allasch mitbringst?«

»Was? Likör? Seit wann trinkst du so was?«

»Für Hilde. Die steht drauf.«

Tessa musste schmunzeln. Sie hatte Karstens Mutter zwar erst drei Mal getroffen, das Berliner Urgestein aber sofort sympathisch gefunden. Tessas Mutter war vor vier Jahren gestorben. Mit ihr hatte Tessa wenig verbunden, während sie Hilde sofort ins Herz geschlossen hatte.

»Bring ich dir mit, kein Problem, Schatz. Ich bin dann morgen früh aus Leipzig wieder da.«

Bevor sie sich mit Küsschen verabschiedeten, kam der 55-jährige, sonnenstudioaffine Redakteur Georg Hauser und lehnte sich an den Schreibtisch. Er zwinkerte Tessa nett zu, doch ruhig weiterzusprechen, aber sie legte auf.

Tessa konnte Georgs Parfüm riechen. Nautic Spirit. Der Duft von Holz und Pfirsich war unverkennbar und passte perfekt zu seinem Boss-Hemd, den stoned-washed Jeans und seinem Ziegenbart, der sich von seiner faltigen braungebrannten Haut wie weißglühende Stahlwolle abzeichnete.

Tessa schob ihm den Tablet-PC hin. »Na, ist das was – oder ist das was?«

»Yamm, yamm«, lobte Georg schlicht. »Die Fotos sehen wunderbar aus, Schätzchen. Ist das unbearbeitet, ja?«

»Ich kann da noch mal rüber, bisschen Glow, bisschen frischer alles photoshoppen.«

»Nein, nein. Himmel, nein. Ist gut so.« Er seufzte.

»Artikel ist so gut wie fertig. Ich zieh den unterwegs grade.«

»Ach Leipzig … Die Blumenmesse …« Stöhnend rieb er sich die Halbglatze. »Du, Tessa, Schatz. Das … und du weißt … ich hab, also … Ich meine … Scheiße, wie fang ich denn jetzt an?«

Mit einem Mal spürte Tessa, wie sich ihr Magen verkrampfte. »Das letzte Mal, als du so rumgedruckst hast, war auf deiner Hochzeitsfeier mit Ferdinand.«

Georg nickte und blies hörbar die Luft aus. »Himmel«, sagte er zu sich. »Ich hab wirklich alles versucht«, begann er.

»Ich … ich bin auf der Liste?« Sie spürte, wie ihr schwindelig wurde. Ihre Zunge fühlte sich taub an.

Er nickte.

»Georg, ich arbeite seit sechs Jahren für euch, ich …«

»Ich weiß das alles, Tessa. Ich weiß doch. Aber der Mutterkonzern in Hamburg … Die haben heute beschlossen, wer gehen muss. Tut mir leid.«

»Aber …«

»Eigentlich darfst du es gar nicht wissen, aber ich dachte, weil wir uns so lange kennen und …«

Tessa kamen die Tränen, aber sie kämpfte erfolgreich dagegen an, holte tief Luft. Dann gab sie Georg ein Küsschen auf die Wange. »War 'ne scheißgute Zeit mit dir.« Zu Georgs Verwunderung nahm sie ihre Fototaschen, den Tablet-PC und ging.

»Wo willst du hin? Was ist mit dem Spargel und Leipzig?«

Sie winkte ab. »Ich bummel die Überstunden ab. Macht, was ihr wollt. Auch mit dem Kram, der noch in meinen Schubladen ist.«

Erst als sie nach unten gefahren, die Eingangshalle durchquert und vor ihrer roten Indian Chief stand, kamen ihr die Tränen. Fassungslos starrte sie durch die Tränenschleier auf ihre Hand und sah, wie sehr sie zitterte.

»Fuuuuuuuuckkkkkk!«, brüllte sie so laut, dass ein paar Touristen erschrocken stehen blieben und ihr Ruf von den gegenüberliegenden Häusern des Potsdamer Platzes widerhallte.

6

Als sie noch ein Kind war, hatte sie stets gejubelt, wenn sie überraschend schulfrei bekam. Mit feuerroten Wangen war sie dann auf ihrem Rad durch Berlin gejagt. Hatte sich einfach treiben lassen, war auf Entdeckungstour gegangen. Leben! Jetzt, gut 25 Jahre später, fühlte sich diese unverhoffte Freiheit erdrückend an.

So verloren und nutzlos war Tessa sich noch nie vorgekommen. Sollte sie an den Müggelsee fahren oder die restlichen Stunden, bis es dunkel wurde, noch auf den Teufelsberg? Aber wozu? Vielleicht sollte sie sich einfach mit Schokokuchen abfüllen.

Sie bezahlte ihre Tankfüllung und musterte mit leerem Blick die Auslage der Zeitschriften neben der Kasse. Die Konkurrenz hatte ein Spezial über Hortensien. Fast hätte Tessa ihr Smartphone gezückt, um Sybille darüber zu informieren. Verdammte Reflexe.

Tessa schwang sich auf das Motorrad und gab Gas. Eigentlich war die Maschine ein Liebhaberstück. Die Replik einer Rarität aus den fünfziger Jahren. Karsten war passionierter Motorradfan, und aus Liebe zu ihm hatte sie den Führerschein gemacht. Anfangs war sie skeptisch gewesen, doch mittlerweile liebte sie ihren roten Feuerstuhl – und die neidischen, anerkennenden Blicke der Männer.

Die Hoffnung, die Indian Chief unter sich zu spüren, ihr anregendes Tuckern im Körper und der Fahrtwind im Haar könnten sie beruhigen, wurde leider enttäuscht.

Sie beschloss, nach Hause zu fahren. Karsten war noch in seiner Firma, und ein bisschen Ruhe würde ihr sicher guttun. Sie würde sich mit einem leckeren Schoko-Caramel XXL Latte macchiato auf ihren riesigen 3-Quadratmeter-Balkon setzen und den Ausblick genießen. Vielleicht ein paar Blog-Posts editieren. Ihren Blog hatte sie die letzten Wochen schändlich vernachlässigt.

Und morgen würde Georg sie sicher anrufen und betteln, dass sie zurückkam.

Die weiß getünchte Gründerzeitvilla war ein gepflegter Traum. Sie schloss den Briefkasten auf und nahm einen Stoß Rechnungen und einen wattierten Umschlag heraus, der als »Einschreiben – Eigenhändig« ausgewiesen war.

»Na klasse«, brummelte sie leise zu sich und schob die Fotokamera, die sie umgehängt hatte, auf den Rücken. »Dit is Balin, wa!« Der Postbote hatte einfach für sie unterschrieben und das Ding in den Kasten gestopft. Kopfschüttelnd befühlte sie den Umschlag. Irgendetwas Hartes war darin.

Während sie zur Haustür ging, begann sie den Umschlag aufzureißen. Er war sorgfältig mit breitem Klebeband verschlossen. Der Stempel des Absenders war jedoch verlaufen, wahrscheinlich hatte der Postbote auch noch Cola oder Bier drübergekippt.

Sie schloss auf und betrat die Villa. Gerade wollte sie nachsehen, was im Umschlag war, als ein seltsames Stöhnen und unterdrückte Frauenschreie sie davon abhielten.

Die Vorahnung einer zweiten Katastrophe an diesem Nachmittag stellte ihr die Nackenhaare auf. Sie stopfte den Umschlag in die Jackentasche, zog die Boots aus und tapste leise in den ersten Stock. Die Fotokamera baumelte schwer um ihren Hals.

»Karsten?! Bist du etwa da? Schatz? Ich bin zu Hause! … Karsten?«, rief sie mit übertrieben tussiger Stimme. Als Erstes hörte sie ein Fluchen, dann so etwas wie ein Quieken und einen lauten Rumms, auf den ein Schmerzensschrei folgte.

Gehetzt erschien Karsten in der Schlafzimmertür, splitternackt, und fummelte an seiner Brille herum, die er vor Hektik nicht aufgesetzt bekam.

»Du wolltest doch nach Leipzig.«

Sie lächelte und nickte betont nett. »Stimmt! Oh, das tut mir jetzt leid, sorry, aber den Leipziger Allasch hab ich leider jetzt nicht.«

Sie erhaschte einen Blick ins Schlafzimmer. Was auch immer die beiden für eine Stellung ausprobiert hatten, von Karstens Partnerin sah Tessa bloß die Füße in die Luft ragen, denn sie lag eingequetscht in dem buchbreiten Streifen zwischen Bett und Kleiderschrank.

»Hilfe«, hörte sie die Frau jammern.

Das Lächeln war Tessa längst im Gesicht gefroren. Sie tätschelte Karstens Wange, nur um ihm dann plötzlich so richtig eine zu scheuern.

»Spinnst du! Ey! Au!«

»Selber ›Au‹, du Arschloch!«

»Scheiße, Tessa. Hast du sie nicht mehr alle? Ich glaub, ich blute.«

»Du weißt ja, wo die Pflaster sind.«

»Neben den …« Er biss sich auf die Lippe.

»Kondomen. Genau.« Sie hob eine der Kameras. »Bitte recht freundlich!«, sagte sie bittersüß, schoss ein Foto und drehte auf dem Absatz um.

»Es ist nicht so, wie du denkst.«

»Natürlich nicht!«

Während sie die Treppe hinabeilte, hörte sie ihn rufen: »Lass die verdammten Hausschlüssel hier! Und das blöde Motorrad ist meins!«

Sie rannte zur Haustür und zog sie auf. Karsten hatte die Maschine bezahlt, sie hätte das Geld für das sündteure Ding niemals zusammenbekommen. »Verklag mich doch«, schrie sie, schnappte sich die Boots und ging barfuß raus.

Sie beeilte sich, in die Stiefel zu schlüpfen, ließ sie offen und schwang sich auf den Sattel. Sollte er bleiben, wo er wollte.

Karsten riss die Tür auf und brüllte etwas. Doch das Röhren der Maschine übertönte ihn. Sie drehte sich zu ihm um. Es sah jämmerlich aus, wie er in der Tür stand, nur ein Küchenhandtuch vorgehalten. Über seinem teigigen Körper leuchtete sein Kopf schamrot.

Mit einem Grinsen warf Tessa den Schlüssel treffsicher in die Regenrinne. Dann schoss sie davon, dass ihm der Kies um die Ohren und gegen sein Allerheiligstes flog.

7

Noch einmal prüfte Jana den Sitz ihrer Haare im Rückspiegel des Landrovers. Es war lächerlich, doch sie musste sich eingestehen, dass sie außerordentlich nervös war. Als die Morgensonne um sechs Uhr ihre Strahlen ins Schlafzimmer geschickt hatte, hatte sie schon lange wach gelegen und über die Erbschaft gegrübelt. Natürlich war sie nicht aus ihrem Haus ausgezogen. Warum auch. Um sich ein wenig besser zu fühlen, hatte sie in der frischen Morgenluft in Hauspuschen und Morgenmantel ein paar Yogaübungen auf der Seeterrasse versucht. Doch die innere Unruhe wollte einfach nicht weichen.

Die Anzeige am Armaturenbrett zeigte elf Minuten vor zehn. Berthold hasste Unpünktlichkeit. Wie ein kleines Schulmädchen vor der Prüfung zuppelte Jana an ihrem Pullover, bevor sie die uralten Steinstufen zur Eingangstür von Berthold Finkes Kanzlei hinaufstieg.

Berthold residierte in einem der ältesten Häuser Burgheides. Es war mehr hoch als breit, die Klinkerfassade mit Blindfenstern geschmückt, die weiß ausgefugt waren. *Berthold Finke – Notar und Stadtarchiv* war in schnörkeliger Schönschrift ins Messingschild neben der Klingel graviert. Jana drückte sie, und sogleich summte der Türöffner. Der Geruch von Bohnerwachs, altem Holz und Zigarren wehte ihr entgegen. Wie frisch poliert glänzte das Eichenholz der Treppe und der Wandtäfelung. Den

Boden zierten daumennagelgroße schwarz-weiße Fliesen, die sich im Schachbrettmuster den Flur entlangzogen. Berthold machte immer ein Riesengedöns um sein Treppenhaus. »Echt original. Echte Handarbeit! … Dat is noch reellet Handwerk!«, wurde er nicht müde, vor jedem Mandaten zu betonen.

Jana ging in den ersten Stock. Nachdem seine Sekretärin sie begrüßt und angemeldet hatte, klopfte die Dorfärztin an Bertholds Tür. Artig wartete sie, bis er »Herein« rief.

Sie erinnerte sich, wie betört sie gewesen war, als Joona sie das erste Mal mit hierher genommen hatte. Damals war sie sechs Jahre alt gewesen. Ein Alter, in dem die Welt voller Magie steckt. Die drei hohen Bleiglasfenster mit Jugendstilmotiven, die das Büro schmückten, waren für sie wie verzaubert gewesen, denn das Sonnenlicht war durch die bunten Fenster gefallen, während draußen zwei Kastanien vom Wind durchgeschüttelt wurden. Es hatte den Anschein gehabt, als ramme Georg der Drachentöter dem züngelnden Lindwurm tatsächlich sein Schwert in den Leib.

Auch jetzt, mit ihren 63 Jahren, berauschte sie die Farbenpracht.

»Pünktlich, pünktlich. Sehr schön, Kindchen.«

»Ich wollte nichts verpassen.«

Berthold wies Jana an, auf einem der restaurierten Jugendstil-Stühle vor dem Schreibtisch Platz zu nehmen. Noch immer stand sein monolithischer Tisch, den er zur Eröffnung der Kanzlei bei einem Antiquar gekauft hatte, vor der Georgszene und schüchterte die Klienten ein. Ein Prachtstück aus den Jahren des Wirtschaftswunders.

Sie sah ihn herausfordernd an, doch Bertholds Blick schweifte zur Standuhr hinüber. »Es ist noch nicht zehn«, stellte er fest und schritt um den mächtigen Eichentisch herum zu seinem überdimensionierten Schreibtischsessel.

»Na, Berthold. Also ich werde es wirklich nicht weitersagen, wenn wir eine Minute vor zehn mit der Verlesung beginnen.«

»Kein hübsches Weib hatte je ein Gesicht ohne Falsch«, sprach er, lächelte nicht einmal ansatzweise, sondern hakte die Daumen in die Taschen seiner Weste ein und starrte auf die Zimmertür.

Erst jetzt bemerkte Jana den zweiten Stuhl neben sich. Da war es wieder, das unangenehme Ziehen im Magen, das sie schon gestern vom Schlafen abgehalten hatte.

»Wen hast du noch eingeladen? Sag bloß, Joona hat noch jemandem etwas hinterlassen?« Fieberhaft ging sie in Gedanken die Freunde ihres Vaters durch. »Forellen-Muck? Klei-Heinrich? Der alte Piepe?«

»Jana Hinrichs. Die Testamentseröffnung ist für zehn Uhr angesetzt. Nicht um neun Uhr fünfundfünfzig. Hab eben ein bisschen Geduld.«

»Wenn ich dich korrigieren darf, Berthold Finke. Es ist neunundfünfzig und zwanzig, einundzwanzig, zweiundzwanzig Sekunden.« Zu Janas Überraschung sprang ihr – wie aufs Stichwort – die Standuhr mit sonorem Glockenschlag bei. »Schon rum, die Zeit.«

»Nun ja.« Berthold räusperte sich. »Wir sollten das nicht so eng sehen, Kindchen. Eine akademische Viertelstunde ist allemal im Rahmen.«

»Wie bitte?«

»Ein jedes Ding muss Zeit zum Reifen haben. Wir können … Nun, ich denke, wir können noch einen Moment warten.«

»Wieso? Auf wen denn?«

»Auf falls noch wer kommt.«

»Aha. Herrgott Berthold! Was soll denn das ganze Theater. Wer ist denn bitte schön dieser Herr Falls-noch-Wer?«

Da ertönte die Türglocke.

»Wie aufs Stichwort«, frohlockte Berthold, zog sein Jackett gerade und setzte ein erleichtertes Lächeln auf. Jana hörte, wie die Sekretärin jemanden empfing, dann polterten schwere Schritte zur Tür. Fast hätte sie erwartet, Georg den Drachentöter hereinspazieren zu sehen.

Doch es war eine junge Frau, etwa halb so alt wie Jana, die den Kopf ins Büro streckte. Sie hatte eine Motorradkluft an, und ihre blonden Haare waren zerzaust.

»Hallo. Bin ich hier richtig? Herr Finke?«

»Sie müssen Frau Eichhorn sein.« Seine Bauchkugel vor sich her wippend, eilte Berthold auf die Fremde zu und schüttelte ihr die Hand. »Kommen Sie doch bitte. Nehmen Sie Platz.«

Ihre Bikerboots klackten hart auf dem Parkett, bis die Frau sich neben Jana setzte, ihr ein Lächeln zuwarf und flüsternd verkündete: »Hi. Ich bin Tessa Eichhorn.«

»Jana Hinrichs.« Irritiert starrte Jana die Fremde an. Irgendwoher kannte sie die Frau – oder nicht? Was hatte Joona mit dieser 30-Jährigen zu tun gehabt, dass sie zur Testamentseröffnung geladen war?

Der Tierschutzbund, schoss es Jana kurz durch den Kopf. Bitte nicht.

Tessa Eichhorn schob ihren knallroten Motorradhelm unter den Jugendstil-Stuhl, setzte sich ziemlich breitbeinig und lässig hin. »Hübsche Fenster. Gut eingesetzte Schwarzlot. Recht gekonnt. Anfang zwanzigstes Jahrhundert?«

»Ende neunzehntes. Antik. So wie die Fliesenarbeiten im Flur und die Handläufe.« Berthold war geschmeichelt und bedachte Tessa mit einem wohlwollenden Blick.

»Können wir jetzt? Berthold?«

»Bitte? Aber sicher. Sicher, ja …« Vor ihm lag ein brauner Briefumschlag, der mit einem Wachssiegel verschlossen war und Joonas Namen in Bertholds dünner Handschrift trug. Berthold verschränkte die Hände darauf und sah die junge Frau aufmerksam über den Rand seiner goldenen Lesebrille an. »Einen guten Tag, die Damen. Es freut mich sehr, dass Sie beide hergefunden haben. Auch wenn die Umstände mehr als traurig sind.«

Jana bemerkte, dass Tessa zu ihr herübersah, doch sie hielt den Blick starr auf Berthold gerichtet. Sie wollte der jungen Frau gegenüber nicht unhöflich sein, aber sie traute Berthold nicht. Irgendetwas war hier faul. Irgendetwas hatte er ausgeheckt, da war sie sich sicher. Inzwischen hatte sich das Ziehen in ihrem Magen zu einem richtigen Krampf verdichtet.

»Sie sind also Frau Eichhorn«, lächelte Berthold.

Tessa nickte. »Vielen Dank für Ihren netten Brief und die Fotos.«

»Gern geschehen.«

»Sekunde«, warf Jana ein. »Du bist wegen dieser Dame auf meinem Boden rumgerutscht?«

Statt mit einer Antwort bedachte Berthold sie bloß mit einem Lächeln. »Ich tue hier nur meine Pflicht.« Er rückte seine Brille zurecht, strich sich über die stoppeligen Haare und zog den Umschlag zu sich. »Was mich nunmehr zur Verlesung bringt … Sie haben sich also hier eingefunden, um der Eröffnung des Testaments von Joona Hinrichs beizuwohnen«, begann er nun in seinem ernsten Notar-Tonfall. »Um Ihre Identitäten festzustellen, benötige ich als Erstes Ihre Personalausweise.«

»Herrgott, Berthold!«, entfuhr es Jana. »Wir sind hier nicht in einem deiner Shakespeare-Stücke. Lass das Theater und komm zum Punkt.«

Er strafte sie mit hochgezogenen Augenbrauen ab, während Tessa aus der Innentasche ihrer Motorradjacke den Ausweis zog und ihm reichte.

»Frau Hinrichs, ich sehe über Ihren Anflug hinweg, da ich davon ausgehen kann, dass Sie sich momentan in einer emotional schwierigen Situation befinden. Bitte reichen Sie mir das Dokument entsprechend baldigst nach.«

Sprachlos beobachtete Jana, wie er sich allen Ernstes den Vorgang notierte, bevor er endlich den Umschlag zur Hand nahm.

»Sie wurden heute hierher geladen, um an der Verlesung des Letzten Willens von Joona Hinrichs teilzunehmen. Dies ist nur zu Ihrer Kenntnisnahme. Sollten Sie die Absicht haben, das Testament anzufechten, so steht Ihnen dazu eine Frist von einem Jahr zu.« Er warf Jana einen scharfen Blick zu, den sie trotzig erwiderte. »Der Verstorbene hinterlegte hier in meiner Kanzlei unter Zeugen seinen Letzten Willen. Zeuge ist Dr. Berthold Finke, also ich.«

Mit einem trockenen Knacken zerbrach der Notar das Siegel und zog einen handbeschriebenen Bogen heraus.

Und obwohl es lächerlich war, hielt Jana unwillkürlich den Atem an. Sie war die einzige Tochter, ihre Mutter vor fünfzehn Jahren gestorben, es gab nichts, worum sie sich sorgen musste … Ein abstruser Gedanke drängte sich ihr auf, doch Jana schüttelte ihn ab. Ihr Vater Joona hatte doch mit hundertprozentiger Sicherheit keine Affäre gehabt. Niemals! Diese Tessa Eichhorn könnte meine Tochter sein, dachte Jana. Außerdem hatte Joona Burgheide doch seit Gott weiß wann nicht mehr verlassen.

»Ich möchte Ihrer beider Aufmerksamkeit besonders auf die nun folgenden Zeilen lenken. Sie sind dem eigentlichen Testament vorangestellt und mögen im rechtlichen Sinn keine Relevanz beinhalten, sind jedoch zum besseren Verständnis des Letzten Willens des Verstorbenen unabdingbar.« Dann begann er, das Schreiben zu verlesen – oder besser gesagt vorzutragen.

Jana verdrehte die Augen. Bertholds Liebe zum großen Theater war in Burgheide allseits bekannt. In der von ihm gegründeten Theatergruppe hatte er sich stets selbst die Hauptrollen zugeteilt, sie zur Not mit dem Säbel erfochten, und oft über sein verkanntes Talent im Fief Düwelskeerls nach dem dritten Bulldog wortreich referiert.

Mit Inbrunst und Pathos trug Berthold nun auch Joonas Brief vor. Hamlet hätte es nicht besser gekonnt. »Liebe Tessa. Mein Herz schmerzte unerträglich an jenem Tag, als ich erfuhr, dass es dich gibt, denn all die Jahre waren uns geraubt. All die Weihnachten, all die Sommer, die wir nicht zusammen erlebt haben! Doch ich kann nichts daran ändern. Und das Schicksal hat es mir auch nicht mehr vergönnt, dich zu sehen – dich in meine Arme zu schließen. Aber meinem besten und treusten Freund ist es zu guter Letzt gelungen, dich zu finden. Ich danke dir von tiefstem Herzen, Berthold.« Sein Blick flog zu Jana, die die Stirn in Falten legte.

Was hatte er da gerade gesagt?

Mit noch mehr Inbrunst, falls das überhaupt möglich war, fuhr Berthold fort: »Was würde ich nun darum geben, meine lieben zwei Töchter hier bei dir, Berthold, zu sehen! Ich liebe euch beide! Egal, was ist, egal, was war. Liebe Jana, wie hast du

Levke und mich immer um ein Schwesterchen gebeten. Doch wir konnten dir keines schenken. Wie glücklich musst du jetzt sein? Und wie glücklich musst auch du sein, Tessa, nun endlich dein Elternhaus gefunden zu haben. Ihr seid Geschwister, ein untrennbares Band!«

Für einen Moment starrten sich Jana und Berthold an, dann brach sie in schallendes Gelächter los.

»Berthold! Groooooßartig! … Junge, du hast meine Stimme. Ganz klar, die Hauptrolle im nächsten Stück ist dir sicher! Du bist wirklich unvergleichlich.« Mit einem Taschentuch tupfte sie sich die Lachtränen ab, wandte sich an Tessa, um ihr zu ihrem Auftritt zu gratulieren, doch der Blick der jungen Frau ließ ihr Lachen ersterben.

»Wie meinen Sie das?«, fragte Tessa. »Also ich hab mich gefreut, als ich erfahren hab, dass ich eine Schwester habe.«

»Moment. Das ist euer Ernst, ja?«, hakte Jana nach.

»Ja«, meinte Berthold. »Ähm, na ja, das heißt nein.«

»Was?!«, entfuhr es Jana und Tessa gleichzeitig.

»Ihr seid Schwestern, das ist die Wahrheit … aber der Brief, der … Also den hab ich aufgesetzt, damals. Also ich meine …«

»Ja?«

»Also im Beisein und auf Drängen von Joona.«

Jana fühlte sich, als hätte sie jeglichen Halt verloren. Wie ein Reiter, der vom Pferd fällt und dessen Stiefel sich im Steigbügel verfängt.

Er hat Mutti betrogen.

Ich habe eine Schwester.

Tessa räusperte sich. »Ähm, ja. Das ist ja alles schön und gut. Aber was hat unser Vater in seinem Testament denn nun verfügt?«

»Seit wann wusstest du das?«, zischte Jana.

»Joona hat es erst vor vier Jahren erfahren. Frau Eichhorn, also Ihre Mutter, hat ihm geschrieben.«

Tessa nickte. »Da lag Mama im Sterben. Krebs. Sie hat immer gesagt, mein Vater sei tot. Erst der Brief von Herrn Finke …«

Jana betrachtete die junge Frau. Studierte ihre Gesichtszüge, und plötzlich wurde ihr klar, warum sie ihr bekannt vorgekommen war. Sie hatte Joonas Augen, veilchenblau, wie Levke immer gesagt hatte. Und Joonas verschmitztes Lächeln hatte diese Person auch geschenkt bekommen.

Ich habe eine Schwester. Und sie könnte meine Tochter sein.

»Es war sehr schwierig, Sie ausfindig zu machen, Frau Eichhorn.«

»Ich weiß, meine Mutter und ich, wir … wir hatten nicht das beste Verhältnis.«

»Wie dem auch sei. Es hat leider zu lange gedauert.« Er schenkte Tessa und Jana ein aufbauendes Lächeln. »Ich verlese nun den Letzten Willen Ihres Vaters«, fuhr er dann nüchtern fort. »Ich, Joona Hinrichs, ordne an, dass mein gesamtes Erbe zu gleichen Teilen an meine Töchter Jana und Tessa geht. Jedoch nur zu dieser Bedingung: Die beiden Schwestern müssen ein Jahr ab dem Tag der Testamentseröffnung zusammen im Haus am See leben. Das Haus darf weder an Dritte vermietet noch verkauft werden. Keine der beiden darf die Wohngemeinschaft länger als zwei Wochen am Stück unterbrechen. Ebenso widerspricht es der Anordnung, nur an Wochenenden dort zu übernachten. Sollten die zwei die Bedingungen des Zusammenlebens nicht erfüllen, so fällt das gesamte Erbe der Stiftung ›Wuff & Wau e. V.‹ zu. Erfüllen beide die Bedingungen, so steht es ihnen nach Ablauf eines Jahres frei, mit dem Erbe zu tun und zu lassen, was sie mögen. Während dieser Ein-Jahres-Frist bestimme ich Berthold Finke zu meinem Testamentsvollstrecker und treuhänderischen Nachlassverwalter. Gezeichnet – Joona Hinrichs.«

»Aber«, stammelte Jana.

»Aber«, stammelte Tessa.

»Ich erbe nur, wenn ich … Ich lebe in Berlin. Ich habe einen Job und … Ich … Wie soll ich denn ein Jahr hierher …?«

Jana stand schnaufend auf. »Himmel. Ich brauch erst mal 'n doppelten Bulldog. Das habt ihr alten Kerle euch ja fein ausgedacht.«

Das lausbubenhafte Lächeln, das Bertholds Mundwinkel umspielte, war nicht zu übersehen. »Im Haus wird nichts verändert oder gar veräußert ohne meine Zustimmung. Das Barvermögen liegt in meiner treuhänderischen Verwaltung und wird erst nach Ablauf der Jahresfrist freigegeben. Ich gebe jeder von Ihnen eine Abschrift des Testaments. Fragen?«

Tessa schüttelte den Kopf. »Ich muss mir das erst mal alles ansehen.«

»Das ist richtig.« Berthold Finke stand auf und lächelte Tessa freundlich an. »Willkommen in Burgheide. Sie werden sehen, es gefällt Ihnen hier bei uns, todsicher.«

8

Tessa legte sich mit ihrer Indian in die Kurve und versuchte, dem Landrover zu folgen, der auf der Schotterstraße eine dichte Staubwolke hinter sich aufwirbelte. Ihre Gedanken und Gefühle stoben momentan genauso wild durcheinander wie der Staub vor ihr. Als sie nach Burgheide gefahren war, hatte sie darüber spekuliert, was sie hier erwarten würde. Vielleicht ein bisschen Geld, ein paar Erinnerungsstücke. Und eine Schwester. Bisher entsprach nichts ihren Vorstellungen, oder besser gesagt: ihren Hoffnungen.

Himmel! Diese Jana Hinrichs hatte aber auch einen Fahrstil. Tessa gab Gas. Der Buchenwald öffnete sich, und da stand es, direkt am Ufer eines Sees. Es war kein Haus, es war ein Anwesen, ein Gehöft! Ein Wohnhaus mit Wirtschaftsgebäude, wunderschön mit Fachwerk. Jana parkte ihren Landrover in einem Rondell vor dem Haupthaus. In der Mitte trug eine Magnolie dicke dunkelrosa Knospen, die sich in den nächsten Tagen öffnen würden.

Tessa stellte die Indian neben Janas Wagen und unterdrückte den Drang, Fotos für LandChic zu schießen. Du hast keinen Job mehr, ermahnte sie sich.

Das Haus war wirklich gut in Schuss, nur die Beete wirkten verwildert. Trotzdem, hier hatte jemand mit viel Liebe restauriert und die alte Bausubstanz gepflegt. Wie viel mochte es wert sein? Es lag schön am See. Aber so weit ab von jeder Zivilisation?

»Na, rechnen Sie schon durch, wie viel es wert ist?«

»Ganz ehrlich? Ich weiß gerade gar nicht, mit was ich überhaupt rechnen kann. Ich weiß ja nicht mal, was ich *denken* soll.«

»Geht mir auch so.« Jana ging auf einem schmalen Kiesweg voraus ums Haus. »Das haben wir immerhin gemeinsam.«

»Das und denselben Vater.«

»Und denselben verschrobenen Testamentsvollstrecker.«

Zumindest hatte diese Frau Humor. Tessa fragte sich, wie alt ihre Schwester sein mochte. Sie wirkte sehr fit, obwohl ihre Haare komplett silbergrau waren und sie vom Look her das Bild einer klassischen Oma abgab. Die Brille an einem goldenen Kettchen befestigt, der beige Pulli, eine helle verwaschene Jeans und weiße Turnschuhe. Modebewusst ging anders.

Inzwischen hatte Jana die Haustür geöffnet, zögerte jedoch. Also gab sich Tessa einen Ruck und streckte ihr die Hand hin. »Noch mal richtig: Ich bin Tessa.«

»Jana, Jana Hinrichs«, murmelte sie. Die beiden Frauen schüttelten sich die Hand. Dann betraten sie das Haus durch einen Windfang, der an die große Diele gebaut war. Die Decke war sicher vier Meter hoch. Eine Treppe drückte sich die Wand empor, während es geradeaus, durch eine schön gearbeitete Doppelflügeltür in den Wohnbereich ging. Tessa folgte ihrer neuen Schwester ins Wohnzimmer, an das sich eine offene Küche anschloss. Sie ließ ihren Helm auf die Küchenanrichte plumpsen, die als Raumteiler diente. Was für ein wunderbares Haus. Es strotzte vor Wärme und Liebe, vor wohliger Heimeligkeit.

»Tee?« Jana ging durchs Wohnzimmer zur offenen Küche und befüllte einen verkalkten Wasserkocher.

»Du hast was von einem ›Bulldog‹ erzählt. Was ist das? Schnaps?«

»Den gibt's im Fief Düwelskeerls. Bei Hase. Seine Spezialmischung. Schnaps mit Niemand-weiß-was.«

Tessa nickte stumm und sah sich weiter um. Die Küche war aus hellem Holz, der Fliesenspiegel passend dazu weiß und – wie es aussah – handbemalt mit blauen Blümchengirlanden. Das Sonnenlicht tauchte alles in warmes Licht. Tessa wanderte ins Wohnzimmer, ließ ihre Finger über das alte Sofa gleiten. Der Stoff war schon abgenutzt und das dunkle Holz an den Armlehnen abgegriffen. Der Parkettboden zeigte die Spuren des Lebens, Schrunden, Dellen und Flecken, und strahlte gerade deshalb diese Ehrwürdigkeit aus, die solch alten Dingen gerne innewohnte. Auf dem Kaminsims reihten sich Schwarzweiß-Aufnahmen der Familie. Tessa nahm eines der Bilder hoch, um es sich genauer anzusehen.

Jana räusperte sich mahnend und trat hinter sie. »Das ist Joona, mein – also unser Vater.«

»Aha. Ich hab ihn mir irgendwie immer seriöser vorgestellt.«

»Wieso?«

»Er war doch Arzt, richtig?«

»Tierarzt. Ja. Sind Ärzte seriös?«

»Sollten sie das nicht sein?«

»Doch.«

Die Fotografie zeigte einen schelmisch grinsenden Mann Mitte zwanzig, der ein Mädchen auf dem Schoß kitzelte. Das Kind lachte ausgelassen und machte einen rundum glücklichen Eindruck. »Und das bist du?«

Jana nickte.

Es versetzte Tessa einen Stich, als sie sich vorstellte, was wohl alles anders in ihrem Leben gewesen wäre, wenn sie bei Joona aufgewachsen wäre. Sie stellte das Bild zurück und wandte sich ab. Aus dem Augenwinkel bemerkte sie, dass ihre Schwester es noch einmal zurechtrückte.

Hier hat alles einen festen Platz, dachte sie, und ich dringe hier ein, wie ein ungebetener Gast, eine böse Überraschung.

Der Wasserkocher zischte. Während Jana sich darum kümmerte, schlenderte Tessa zum Wintergarten, der sich direkt an den Wohnbereich anschloss. Er bot einen romantischen Ausblick auf den See. Tessa war schlecht im Schätzen, aber der Teich war sicher einen halben Kilometer lang und beinahe genauso breit. Wenn man die Glastüren öffnete, gelangte man auf eine hölzerne Terrasse. Unten am See dümpelte an einem Steg ein in die Jahre gekommenes Ruderboot, das eindeutig schon bessere Tage gesehen hatte und nicht mehr seetauglich war.

Als sie Jana mit den Tassen klappern hörte, zog sie hilfsbereit zwei Rattanstühle an einen Beistelltisch, der unter einer Palme arrangiert war. »Kann ich helfen?«

»Nein. Schon gut. Danke.« Doch anstatt zu ihr zu kommen, schob Jana das Tablett im Wohnzimmer auf den Couchtisch.

»Hier sitzt sich's besser«, sagte sie und bot Tessa mit einer Geste das Sofa an, während sie selbst in einem alten Ohrensessel Platz nahm. Gelenkig schob sich Tessa an den Umzugskartons vorbei, streifte die Motorradjacke ab und pfefferte sie aufs Sofa.

»Du bist wohl gerade hier eingezogen?« Schwungvoll ließ sie sich auf die Couch fallen, was diese mit einem Ächzen quittierte. Janas missbilligenden Blick ignorierte Tessa einfach, zog eins der altmodischen Kissen hinter ihrem Rücken hervor und warf es zu ihrer Jacke in die Ecke.

»Das wollte ich, ja. Hier einziehen. Ich bin in diesem Haus großgeworden. Es ist ein Teil von mir. Auch wenn ich die letzten Jahre über meiner Praxis gewohnt habe.« Jana legte ein Stück Kandis in ihre Tasse. Wie ihre Schwester so dasaß – auf der Kante des Sessels, die Beine züchtig zur Seite geneigt, ihre Bewegungen gemessen – erinnerte es Tessa an Bilder vom königlichen Hof in England. Teatime mit der Queen.

»Du warst auch Ärztin.«

»Ich *bin* Ärztin. Ich habe aber meine Praxis abgegeben. Vor ein paar Tagen.«

»Warum?«

»Ich glaube nicht, dass dich das was angeht.«

»Oh. ’tschuldigung. Berufskrankheit. Die Fragerei.«

»Aha. Was arbeitest du denn in Berlin?«

»Ich bin Journalistin. Ich arbeite bei LandChic«, log sie. »Kennst du vielleicht. So eine Wohn-Lifestyle-Sache mit dem Fokus auf den guten alten Sachen.« Sie machte eine Handbewegung, die alles im Haus einschloss. »So wie hier. Das wäre toll für einen meiner Artikel. Na ja, wenn man das Styling noch ein bisschen fresher hinbekommt.«

»Fresher?«

»Ja, nicht so bieder eben.«

Jana zog nur eine Augenbraue hoch, sagte aber nichts. Langsam ließ sie den heißen Tee über den Kandis fließen und lauschte seinem Knacken.

»Ich liebe meinen Job. Ich kann mir nichts Besseres vorstellen, jeden Tag sehe ich was Neues. Ich bin immer an den neuesten Trends dran.«

Jana nickte und beobachtete, wie sich die Sahne, die sie in ihre Tasse gegossen hatte, durch unmerkliches Schwenken verteilte.

»Du bist dran.« Tessa streckte den Arm nach der Kanne aus, füllte ihre Tasse, ließ den Kandis einfach reinplumpsen und suchte nach einem Löffel. Kurz entschlossen ging sie in die Küche, um einen zu holen. »Ich mein, du hast doch auch nichts von diesem Testament gewusst, oder? Hab ich doch recht. Also unser Vater, der muss ja ein ziemlicher … Na ja …« Tessa zog eine Schublade nach der anderen auf, bis sie das Besteck gefunden hatte. »Versteh mich nicht falsch, aber was hat er sich denn gedacht? Dass ich nur darauf gewartet habe, in diesem verschlafenen Nest abzuhängen, weil ich ein völlig verlorenes Leben führe?«

Noch immer saß Jana auf der Kante und hielt ihre Tasse samt Untertasse auf dem Schoß. Ihr schweigsames Mustern stachelte Tessa an weiterzureden.

»Ich meine, ich bin Reporterin … für ein anspruchsvolles Blatt. Berlin ist großartig. Und … Und … Und … Mein Freund ist einfühlsam, nett und … und hat Geld.«

»Aha. Dann tun wir also Berthold gegenüber so, als würdest du hier wohnen, und in einem Jahr schenkst du mir einfach dein Erbteil.«

Tessa überlegte. »Ich weiß nicht … Ich mein, du hast doch auch eine Meinung dazu, oder nicht?«

Janas Blick wanderte zu den Fotos auf dem Kaminsims. »Joona war Familie sehr, sehr wichtig. Es muss ihn schwer getroffen haben, als er erfuhr, dass er noch eine Tochter hatte. Eine Tochter, von der er achtundzwanzig Jahre nichts wusste.«

Tessa merkte, wie sie sich verkrampfte. »Mutter wird schon ihren Grund gehabt haben, warum sie meinte, er sei gestorben.«

»Und welcher soll das gewesen sein?«

Tessa wollte schon antworten, biss sich aber auf die Lippe. »Man merkt, dass du Ärztin bist. Du hast ein perfektes Gespür dafür, Leuten alle möglichen Infos aus den Rippen zu leiern. Aber hab ich nicht dich gefragt? Wie ist es denn mit dir? Joona war ein Familienmensch, schön. Dann wissen wir, was *er* wollte – uns zusammenbringen. Ich hab dir gesagt, was ich will. Aber was willst du, Jana?«

»Du ziehst hier in mein *biederes, unfreshes* Haus ein«, meinte Jana und stellte ganz ruhig ihre Tasse zurück auf den Tisch. »Denn wenn *mein* Haus an ›Wuff & Wau‹ geht, dann zeig ich dir mein Wuff und Wau.«

Sie war derart bestimmend geworden, dass Tessa sie mit offenem Mund anstarrte.

»Wenn das Jahr rum ist, gehst du zurück nach Berlin. Das Finanzielle klären wir dann.« Jana lächelte hart.

Tessa nahm die Herausforderung an und starrte zurück. Die beiden Frauen maßen sich mit Blicken.

9

Warte! Wird's da tief?«

»Nee, geht. Was ist denn, kommst du jetzt?«

»Warte mal!«

»Was ist denn?«

»Die können doch beißen, oder?«

»Klar. Das ist doch das Coole. Was meinst du, wie Sophia schreit, wenn die in ihre Tasche greift und da ist 'ne Schlange!«

»Ist 'ne Kreuzotter 'ne Schlange? Blindschleichen sind ja eigentlich keine Schlangen, die gehören ja zur Gattung der …«

»Benjamin!«, unterbrach ihn Michael. »Jetzt komm endlich und pass auf deine Brille auf.«

Benjamin schob sich die Brille erst höher auf die Nase, entschied sich dann anders und schob sie lieber in seine Latzhose.

Als der Achtjährige aufsah, konnte er von seinem Freund schon nichts mehr sehen, denn obwohl er bloß ein paar Meter in den See gewatet war, hatte das Schilf ihn verschluckt. Benjamin fasste seinen langen Knüppel mit beiden Händen und stieß ihn vor sich ins Wasser, um festen Grund zu finden. Tastend watete er in seinen Gummistiefeln weiter vor zwischen die Halme.

Das Schmatzen gefiel ihm gar nicht. Er hatte keine Lust, nasse Füße zu bekommen. Ihre Fahrräder lagen gefühlte hundert Kilometer entfernt auf dem schmalen Trampelpfad des Ufers.

Im Gegensatz zu Michael hatte er keine Anglerhosen an, sondern sich bloß die Gummistiefel seines Vaters geschnappt, als sein Freund vor zwei Stunden mit dem grandiosen Plan aufgekreuzt war, Sophie ein »Geschenk« zu besorgen.

Ihre Antwort auf die ständigen Kopfnüsse. Sophie war Michaels große Schwester und noch dämlicher, als sie aussah. Aber eigentlich fanden Benjamin und Michael alle Mädchen dämlicher, als sie aussahen. Alle. Ausnahmslos.

Der Junge vertrieb ein paar Fliegen, zog fluchend den Gummistiefel aus dem Matsch und teilte das Schilf mit seinem Stock. »Jetzt warte mal. Michael? Wo bist du? … Das ist jetzt echt nicht witzig … Michael?«

Benjamin kämpfte sich weiter vor. Mit einem Mal zerriss die Luft neben ihm, und er schrie erschrocken auf. Zwei Enten, keinen Meter von ihm entfernt, stoben davon.

Dicht neben ihm im Schilf entdeckte er ein Nest. Aber es lagen keine Eier darin. Wahrscheinlich war es noch zu früh im Jahr. Tiere interessierten ihn, Tiere und X-Box-Daddeln, aber er wusste nicht, wann Enten brüten. Er nahm sich vor, seine Mutter zu fragen.

Das Schilf stand nun lichter, dennoch musste er sich Schritt für Schritt vorankämpfen.

Da war sie.

Eine Kreuzotter!

Er sah ihre dunkle Gestalt im Wasser treiben. »Michael«, rief er leise. »Michael!«

Ganz behutsam schob er sich zu ihr vor. Die Schlange bewegte sich nicht. War sie tot?

»Was is'?«

»Ssssht! Da ist eine!« Benjamin beugte sich über die Schlange.

Erst jetzt erkannte er, dass es kein Tier war, sondern der dunkelblaue Schulterträger einer Schürze.

Und keine Sekunde später entdeckte er die bleiche Hand im Wasser.

10

Jana war aufgestanden und an die Fenster im Wintergarten getreten. All ihre Erinnerungen verband sie mit diesem Ort. Seit Jahren träumte sie davon, nach der Arbeit als Ärztin hier ihren Ruhestand zu genießen und sich endlich ganz ihrer Leidenschaft, der Töpferei, zu widmen.

Ich muss mit Berthold reden, nein – wahrscheinlich brauch ich einen Anwalt, dachte sie. Das darf doch alles nicht wahr sein. Wie hatte Joona ihr nur das Haus wegnehmen können?

»Er muss meine Mutter bei einer Fortbildung kennengelernt haben«, unterbrach Tessa ihre Gedanken, als sie sich mit ihrer Teetasse in der Hand zu Jana stellte. »Sie hat mir mal etwas von einem Lehrgang auf einem Gestüt in der Nähe von Potsdam erzählt. Meine Mutter hat für einen Medikamentenhersteller gearbeitet. Präparate für Tiere, weißt du.«

»Gut möglich, dass es bei einer von seinen Fortbildungen passiert ist.« Ob er Levke seinen Fehltritt gebeichtet hatte?

»Ich bin 1983 geboren … Also wahrscheinlich dann 1982.«

»Das ist biologisch richtig gerechnet.« Jana beobachtete einen frühen Zitronenfalter, der sich auf dem Geländer der Terrasse niederließ, um seine Flügel im Sonnenlicht zu wärmen.

»Sie hat immer behauptet, mein Vater sei vor meiner Geburt verstorben. Tja, und nun ist er tatsächlich tot.« Tessa zuckte mit den Schultern.

Jana musterte sie von der Seite. Sie hatte wirklich viel Ähnlichkeit mit Joona. Obwohl sie mehr redete als er. Das war also ihre Schwester. Halbschwester, verbesserte sie sich sogleich.

»Weißt du was, ich glaube, ich suche mir einfach ein Zimmer aus. Immerhin gehört das Haus nun genauso mir wie dir. Irgendein schönes Zimmer mit Seeblick.«

»Wenn du mein Schlafzimmer haben willst, dann …«

»Dann was? Dann ziehst du aus?«

Jana seufzte. »Wat för'n Schiet! Krüz, Himmel, Dondrewär!«

»Was auch immer.« Tessa verstand kein Wort. »Also, ich seh mich mal um.«

Fassungslos sah Jana mit an, wie Tessa an ihrem unberührten Tee roch und ihn kurzerhand in den Palmenkübel goss. »Bin mehr so der Kaffee-Freak«, sagte sie und stand auf.

»Finger weg von meinen Sachen.« Jana dachte nicht im Traum daran, diese Fremde unbeaufsichtigt durch ihr Haus spazieren zu lassen.

»Keine Sorge. Dein Schlafzimmer kannst du behalten. Hier gibt's doch sicher noch ein anderes hübsches …«

»Ruhe!«, fuhr Jana sie plötzlich an.

Entrüstet wollte Tessa Jana anblaffen, doch die hielt den Finger an die Lippen und horchte.

Durch die gekippten Fenster des Wintergartens wehte ein Rufen herein.

»Sei bitte mal still. Hörst du das?« Jana öffnete die Tür und trat auf die Terrasse. »Ist das ein Hilfeschrei?« Jana lauschte über den See. Ihr Blick glitt zur anderen Seite. Dort wischten bunte Jacken zwischen den Bäumen am Ufer entlang. Die beiden Männer …

»Das sind Kinder«, stellte sie fest.

Die beiden Kinder riefen um Hilfe und fuhren mit Rädern in halsbrecherischem Tempo den schmalen Trampelpfad am Ufer entlang. Wahrscheinlich wollten sie zur Straße.

»Da ist irgendwas passiert.«

»Schnell.« Tessa lief bereits Richtung Haustür.

»Warte. Tessa! Da kommen wir mit dem Auto nicht lang.«

»Wir nehmen meine Maschine. Komm schon.«

Erst als Jana um die Magnolie kam, schien sie zu realisieren, was Tessa gemeint hatte. Zumindest blieb ihr das Herz angesichts der Indian stehen. Immerhin hatte das Schmuckstück einen Sozius-Sitz, doch er kam Jana reichlich schmal vor.

»Jana, jetzt los.« Tessa hatte sich den Helm bereits übergestreift. »Es ist keine Zeit, über Motorräder zu fachsimpeln. Halt dich einfach fest.«

»Brauch ich nicht auch einen Helm? Wenn was passiert, dann …«

»Das is' ja wohl 'n Notfall.«

Mit einem geübten Kick ließ Tessa die Maschine an. Ihr dunkles, sattes Blubbern hallte zwischen Seehaus und Schuppen wider. »Los, Schwesterherz! Komm endlich.«

Widerstrebend überwand sich Jana, schwang ihr Bein unsicher über den Sattel und schob sich hinter ihre junge Schwester. Kaum hatte sie sich an Tessa geklammert, schoss diese los. Jana schrie überrascht auf und spürte ihr Herz wild pochen.

»Teerstraße. Da rechts«, rief sie Tessa zu. »Da kommen wir zum Parkplatz. Da können wir sie abfangen.«

Die beiden Frauen rasten vom Hof.

11

Habt ihr sie angefasst?« Jana drehte sich zu den beiden Jungen um. Was immer die zwei im See gesucht hatten, sicher hatten sie sich ihren Nachmittag anders vorgestellt. Blass und zitternd standen sie zwischen den Bäumen am Ufer und reckten die Hälse. Die beiden warteten bei ihren Rädern und sahen zu, wie die alte Dorfärztin die Hose hochkrempelte und die bequemen Sportschuhe dort abstreifte, wo auch sie ins Wasser gegangen waren.

»Benjamin war's.«

»Gar nich'!« Benjamin war triefend nass. Wahrscheinlich war er bei seiner Flucht vor der Leiche ins Wasser gefallen. Seine Brille hing ihm schief auf der Nase. »Nur mit 'nem Stock. Nur 'n bisschen reingepikt. Ich schwör's!«

»Das war aber nicht okay, Kids«, meinte Tessa ziemlich ruppig. »Die Polizei ist gleich hier.«

Den beiden war anzumerken, dass sie jetzt noch mehr Angst bekamen. »Werden wir verhaftet?«, wollte Benjamin wissen.

»Ach was. Nein, macht euch keine Sorgen«, beruhigte Jana die Kinder sogleich. »Ihr wartet hier, und wir schauen uns das an.«

»Was heißt denn bitte *wir*?«

»Du willst doch wohl nicht mich, deine *Schwester*, allein in den See steigen lassen.«

»Äh, genau das hatte ich vor. Wenn da 'ne Leiche drin schwimmt. Wer weiß, wie lange die da schon drin ist … Außerdem ist der Grund schlammig und glitschig und …«

Jana warf Tessa die Herrengummistiefel hin. »Das ist in Seen so. Das nennt man Natur.«

»In Baggerseen aber nicht.«

»Die sind auch Bagger und nicht Natur.«

»Definitionssache.«

»Klugscheißerei. Komm jetzt. Du bist doch Journalistin.«

»Ja. Sicher. Und arbeite bei LandChic! Da geht es um die Schönheit des Landlebens – nicht um Tod und … und … und …«, sie schüttelte sich, »Verwesung.«

»So schlimm wird es schon nicht werden.« Geduldig wartete Jana, bis ihre Schwester aus der Motorradhose geschlüpft war und ihr in Slip und Gummistiefeln zwischen das Schilf folgte.

»Siehst du schon was?«

»Nein«, brummte Jana. »Wo ist die Frau?«, wollte sie von den Kindern wissen. Als sie keine Antwort erhielt, drehte sie sich zu den Kids um.

Die beiden Jungen starrten Tessa mit offenem Mund an. »Noch nie 'n String gesehen«, maulte Tessa. »Verdammt, jetzt ist mir Wasser in die Gummistiefel geschwappt. Verflucht …« Sie hüpfte auf einem Bein herum.

»Also, Michael. Wo habt ihr sie gesehen?«

»Weiter da drüben«, rief der Junge und starrte dabei unablässig zu Tessa.

Nachdem sie die Kinder auf dem Parkplatz abgefangen und die Polizei alarmiert hatten, hatte Jana darauf bestanden, sofort nach der Frau zu sehen. Vielleicht konnte sie ja noch helfen.

Zusammen erreichten die beiden Frauen die Schneise aus abgeknicktem und niedergetretenem Schilf, die die Kinder geschlagen hatten.

Mit einem Grummeln im Magen watete Tessa weiter hinein. Sie hatte in ihrem Leben erst zwei Tote gesehen. Einen Unfalltoten. Und ihre Mutter. Beides keine schönen Anblicke.

Ganz in Gedanken tat Tessa einen Schritt zu viel, und eine blasse Hand berührte sie am Bein.

»Jana?«, versuchte sie zu rufen, aber es klang wie ein Quieken.

Es war eine Frau. Sie lag mit dem Gesicht nach unten im Wasser, und Tessa bezweifelte, dass sie noch lebte.

»Ach herrje!« Jana schob Tessa zur Seite und war mit einem weiteren Schritt bei der Frau. Beherzt zog sie sie auf den Rücken.

Mit einem Schmatzen rollte der Körper herum. Und obwohl Tessa nicht hinsehen wollte, sich sogar die Augen zuhielt, spähte sie doch zwischen den Fingern hindurch. Die Frau war kreidebleich, aber nicht sehr entstellt. Tessa hatte Schlimmeres befürchtet.

Jana, die sofort den Puls fühlte, schüttelte den Kopf. »Sie ist tot.«

»Was machen wir? Bringen wir sie an Land?«

»Wir warten auf die Polizei. Ich vermute, dass sie schon einige Zeit tot ist. Ein paar Stunden sicher. Da ist nichts zu machen.«

Tessa fasste sich ein Herz und nahm die Hände runter. »Sieht gar nicht so schlimm aus.«

»Was dafür spricht, dass sie noch nicht lange hier im Wasser liegt. Oh, verflixt und zugenäht.« Jana hatte der Toten die schwarzen Haare aus dem Gesicht gestrichen.

»Was ist denn?«

»Das ist Anna Schwanbeck.«

Die Augen der Frau waren geschlossen. Tessa schätzte sie auf Mitte sechzig. Eine korpulente Frau mit schlichter Bluse und Schürze.

»Die ist umgebracht worden«, stellte sie fest.

»Red keinen Unsinn. Woher willst du das wissen?«

»Zum Selbstmord ziehen sich Frauen gewöhnlich schicker an.«

Jana hielt verwirrt inne. »Nicht dein Ernst?«

»Glaub's mir.« Tessa lächelte. »Ich kenne da eine Studie.«

»Eine Studie? Über Selbstmorde?«

Tessa musste schmunzeln. Ihrer Schwester war deutlich anzusehen, dass sie sich gerade fragte, welche dunklen Geheimnisse ihre neue Halbschwester haben mochte. »Wirklich. Das war für eine Glosse, ist schon Jahre her. Als ich noch als Praktikantin für eine Frauenzeitschrift gearbeitet hab. War aber echt interessant.«

»Inwiefern?«

»Sich zu ertränken zum Beispiel, also das wäre schon drin. So als Selbstmordmethode für eine Frau.«

»Ach?«

»Ja. Weil es sauber ist und keinen Dreck macht.«

»Moment. Das ist Frauen beim *Selbstmord* wichtig?«

Tessa nickte.

»Hm. Das ist mir ja noch nicht mal im *Leben* wichtig.«

»Ist mir auch schon aufgefallen.«

»Was soll denn das heißen? Lauf ich dreckig rum?«

»Nein. Das meinte ich nicht. Ähm, nur nicht gerade … nicht gerade … äh, stilsicher.«

»Es ist eben einfach *praktisch*, was ich anhabe.«

»Na gut. Lassen wir es dabei.« Tessa nickte zur Toten. »Sie hat auch praktische Klamotten an. Aber ein Selbstmord ist ein Ritus.«

»Das macht man nur einmal im Leben.«

»Du sagst es.«

»Und deswegen ziehen sich Frauen dabei besser an? Klingt einleuchtend.«

»Genau. Also kein Selbstmord. Das ist eindeutig Mord, Jana.«

»Was?« Jana starrte sie an. »Das ist Anna Schwanbeck. *Meine* Patientin, *mein* See, *mein* Dorf. Das alles hier ist mein Zuhause. Und dann kommst du hier aus Berlin angedüst un quasselst dumm Tüüch! Anna Schwanbeck soll ermordet worden sein?«

»Na ja.« Nachdem sie sich geräuspert hatte, zeigte Tessa widerwillig zum Kopf der Toten. »Dieses Loch da an der Schläfe, das kommt doch nicht vom Ertrinken, oder, Frau Doktor?«

12

Im Schilf hievten zwei Männer der freiwilligen Feuerwehr die Leiche auf eine Bahre.

Es hatte zehn Minuten gebraucht, bis ein Rettungswagen der Feuerwehr und der einzige Polizeiwagen Burgheides mit Blaulicht angeschossen kamen. Michael und Benjamin staunten über die Hektik und die Professionalität der Feuerwehrmänner, die sie allesamt kannten. Sie waren trotz vier Jahren Kinderfeuerwehr noch nie bei einem richtigen Einsatz dabei gewesen, und sie vergaßen durch ihre Begeisterung ein wenig den grausamen Fund.

Tessa und Jana standen am Seeufer. Während Tessa den Einsatzkräften zusah, schickte Jana die Kinder zum Rettungswagen und sprach mit einer jungen Feuerwehrfrau. Sie sollte dafür sorgen, dass die Kinder die Leiche nicht noch mal zu Gesicht bekamen.

Obwohl Tessa gerne weiter über ihre Mordtheorie spekuliert hätte, zeigte sich ihre Schwester ziemlich reserviert. Es war ein wenig engstirnig, dass Jana einen Mord hier in ihrem ländlichen Idyll nicht wahrhaben wollte, fand Tessa.

Nach den sich überschlagenden Ereignissen der letzten Tage, den Stunden voller Schokocreme-Frust-Völlerei und geplatzten Erbschaftsträumereien, spürte Tessa endlich wieder so etwas wie Abenteuerlust.

Auch wenn sie Leichen nicht mochte, so kitzelte die Tote doch ihre journalistische Neugierde. Warum war diese Frau erschlagen worden? Aufs Schilf starrend, das sich sanft im leichten Sommerwind hin und her neigte, verspürte Tessa den Geruch von Geheimnis in der Nase und das unbändige Gefühl von Tatendrang.

Seehaus und Erbschaft hin oder her – wie es aussah, würde dieser Landtrip nicht nur länger dauern als gedacht, sondern auch sehr viel interessanter werden.

Erst jetzt bemerkte Tessa, dass ein schlanker Polizist neben sie getreten war. Tessa schätze, dass er drei, vier Jahre jünger war als sie. Der Beamte gab sich große Mühe, seine makellose Uniform mit Autorität zu füllen. Mit seinem breiten Kopf, den struppigen Haaren und seinen derben Fingern kam er Tessa wie der typische Bauernjunge vor. Als hinge sein Leben davon ab, starrte der junge Mann auf die Feuermänner mit der Bahre und drückte räuspernd die Brust raus. Im Kopf schien er das durchzugehen, was gleich auf ihn zukam, aber sein Blick wanderte immerzu zu Tessa.

Amüsiert stellte sie fest, dass sie den Kerl aus dem Konzept brachte.

Na, dachte sie, du hast so viel Erfahrung mit Frauen wie ich mit Raketentechnik.

»Und die?«, brach es schließlich aus ihm heraus.

Die Frage war an Jana gerichtet, die neben ihr stand, deshalb ignorierte Tessa ihn und zupfte ein Buchenblatt von ihrem Oberschenkel. Noch immer waren ihre Beine nass. Schlamm war an einen ihrer Knöchel gespritzt. Sie rieb ihn mit dem Fuß ab. Der laue Frühlingswind würde ihre Beine schon trocknen. Sie musste noch etwas warten, bis sie ihre Lederhose wieder anziehen konnte. Dass sie die Blicke der Feuerwehrmänner und des Polizisten auf sich zog, störte sie nicht im mindesten.

»Wer, die?« Jana trat zu ihnen.

»Na, Frau Doktor Hinrichs, die.« Martin deutete verstohlen mit dem Finger auf Tessa. »Wer ist denn das? Wieso hat sie keine Hose an? Ich glaube, das geht so nicht. Das ist doch bestimmt ein Ärgernis so für die Öffentlichkeit.«

»Siehst du hier Öffentlichkeit, Martin?«, brummte Jana kopfschüttelnd.

»Eben«, gab Tessa zum Besten. »Und seit wann sind solche Beine und ein String ein Ärgernis, Herr Wachtmeister?«

Martin sah schnell weg, was Tessa wirklich amüsierte. Fast hätte sie losgeprustet.

»Ich – ähm – also – nein, doch ich meine – Sie – ich mein – Es …« Seine Pausbacken bekamen rote Flecken, und er sah Jana hilfesuchend an.

»Ist das auch eine deiner Großstadttugenden? Immer hübsch provozieren?« Sie bedachte Tessa mit einem missbilligenden Blick. »Martin, habt ihr nicht eine Decke, die sie umwickeln kann?«

Martin nickte schnell und kam eine Minute später mit einer angeeilt. »Ich – ich bin übrigens, also, kein Wachtmeister.«

»Sondern?« Tessa rieb sich mit der Decke ab.

»Polizeimeister.« Martin zeigte auf die beiden Streifen seiner Schulterklappe.

»Muss man dazu nicht volljährig sein?«

»Natürlich. Das ist schon Voraussetzung, wenn … Moment mal!« Martin streckte wieder die Brust raus. »Ich bin siebenundzwanzig.«

Zu seinem Glück kamen endlich die beiden Männer mit der Toten ans Ufer. Wasser und Algen troffen von der Bahre herunter. Die Frau wog sicher gute neunzig Kilo, und das Wasser hatte sie nicht leichter gemacht. Die beiden schnauften, während sie die Bahre an Land brachten. Mit einem metallischen Klacken klappte das Gestänge aus.

Anna Schwanbecks Leichnam wirkte wie schlafend im flirrenden Frühlingslicht. Tessa, die sich zunächst abgewandt hatte, wagte einen weiteren Blick und war überrascht, wie friedlich die Tote aussah. Sonnenflecken irrten über den Körper. Die dunklen Haare klebten an Stirn und Wangen, als döse sie in der warmen Sonne. Einzig die Blässe und die offene Wunde zerstörten diese Illusion.

Schluckend sah Martin auf die Tote hinab. »Was machen wir denn jetzt mit ihr?«

»Wo ist denn Alfons?«, wollte Jana wissen.

»Auf Malle. Noch die ganze nächste Woche.« Es war deutlich zu hören, dass er die Abwesenheit von Alfons in dieser Situation als persönliche Beleidigung auffasste.

»Ist Alfons der Gerichtsmediziner?«, wollte Tessa wissen.

»Nein, mein Chef. Polizeiobermeister. Alfons Beckmann.«

»Martin, was is' nu. Sach was«, forderte ihn einer der Feuerwehrmänner auf.

Anstatt zu antworten, sah sich Martin hilfesuchend zu seiner Kollegin um, die noch immer die beiden Jungen befragte.

»Wie wäre es mit ein paar Fotos?« Alle Blicke richteten sich auf Tessa. »Ich mein ja nur, wegen der Beweise.«

»Schlecht wäre das nicht«, gab Jana zu.

»Hat jemand ein Handy?«

Einer der Feuerwehrmänner kramte seines aus der Jackentasche und reichte es Tessa. Er lächelte verschmitzt, und seine blauen Augen blitzen. »Darf ich fragen, wem ich es leihe?«

Auch Martin, der Polizist, sah Tessa erwartungsvoll an.

»Ich bin Tessa. Tessa Eichhorn. Halten Sie doch mal.« Sie gab dem Feuerwehrmann die Decke, damit sie besser fotografieren konnte. Kess legte sie den Arm um Janas Schulter. »Ach ja, und ich bin die unbekannte Halbschwester ihrer Dorfärztin.«

»Frau Doktor Hinrichs, Sie haben eine Schwester?«, wollte Martin verblüfft wissen.

Jana nahm sanft Tessas Arm und schob ihn lächelnd von ihrer Schulter. »Ja. Seit ungefähr drei Stunden.«

»Wow, cool. So jung!«, scherzte der Feuerwehrmann und reichte ihr die Hand. »Willkommen in Burgheide! Ich bin Nils. Schönes Badeoutfit, übrigens.«

»Danke, Nils.«

»Jetzt bin ich aber erleichtert«, plapperte Martin. »Ich hatte schon Angst, ich muss Sie verdächtigen! Haha, war ein Witz. Ein Witz.«

Tessa lachte gespielt, nahm Nils das Handy ab und drückte es Jana in die Hand. »Na, dann los, Frau Doktor. Ich denke, Fotos von Verletzungen sind eher was für die Ärztin als für Karla Kolumna.«

Grummelnd nahm Jana das Handy und beugte sich über die Tote, strich ihr behutsam die Haare von Stirn und Schläfe. »Ein Schlag mit einem stumpfen Gegenstand. Ungefähr faustgroß. Hast du das, Martin?«

Martin hatte inzwischen ein Diktiergerät gezückt und hielt es Jana hin. »Ja. Haben wir.«

Jana schoss weitere Bilder von der Wunde, den Kleidern, den Händen …

Anna Schwanbeck trug Sportschuhe, eine Jeans und einen Strickpullover mit weißen und hellblauen Blockstreifen. Darüber hatte sie eine Arbeitsschürze gezogen. Ein ziemlich hässliches Exemplar, wie Tessa fand. Ein Blumenmuster, das sicher noch aus den fünfziger Jahren stammte. Waren das blaue Knospen, die an den verblassten Zweiglein sprossen? Diese Schürze hatte jedenfalls schon so einiges mitgemacht, die Kanten waren abgegriffen, der Stoff war ausgeblichen. Tessas Blick fiel auf die Uhr am Handgelenk der Toten. »Sie hat noch ihre Uhr um. Sie ist um 3:23 Uhr stehengeblieben.«

»Ist das der Todeszeitpunkt?«, wollte Martin von Jana wissen.

»Keine Ahnung.« Vorsichtig versuchte sie, den Mund der Toten zu schließen. »Noch wirkt die Totenstarre. Das kalte Wasser hat aber sicher die Auflösung der Starre verzögert. Es kann schon sein, dass es der Todeszeitpunkt ist. Oder der Zeitpunkt, als sie ins Wasser fiel. Nach der Totenstarre zu urteilen, ist sie wahrscheinlich gestern ermordet worden.«

»Ermordet?« Das war Martin neu. »Ermordet … Ich muss Alfons anrufen. Ich muss den irgendwie erreichen.«

»Und die Kripo«, schlug Tessa vor.

»Ich bin keine Pathologin«, warf Jana ein. »Aber ich denke, sie wurde im Affekt erschlagen und dann hierhergebracht.«

»Im Affekt?« Tessa zog eine Schnute. »Das ist sonnenklar. *Geplanter* Mord aus niederen Beweggründen ist in diesem Paradies ausgeschlossen.«

Jana ignorierte die sarkastische Bemerkung. »Und ich glaube, wir haben es mit einem Linkshänder zu tun.«

»Das können Sie jetzt schon alles sagen?«, warf Nils verdutzt ein.

»Kann sie, ja«, meinte Tessa. »Weil der Mörder Anna Schwanbeck an der rechten Schläfenseite getroffen hat. Stimmt's, Jana?«

Jana nickte.

»Ein Mord bei uns.« Martin starrte noch immer auf die Tote. »Ich muss jetzt echt telefonieren.« Er eilte zum Streifenwagen. Schnell besprach er sich mit seiner Kollegin und rief den anderen zu: »Emma ruft die Kriminalpolizei in Nienburg an. Die sind sicher bald hier.«

»Und wo bringen wir sie jetzt nun hin, Martin?«, wollte Nils wissen.

»Zu Flachskamp. Der hat einen Kühlraum«, befahl Jana.

Die beiden Frauen folgten den Feuerwehrmännern zum Rettungswagen.

Jana wandte sich noch einmal an Martin. »Sagst du es Torben und Rolf?«

»Rolf«, meinte Martin gedankenverloren. »Ist Rolf nicht Linkshänder?«

»Wer ist Rolf?« Tessa begann, sich die Lederhose über die nackten Beine zu streifen.

»Annas Ex-Mann«, antwortete Jana.

»Und er ist der einzige Linkshänder in eurem friedlichen Städtchen? Natürlich war es der Ex. Im Affekt, wohl gemerkt.«

»Hast du darüber denn keine Statistik gelesen?«, antwortete Jana schnippisch. »Bei Mord ist es ganz oft ein Familienangehöriger. Vermutlich, weil Familie so überaus anstrengend sein kann.«

»Ach! Interessant! Das unterschreib ich!«

»Schön, dass wir uns einmal einig sind … Kannst du dich vielleicht mal ein bisschen mit dem Anziehen beeilen?« Jana klang wie eine Mutter, die ihr Kind zum hundertsten Mal ermahnte.

Tessa ignorierte sie und ging zu ihrer Maschine zurück, um sich in aller Seelenruhe die Stiefel anzuziehen.

»Heißes Gerät.« Nils musterte die Maschine, strich über den Sattel und sah Tessa unverhohlen auf den Po, als sie den rechten Stiefel zuzog. »Nette Replik. Indian Chief.«

»Du kennst dich mit Motorrädern aus?«

Er nickte. »Ja, ich hab selbst eins. Aber Motocross. Eine KTM 250. Ist einfach praktisch hier.«

Tessa nickte. »Aha.« Mit dem Begriff Motorcross konnte sie gerade noch etwas anfangen. Doch sie wollte sich nicht als Motorrad-Analphabetin outen.

»Vielleicht können wir ja mal zusammen fahren.« Nils' Kollege war gekommen und zupfte ihn am Arm.

»Vielleicht.« Tessa setzte sich den Helm auf.

»Wir müssen los.« Nils nickte Tessa zum Abschied zu und ging. Trotz des Helms konnte sie die beiden jungen Männer reden hören. Nils' Kollege flüsterte ihm zu: »Wenn Susanne von deiner Flirterei hier Wind bekommt, dann bist du 'n Kopf kürzer!«

Tessa schob die Indian zu Jana, die auf den See hinaussah. »Komm, ich bring dich nach Hause.«

»Du meinst wohl zu *uns* nach Hause?«

Tessa überlegte einen Moment, dann nickte sie. »Das werden wir sehen.«

13

Das Neubaugebiet von Burgheide war bereits dreißig Jahre alt. Mitte der achtziger Jahre hatte die Gemeindeverwaltung beschlossen, einige Wiesen unweit des Friedhofs zu erschließen und preiswert anzubieten. Etliche Einfamilienhäuser entstanden. Anna Schwanbeck war jedoch erst vor zehn Jahren hierhergezogen, nachdem sie sich von ihrem Mann getrennt hatte. Damals war sie mit ihrem Sohn in dieses unauffällige Haus mit backsteinroten Riemchen, einem weiß getünchten Vorbau und Sprossenfenstern eingezogen.

Jana stellte den Landrover vor der Garage ab und ging den Weg durch den gepflegten Vorgarten zur Tür. Hinter den Fenstern warteten Tonfigürchen, die Jana mit ihren Töpferkenntnissen sofort als billige Massenware identifizierte. Einige Orchideen hatten ihre schweren Köpfe gegen die Scheibe gedrückt, als müssten sie lauschen, wer zu Besuch kommt.

Ein selbstgemachtes Tonschild hing unter der Klingel. Es war sicher von Torben, Annas und Rolfs Sohn, in der Schule gemacht worden. In krakeliger Kinderschrift war ein »Hier wohnen Anna und Torben« eingeritzt. Um die Namen flatterten Farbtupfer-Schmetterlinge.

Jana musste tief durchatmen, bevor sie klingeln konnte.

Nachdem Tessa sie zum Seehaus gefahren hatten, hatte Jana noch einmal mit Martin gesprochen. Der junge Polizist war mehr als erleichtert, als sie sich angeboten hatte, an seiner Stelle Torben die schlechte Nachricht zu überbringen. Irgendwelchen unbekannten Kripobeamten die Aufgabe zu überlassen kam Jana einfach falsch vor. Torben sollte die Nachricht nicht von Wildfremden erfahren.

Sie kannte die Schwanbecks einfach zu gut. Wie fast alle Burgheider, war auch Anna über Jahrzehnte ihre Patientin gewesen. Schon Rolfs Vater Hartmut hatte Jana behandelt. Außerdem hatte man Anna in »ihrem« See gefunden, quasi vor ihrer Haustür. Jana fühlte sich schlicht verantwortlich.

Weil sie Tessa nicht hatte mitnehmen wollen, war sie in den Wagen gestiegen, während ihre Halbschwester noch die Zimmer erkundete. Jana ging jede Wette ein, dass Tessa das schöne Arbeitszimmer ihres Vaters im Turm als Schlafzimmer auswählen würde.

Torben öffnete. Jana war erstaunt, wie groß der Junge geworden war. Er musste inzwischen mindestens zwanzig Jahre alt sein. Nur zu gut konnte Jana sich an den Sechsjährigen erinnern, der ihr während der Untersuchungen immer unablässig ihren Job erklärt hatte.

Verdattert sah er sie an. »Frau Doktor Hinrichs?«

»Darf ich reinkommen?«

»Äh – na ja, klar, aber meine Mutter ist nicht da.« Er hielt ihr die Tür auf. »Was gibt es denn?« Anscheinend hatte er sich schon für die Arbeit umgezogen, denn er trug Arbeitshose und T-Shirt und war frisch rasiert. Jana spähte in die Küche. Thermoskanne und Brotdosen standen auf der Anrichte bereit.

»Musst du zur Arbeit?«

»Hat noch 'n bisschen Zeit.« Torben winkte sie ins Wohnzimmer durch und bat sie an den Esstisch. Jana nahm auf einem der Stühle Platz. Der Raum roch nach einem Raumerfrischer. Pfirsich? Es passte irgendwie zu den Möbeln in Buche-Furnier, den Stühlen mit der silbergrauen Polsterung und dem cremefarbenen Sofa, auf dem man im Liegen fernsehen konnte.

»Ich …« Jana holte Luft. Schon häufig hatte sie Angehörigen schlimme Nachrichten überbracht, aber eigentlich meistens nach langer Krankheit. Die Angehörigen waren auf so eine Nachricht stets vorbereitet gewesen – sofern man sich auf so etwas vorbereiten kann. Und es war etwas anderes, etwas völlig anderes, zu hören, dass ein Angehöriger Opfer eines Mordes war. »Ich muss dir leider eine schlechte Nachricht bringen.«

Torben blinzelte. Plötzlich war sein Selbstbewusstsein verschwunden. Wie beiläufig griff er nach einem der Stühle und umklammerte die Lehne. Seine Knöchel traten hervor. Jana schluckte, sie merkte, wie trocken ihre Kehle mit einem Mal war, fürchtete, keinen Ton mehr herauszubringen.

»Torben, setz dich bitte.«

»Ist es Papa?« Er sank auf den Stuhl. »Ist er wieder betrunken gefahren? Hatte er einen Unfall?«

Jana schüttelte den Kopf.

Torben sprang auf. »Nein!«

Ihr Blick hatte ihm alles gesagt.

»Deine Mutter …«

»Nein!« Er verbot Jana, auszusprechen, was ihm unmöglich erschien. Jana stand auf und griff nach seinen Händen.

»Hör mir zu«, sagte sie sehr gefasst. »Schau mich an. Ich will, dass du mich ansiehst.« Sie gab ihm Zeit, ein paar Atemzüge, dann fuhr sie langsam und bestimmt fort: »Deine Mutter ist gestorben. Sie ist tot. Hast du das verstanden?«

In seinem Kopf wirbelten die Gedanken, sie sah und sie spürte es an seinem Zittern. Es dauerte eine Weile, bis er nickte. Hilflos sah er sich im Zimmer um, als suche er nach einer Insel in der hochbrandenden Tränenflut. Sie konnte nichts weiter tun, als ihm mit einer Umarmung Halt zu geben.

»Ist gut … Ist gut … Torben, alles ist gut.« Irgendwie schaffte sie es, den Jungen zurück auf den Stuhl zu bugsieren.

Aus der Küche holte sie zwei Gläser mit Wasser. Anstatt zu sprechen, wollte sie, dass er fragte, dass er wieder zu Worten kam. Das gemeinsame Schweigen dauerte eine gefühlte Ewigkeit.

»Was ist passiert?« Seine Stimme klang dünn.

»Das wissen wir nicht genau.«

Torben runzelte die Stirn. »Wie? Was … Was bedeutet das?«

»Wir haben deine Mutter vor einer Stunde gefunden. Im Lütjebrödersee.«

Verständnislos blickte Torben sie an. »Mama ist ertrunken? Aber …?« Sein Blick wurde leer. »Sie schwimmt doch nicht. Die geht doch nicht einfach schwimmen. Es … ist es nicht viel zu kalt, das Wasser?« Etwas in ihm wurde wach, denn er fuhr Jana ärgerlich an: »Was soll das denn? Das ist doch Quatsch! Mami geht nicht ins Wasser. Das Wasser ist doch arschkalt!«

»Torben. Ich weiß doch auch nicht, was passiert ist. Irgendjemand hatte wahrscheinlich Streit mit ihr. Sie ist nicht ertrunken.«

»Ermordet? Wollen Sie mir das sagen?« Alles Blut war aus Torbens Wangen gewichen.

Jana nickte kaum merklich, als ob diese Bestätigung etwas daran geändert hätte. Und blickte in seine stimmlosen Augen.

14

Nachdem sich Tessa einen Großteil des Hauses angesehen hatte, ein paar der Räume waren abgeschlossen, entschied sie sich für das gemütliche, fünfzehn Quadratmeter große Zimmer im ersten Stock des angebauten Türmchens. Es war achteckig, und von hier aus hatte man einen wunderschönen Blick auf den See. Leider war es komplett mit Janas Kisten vollgestellt.

Tessa begann einige der Kisten zur Seite zu schieben und überlegte, was sie als improvisiertes Bett benutzen könnte, doch nach einer Stunde gab sie auf.

Statt herumzuräumen, war sie ziellos mit ihrer Indian durch die Gegend gefahren, hatte den See umrundet, war die sanften Hügel um Burgheide hoch- und runtergedüst und hatte sich eine Wanderkarte des Gebiets besorgt. Sie brauchte frische Luft und musste ein wenig Abstand von Haus und Leiche gewinnen.

Schließlich war sie die gewundene Allee nach Burgheide hineingefahren, hatte den Marktplatz mit seinen spärlichen, aber lauschigen Geschäften entdeckt und ihre Maschine dort abgestellt.

Hunger machte sich bemerkbar. Die Sonne stand schon hoch, und der Nachmittag war längst angebrochen. Bisher hatte sie ihr Leben für aufregend gehalten. Ständig auf Achse, immer der romantischsten Story hinterher, doch eine Zwangserbschaft – gab es das Wort überhaupt? – und ein Mordopfer in wenigen Stunden, das war eindeutig das Dramatischste, was ihr bisher widerfahren war.

Hungrig studierte sie die Karte des einzigen Cafés. Was hätte sie für einen Schoko-Caramel XXL Latte macchiato gegeben.

Der Milchkaffee im Café Mühlenbrink war eindeutig verbesserungswürdig, aber dafür war der Butterkuchen brillant. Während sie die Mandeln knusperte, versuchte sie, ihre Gedanken zu ordnen.

Drei Tage und ihr Leben stand kopf. Nun war sie also Besitzerin eines halben Hauses, das in LandChic sicher den ersten Platz bei der Leserwahl zum schönsten Heim gemacht hätte. Wenn nicht irgendwelche Leichen in Sichtweite ihren Freischwimmer machen würden.

Joona und eine Schwester, fast so alt wie ihre … ihre Mutter, dachte sie und leckte die Sahne ab.

Wie es Jana wohl ging? Sie war einfach abgehauen.

Eigentlich war Jana ganz pfiffig. Ihre ruhige Art gefiel Tessa, und dumm war diese Ärztin sicher nicht. Am See hatten sie sich ganz gut ergänzt, das musste sich schon eingestehen. Irgendwie hatte es durchaus Spaß gemacht, mit ihrer Schwester in einen See zu steigen.

Sollte Tessa über Joonas Wunsch mit dieser Jahresfrist ernsthaft nachdenken? Ein Jahr auf dem Land wohnen? Acht Kilometer vom nächsten Supermarkt entfernt und unendlich weit weg vom nächsten Schoko-Caramel Macchiato? Andererseits, was hielt sie noch in Berlin? In wenigen Wochen war ihre Kündigung durch, und Karsten hatte sich die Tage bloß gemeldet, um ihr zu sagen, dass sie ihre Klamotten bei ihm abholen solle.

Nachdem ihr auch das zweite Stück Kuchen keine Antwort gab, aber ein paar schöne Fotos für ihren Blog, beschloss sie, auf Entdeckungstour zu gehen. Sie ließ ihre Maschine stehen und spazierte durch die Straßen.

Burgheide stellte sich als gar nicht so dörflich heraus, wie Tessa befürchtet hatte. Neben Bäckerei und Landschlachterei, Apotheke und dem Dorfkrug De Fief Düwelskeerls fand sie auch einen gut sortierten Tante-Emma-Laden. Der Getränkemarkt lag vier Häuser weiter in einer Scheune. Die Kisten stapelten sich neben Traktoren und Mähdreschern. Ein Fahrradladen lockte mit dem Verleih von E-Bikes und eine Geschenke-Boutique daneben mit allerhand Nippes. Sogar ein Freibad gab es laut Stadtplan irgendwo am Dorfrand.

Ihr Blick glitt über die Vorgärten, in denen, von Mulch bedeckt, die Stauden auf lange Sonnentage warteten. Noch tummelten sich Tulpen, Hyazinthen und Narzissen in den Beeten. Für einen Moment verharrte Tessa, um ein Rotkehlchen nicht zu stören, das sich Grashalme für sein Nest suchte.

Ein Zuhause für die Familie.

Am Potsdamer Platz gab es bloß Tauben. Und die hatten immer nur Pommes und Dönerstückchen im Schnabel.

Sie sog noch einmal die frische Luft in ihre Lungen und musste feststellen, dass sie dies noch nie in Berlin getan hatte. Im Gegenteil, wie oft kam sie an Ecken vorbei, an denen sie lieber den Atem anhielt?

Viele der alten Höfe waren in ihrer Struktur noch zu erkennen. Mit Kopfsteinen gepflasterte Auffahrten, Remisen, Schuppen, Wohnhäuser. Oft parkte ein Trecker auf dem Hof oder im Garten, der bei vielen Häusern einfach riesig schien. Hin und wieder entdeckte sie eine kleine Koppel zwischen den Häusern, auf der ein oder zwei Ponys direkt neben Klettergerüst und Trampolin grasten. Einfach so, mitten im Ort. Sie griff nach ihrer Kamera und verfluchte sich sogleich.

Du willst doch nicht etwa Fotos für Georg schießen. Zu einem Artikel brauchst du ihn nicht mehr zu überreden, Schatz.

Georg, dachte sie. Er konnte nichts für ihren Rauswurf. Wahrscheinlich hatte er sogar wie ein Löwe für sie gekämpft. Vielleicht wusste er Rat. Sie drückte auf die Ziffer eins der Kurzwahl und lauschte auf das Klingeln, während sie die Straße entlangschlenderte.

»Ja?«

»Georg? Hier ist Tessa.«

»Tessa, Schätzchen. O mein Gott! Du musst dich furchtbar fühlen. Es tut mir wirklich leid, meine Maus. Aber ich konnte nicht …«

»Der Drops ist gelutscht, Georg.«

»Ach, da bin ich aber froh … Wo treibst du dich rum? Hättest dich ja schon mal melden können die Tage.«

Sie spazierte den sauberen Gehweg entlang. Er war breit und eben, und die Abwesenheit von Glasscherben, Hundekot, Fastfood-Verpackungen und Kronkorken war erschreckend.

»Es ist eine Menge passiert.«

»Was? Ich kann dich schlecht verstehen. Hallo? Schätzchen? … Tessa? Bist du im Ausland?«

Tessa lachte.

»Ist das ein Maschinengewehr? Schatz, geht's dir gut?«

Ein ohrenbetäubendes Rattern kam näher. Tessa drehte sich um und beobachtete den Aufsitzrasenmäher, der im Schneckentempo an ihr vorbeizuckelte. Zwei Teenager saßen darauf und hörten Musik aus einem MP3-Player.

»Mach keine Dummheiten! Du bist doch jetzt nicht unter die Kriegsreporter … Haaaaaalllo?«, brüllte Georg durchs Handy.

»Nein«, schrie Tessa zurück. »Ich bin nicht im Ausland. Ich bin noch weiter weg.«

»Waaas?«

»Warte mal!«

Tessa drückte sich in eine der Auffahrten zwischen zwei Scheunen.

»Ich bin in Burgheide.«

»In wo?« Das Rattern des Mähers verklang. »Auf welcher Burg?« Sie hörte an Georgs Stimme, dass er einen Verdacht hatte. »Du hast 'ne neue Stelle. Du bist in einer Fabrik. Machst da PR. Richtig?«

»Nein. Ich musste aufs Land. Mein Vater ist gestorben.«

»Du hattest einen Vater? Ich meine, natürlich hattest du einen Vater. Jeder von uns hat so ein notwendiges Übel – aber – seit wann? Also … Wo bist du, sagtest du?«

»Burgheide.« Sie hörte Georgs Tastatur klappern und hatte das Bild förmlich vor Augen, wie er eine Karten-App aufrief und nachsah.

»Keine Autobahn. Nirgends. Gibt es da überhaupt geteerte Straßen? Du bist 350 Kilometer vom Leben entfernt!« Ihr Ex-Redakteur klang sehr erschüttert.

»Ja, und es ist irgendwie toll.« Eine Schar Hühner lief auf dem Hof des Hauses frei umher. Sie erzählte ihm von Joona und dem traumhaften Haus. Und von der Auflage, ein Jahr in dem Haus zu wohnen.

»Sekunde, Schätzchen«, hakte er nach. »Du erbst es zur Hälfte, wenn du ein Jahr drin wohnst.«

»Mit meiner Halbschwester.«

»Hm. Das ist ja eine Story. Schätzchen, da kann man ja was ganz Großes draus machen!«

Während er parlierte, musterte sie interessiert ein bunt gestrichenes Küchenbüfett samt Dächlein, das direkt an der Straße aufgestellt war. »Frische Eier, Kartoffeln, Honig«, pries ein handgeschriebenes Schild an. Daneben stand eine Blechbüchse mit Schlitz. Nicht zu fassen, wie vertrauensvoll die Menschen hier waren.

»Georg, wenn du mir hier auch nur irgendwen von der Redaktion vorbeischickst, sind wir geschiedene Leute. Klar?«

»Ach Schätzchen, no business like show business.«

»Ich mein's ernst.«

»Ist ja schon gut. Georg ahnt schon, weswegen du anrufst. Jaja, auf mich ist Verlass.«

»Ach. Und wieso ruf ich an?«

»Na, du willst einen Rat. Du willst wissen, ob du in diesem … diesem Nirwana bleiben sollst… Du bist im Nirgends! Da ist nichts. Himmel.«

»Und? … Wie ist der Rat?«

»Mach's!«, sagte er prompt. »Es zwingt dich doch keiner, die ganzen Monate zu bleiben. Schätzchen, atme mal durch, lern reiten, genieß es. Und wenn's dich nervt, dann ab nach Hause.«

Seufzend rieb sie sich die Augen. »Wenn ich wüsste, wo das ist, Georg.«

»Ach, wegen Karsten. Ja, der hat hier achtundzwanzig Umzugskartons in die Redaktion geschickt. 230 Euro Spedition. Waren an dich. Stehen in deinem Verschlag.«

»Ex.«

»Ex-Verschlag.«

»Fuck.«

»Ja, das war wohl mal. Hab's ausgelegt.«

»Danke.« Eine paar Hühner liefen ihr um die Beine und rannten gackernd auf dem Hof herum. »Georg, ich glaub, die Hühner sind ausgebrochen. Die laufen hier frei rum. Gleich bei der Straße.«

»Hast du Hühner gesagt?«

»Pass auf, Georg. Ich melde mich wieder. Du hast mir sehr geholfen.«

»Immer erst probieren, Schätzchen. Sonst weiß man nicht, ob der Hummer schmeckt.«

»Das mach ich. Außerdem interessiert mich die Leiche aus unserem See. Dank dir. Kuss und Tschüss.« Tessa lachte. »*Unser See*! Wie das klingt.«

Sie drückte auf Auflegen und hörte Georgs entsetztes »Leiche?« nicht mehr. Fasziniert beobachtete sie ein rotbraunes Huhn, das ungeniert in ihre Bikerstiefel pickte.

15

Jana hielt sich stets an die Verkehrsregeln, fuhr nie schneller als die erlaubten fünfzig.

Aber dafür umso rasanter an.

Gott sei Dank gab es noch keine Vorschrift gegen Beschleunigung.

Und so kurvte sie durch die Dorfstraßen, als wolle sie einen Beweis für die Fliehkraft erbringen. Nur ungern hatte sie Torben allein gelassen, aber sie wollte noch zu seinem Vater.

Ihr Handy klingelte, und sie bemühte die Freisprecheinrichtung. Es war Martin, der herumdruckste und sie schließlich bat, nachher ins Revier zu kommen. Der Kripobeamte sei im Dorf eingetroffen und wünsche mit ihr und Tessa zu sprechen. Das Missfallen in Martins Stimme war nicht zu überhören, als er den Namen des Beamten aussprach, und Jana fand es ungewöhnlich, den sonst so friedfertigen Martin in einem so pampigen Unterton von einem Kollegen sprechen zu hören.

»Der Kettel will Sie und Ihre Schwester verhören«, grummelte er. »Seien Sie bitte, bitte, bitte pünktlich.«

»Was ist denn los?«

Statt einer Antwort hörte sie eine dunkle Männerstimme einen Befehl geben, woraufhin Martin ein »Ja, natürlich« fluchte und auflegte.

Mit Schwung bog sie auf die Kopfsteineinfahrt des Bickbeerenhofs ein, der hinter den Tennisanlagen und dem Sportplatz des Ortes lag.

Sie wich einem Gabelstapler aus und setzte ihren Landrover gekonnt zwischen einen dunklen BMW und einigen Paletten mit Marmeladengläsern.

Mit großen Augen und breitem Lachen grinsten die auf die Kisten aufgemalten Beeren, »Die Kugelrunden«, Jana an.

Da es Frühling war, ging es auf dem Hof eher ruhig zu. Nur ein paar Radtouristen durchforsteten den Laden nach Mitbringseln, während ein Mitarbeiter einige Kisten verlud. Zur Blaubeeren-Saison drängten sich hier Busladungen voll Menschen, die zum Pflücken und Schlemmen anreisten. Mit Shuttlebussen ging es dann raus auf die Felder zum Beerenbrocken.

Der behagliche Hofladen, der mit seiner Dekoration und seinen hübschen Backsteinmauern eher an das Innere eines Kramladens um 1890 erinnerte, war wie das Café das ganze Jahr geöffnet. Hier konnten die gestressten Großstädter und abenteuerlustigen Rentner einkehren und Tee mit Kluntje, Eis mit Bickbeeren oder ein selbstgebackenes Stück Kuchentradition genießen.

Jana sah sich nach Rolf um und beschloss, zum Büro zu gehen, als sie auf halbem Weg Stimmen aus einer der großen Scheunen hörte, die mit dem Laden, dem Büro und dem Café den runden Innenhof umsäumten. Jemand redete energisch auf einen Zweiten ein. Schwer zu sagen, ob es ein Streit war.

Kurzerhand klopfte Jana gegen das Rolltor, hinter dem die Stimmen zu hören waren, und öffnete die Tür im Tor.

Zwei Gummiwagen, ein Traktor, irgendein Spritzanhänger und ein knuffiger Schmalspur-Trecker warteten in der Halle auf ihren Einsatz. Vor dem Trecker standen zwei Männer. Jana erkannte sofort Rolf Schwanbeck. Annas Ex-Mann sah fürchterlich aus. Dunkle Schatten rahmten seine Augen, die Wangen wirkten fahl und eingefallen. Wäre er so in Janas Praxis gekommen, sie hätte ihn für den Rest der Woche krankgeschrieben.

Am schlimmsten jedoch war sein Blick, der leer ins Nichts starrte. Ziellos wühlte er in einer Werkzeugkiste, die er sich auf einer Trittleiter bereitgestellt hatte. Neben ihm stand sein Geschäftspartner Peter Wölper, der jedoch sofort verstummte, als Jana eintrat. Der hagere Mann, der die Hände tief in der Bundfaltenhose vergraben hielt, war unter den Burgheidern bekannt, weil er vor zwei Jahren knapp die Bürgermeisterwahl verloren hatte. Er war anscheinend für die Büroarbeit zuständig, denn er trug ein sauberes Hemd samt Kugelschreiber, und seine Lederschuhe glänzten. Jana wusste nicht viel von ihm. Er war kein Burgheider, seine Familie in den Siebzigern zugezogen.

»Hallo? Kann ich kurz stören?«, fragte Jana. Bevor sie zu Rolf gehen konnte, schob sich Peter Wölper vor sie. »Das ist jetzt sehr unpassend, Frau Hinrichs. Bitte.«

»Ich wollte nur kurz mit Rolf sprechen, aber ich sehe, die Kripo war schon hier.« Sie versuchte, einen Blick auf Annas Ex-Mann zu erhaschen.

»Vor zwanzig Minuten.« Er sprach mit gedämpfter Stimme.

Brummelnd nickte Jana. So ein Mist, dachte sie. Auch wenn Rolf seit Jahren von Anna geschieden war – ihm war anzusehen, wie stark ihn der Tod erschüttert hatte. Und die Kripobeamten hatte ihm die Nachricht anscheinend nicht sehr schonend beigebracht.

»Er ist schon die ganze Zeit so«, flüsterte er. »Ich weiß auch nicht. Er ist aus dem Büro raus, hat die Beamten einfach stehen lassen, und seitdem hockt er hier und starrt auf seinen Trecker.«

»Soll ich mal?«

Nach einem kurzen Zögern gab Wölper den Weg frei.

»Ich war bei Torben«, begann Jana sanft mit Rolf zu reden. »Er braucht dich. Er braucht dich jetzt wirklich. Du solltest dich bei ihm melden.«

Torbens Vater nickte nicht, sondern strich über den Kotflügel des Treckers, als könne der ihm Halt geben.

»O Mann, das ist echt fürchterlich«, murmelte Peter.

Soweit Jana wusste, kannten sich Rolf und Peter seit Kindertagen, und irgendwann war Peter bei Rolf ins Geschäft eingestiegen.

»Anna war eine großartige Frau, Rolf. Vielleicht solltest du nach Hause fahren. Ich kann dich bringen …«

Hatte er es verstanden? Rolf zeigte keine Regung.

Jana legte ihm tröstend die Hand auf die Schulter, doch er entzog sich ihrer Berührung und wühlte ziellos in seinem Werkzeugkasten.

»Er muckt seit gestern«, sagte er mit einem Mal, ohne den Blick vom Motorblock des Schmalspur-Treckers zu nehmen.

Peter warf Jana einen sorgenvollen Blick zu. »Ich glaube, ich gehe besser.«

»Nein. Bleiben Sie. Er steht unter Schock. Ich denke, wir sollten ihn ins Büro bringen. Es wäre gut, wenn er sich hinlegt.«

Ein Mitarbeiter des Bickbeerenhofs kam aus dem Büro über den Hof und musterte Janas völlig verdreckten Landrover abfällig, bevor er weiterging. Er trug eine ölverschmierte Latzhose und kaute mit einem breiten Grinsen Kaugummi. »Ey, Herr Wölper. Da is 'n Anruf für Sie. Irgend 'n Typ von der Brauerei oder so.«

Jana fragte sich, mit welchen Qualifikationen er beim Einstellungsgespräch überzeugt haben konnte. Umgang, Körperhygiene und zielgerichtetes Arbeiten waren sicherlich nicht darunter, jedenfalls lehnte er sich ans Tor und sah sich Rolf grinsend an. »Na Chefs, kleine Leichenparty hier?«

»Herr Riedel! Lassen Sie das«, fuhr Peter seinen Mitarbeiter an, dann wandte er sich an Jana: »Entschuldigung, ich werde im Büro gebraucht. Der Laden muss weiterlaufen.« Mit einem tiefen Seufzer rieb er sich über die Augen. »Ich kann es immer noch nicht fassen.«

»Gehen Sie ruhig«, meinte Jana. »Ich bleibe noch ein wenig bei ihm. Ist kein Problem. Vielleicht können Sie eine Decke bringen.«

Peter nickte und schob seinen unhöflichen Angestellten zum Büro, während Rolf einfach weiterhin auf seinen Trecker starrte.

»Rolf?« Jana trat einen Schritt zu ihm, wollte seine Hand nehmen, als eine Stimme sie herumfahren ließ.

»Jana? Hab ich doch richtig gesehen. Ich hab deinen Wagen erkannt, da dachte ich …« Neben ihr stand Tessa und sah fragend auf Rolf. »Ist das etwa …?«

Jana stoppte ihre Schwester mit einem Blick, hakte sie unter und führte sie ein paar Schritte weg. Sie informierte Tessa, dass sie bei Torben gewesen sei, sich aber mehr Sorgen um Rolf mache, der unter Schock stehe.

»Warte mal, ich versuch mal was.« Zu Janas Entsetzen drückte sich Tessa an ihr vorbei und schlenderte lässig zu Rolf hinüber. »Hey, das kann ja nicht sein!«, tat sie überrascht. »Das ist doch ein Holder.«

Rolf sah sie an, als käme er von irgendwo weit weg zurück. »Holder, ja«, brummte er mit trockener Kehle.

Anerkennend ließ sie ihre Finger über die grünlackierte Motorhaube des Treckers gleiten. »Ein A15, oder? Wie kommt der denn aus den schwäbischen Weinbergen hierher? Hier nach Burgheide?«

»Hab ich gebraucht gekauft. Von einem Winzer.«

»Wirklich? Ist ein Schmuckstück!«

Rolf räusperte sich, schien sich einen Ruck zu geben. »Allerdings. Davon fahren nicht mehr viele.«

»Ich weiß.« Tessa lächelte ihn an. »Nutzen Sie ihn für die Blaubeerernte? Das funktioniert?«

»Was? Nein.« Er lachte kurz auf. »Nee. Die Ernte ist schon noch Handarbeit bei uns. Aber er fährt gut zwischen den Reihen, drückt keine Pflanze runter, wissen Sie? Und so kann ich gucken, ob alles in Ordnung ist mit den Beeren.« Wieder verklärte sich sein Blick. »Mit Anna bin ich oft abends noch raus. Nach einem heißen Tag. Das duftet. Wenn die Bickbeeren schon so richtig reif sind. Sie hat das immer … immer am meisten geliebt.«

Jana musste zugeben, dass ihr Tessas Vorgehen gefiel. Sie hatte es geschafft, Rolf aus seiner Starre zu lösen. Um nicht zu stören, trat Jana ans Tor. Im alten Wohnhaus gegenüber erkannte sie Peters Silhouette hinter dem Fenster. Er telefonierte. Der unhöfliche Riedel lungerte vor dem Hofladen herum, packte Bickbeerenkisten und beobachtete sie.

»Sie haben sich ja verletzt«, hörte Jana Tessa sagen und wandte sich um. Tatsächlich. Erst jetzt fiel ihr Rolfs verbundene linke Hand auf.

»Zeig mal her. Warum warst du nicht bei mir?«, meinte Jana und ließ sich den Verband zeigen.

»Ach. Das ist nichts. Wirklich. Ich hab mich bloß geschnitten.«

»Woran denn?«, wollte Tessa wissen.

»Ähm.« Rolf winkte ab. »Ach, Riedel der Idiot, der hat Glasscherben in den Müll geschmissen. Ist zum Glück nicht tief.«

»Wann ist denn das passiert?« Zu ihrem Entsetzen stellte Jana fest, dass der Verband ganz dreckig war.

»Ist nichts Schlimmes. Wirklich. Gestern Morgen.«

»Warum bist du denn nicht rumgekommen? Das kann sich entzünden!«

»Du arbeitest doch gar nicht mehr. Ich war bei diesem netten Dings.«

Jana wurde rot. Richtig. Sie war ja gar nicht mehr die Ärztin hier. »Oh, du warst bei Fabian.«

»Keine Ahnung, wie er mit Vornamen heißt. Dein Nachfolger eben.«

Inzwischen hatte sich Tessa von den beiden entfernt und inspizierte die Halle. Sie sah sich die Wagen und eine zweite Ebene an, auf der einst Heu und Stroh gelagert wurde, die jetzt mit antiken Möbeln vollgestellt war.

»Wenn du was brauchst …«, setzte Jana an, aber Rolf stoppte sie mit einer Handbewegung.

»Lass es gut sein. Dank dir … Ich fahr besser zu Torben. Wir sollten jetzt zusammenhalten. Egal, was war, hm?«

»Ja, das wäre gut. Gönn dir eine Auszeit. Ruh dich noch ein bisschen im Büro aus. Und dann fahr hin. Ja?«

Er nickte.

Tessa kam hinter den Wagen wieder hervor. »Sie haben Anna immer noch geliebt.«

»Was?« Rolf fuhr herum. »Sicher. Wir waren lang genug verheiratet. Egal was damals für ’n Scheiß gelauf…« Er wankte kurz, als hätte ihn etwas unerwartet getroffen. »Es ist viel schiefgegangen. Damals. Aber … aber wir sind eine Familie. Egal, was Kettel sagt.«

»Kettel?«, fragte Tessa.

»Dieses Arschloch von der Kripo«, blaffte Rolf den Trecker an. Überhaupt sprach er wieder mehr zu ihm als zu den beiden Frauen. »Dieser Kerl kommt hier auf meinen Hof. Der ist doch komplett bescheuert. Hat mich nach einem Alibi gefragt! Mich!«

»Und was haben Sie ihm geantwortet?« Tessa lächelte freundlich, aber Rolfs Blick wurde grimmig.

»Sie … Was fällt Ihnen ein? Sie sind auch nicht von hier, oder? Das geht Sie gar nichts an. Raus! Gehen Sie.«

Jana verabschiedete sich ruhig und zog Tessa hinter sich her, die noch tausend Fragen hatte.

16

Weil Tessa einen Bananenkarton auf den Sozius geschnallt hatte, musste sie vorsichtig fahren und kam erst kurz nach ihrer Schwester am Seehaus an. Als sie auf den Hof fuhr, wartete Jana bereits an ihrem Wagen.

»Was ist da drin?«, fragte Jana beiläufig und ging zum Haus vor.

»Erzähl ich dir drinnen.« Behutsam schnallte Tessa die Kiste ab und folgte ihrer Schwester. »Also, dieser Rolf ist schon irgendwie eigenartig.«

»Inwiefern?«

»Na, ein Linkshänder. Und er hat sich ausgerechnet am wahrscheinlichen Mordtag die Hand verletzt? An einer Scherbe im Müll …?«

»Ach.« Jana hielt überrascht beim Aufschließen inne. »*Du* warst doch so dagegen, gleich den Ex-Mann zu verdächtigen.«

»Ist ja doch auch ein bisschen einfach, oder?«

Jana drückte für Tessa die Tür auf.

»Wenn er uns gesagt hätte«, grübelte Tessa, »was sein Alibi ist, dann könnten wir das überprüfen.«

»Ich muss zugeben, dass du Rolf gut aus dem Schock geholt hast. A15! Wieso kennst du dich mit Treckern aus?«

»Hab ich mal für einen Artikel recherchiert. ›Exoten unter den Oldtimer-Traktoren.‹ War ein Riesenflop.«

»Deine Frage nach dem Alibi auch.«

»Sorry! Aber so hat er jedenfalls spontan geantwortet. Man bekommt die ehrlichsten Antworten, wenn man die Leute mit einer Frage überrascht, Frau Doktorin.«

»Aber Rolf hat gerade seine Frau verloren.«

»Ex-Frau«, stellte Tessa klar und trug die Bananenschachtel behutsam ins Wohnzimmer. »Tut mir leid, Schwesterchen, das ist mein erster Mordfall.«

»Meiner auch«, brummte Jana und hängte ihren Schlüssel an einen hübschen, handgemachten Tonfisch mit dezenter Bemalung. Er war anscheinend selbst getöpfert. »Also sag schon, was ist da drin?«

»Gleich … Sag mal, was ist zwischen Anna Schwanbeck und diesem Rolf damals vorgefallen? Er hat sie geschlagen, richtig?«

Jana seufzte. »Ja. Sie war ein paar Mal bei mir in der Praxis, wollte damals aber partout keine Anzeige erstatten. Mit der Ehe stand's nicht zum Besten, und als Rolfs Vater starb und er den riesigen Bickbeerenhof übernahm, da muss das wohl alles zu viel gewesen sein. Sie haben sich getrennt. Anna ist mit Torben vom Hof gegangen. Das war so vor zehn Jahren.«

Ein verräterisches Kratzen drang aus dem Karton, als Tessa ihn auf den Küchentisch schob.

»Sag nicht, da ist 'ne Katze drin.«

»Süßer«, meinte Tessa stolz. »Viel süßer.«

»Findest du nicht, wir sollten erst mal die Regeln unseres … unserer *Gefangenschaft* klären, bevor du hier irgendwelche Kätzchen anschleppst?«

»Ach, papperlapapp. Du wirst sie mögen.« Behutsam öffnete Tessa das Band, mit dem der Karton zugebunden war. Kaum hatte sie die Laschen auseinandergeklappt, lugte mit entrüstetem Blick ein Huhn über den Rand.

»Ein Huhn?«

»Nein, ein Nilpferd. Es sieht nur aus wie ein Huhn!«

»Du hast ein *Huhn* gekauft?«

»Ha! Ich hab's nicht gekauft, ich hab's *gerettet.*«

»Gerettet?«

»Ob du es glaubst oder nicht, die liefen da einfach so allein auf dem Hof rum. Über kurz oder lang wäre das arme Hühnchen überfahren worden.«

»O nein.« Jana war fassungslos. »Du hast ein Huhn gestohlen!«

»Was? Ich klau doch kein Huhn. Ich? Nein.« Tessa hob das Tier heraus und hielt es wie ein Hundebaby im Arm, was dem Huhn einen reichlich verdatterten Ausdruck ins Gesicht zauberte. »Ich hab auch schon einen Namen für sie.«

Jana angelte sich ein Weinglas. Feierabend. Sie konnte nicht mehr.

»Rate mal.«

Aus dem Kühlschrank lächelte Jana eine angefangene Flasche Silvaner an. »Eleonore? Agathe?«

Pikiert sah Tessa sie an. »Das sind doch keine Namen.«

Jana nahm einen Schluck und hoffte auf augenblickliche Entspannung. Auch wenn sich ihre Halbschwester als ganz nett herausgestellt hatte, ihre Anflüge von Spontaneität – oder war es Naivität? – nervten gehörig. »Aha. Wie dann?«

»Lassie!«

Jana hustete. »Das war ein *Hund*!«

»Ach echt?« Prüfend sah Tessa ihr Huhn an. »Macht nichts. Lassie ist gut. *Perfekt* würde Georg sagen. Freundschaft durch dick und dünn. Lassie und sein schlauer Junge!«

»Das war ein Mädchen!«

»Im Ernst? Aber der hatte doch auch diesen Delfin …«

»Das war *Flipper* … Lassie und Flipper. Also das ist wie Dinosaurier und Menschen.«

»Hä? Flipper hat Lassie gefressen?«

»Nein!« Jana wusste nicht, ob sie lachen oder weinen sollte. »Die waren niemals *zusammen* auf der Erde. Punkt.«

»Ach so. Egal. Lassie ist gut! Und Lassie legt uns bestimmt jeden Tag ein Ei. Oder, Lassie?« Mit einem leisen Gurren bestätigte das Huhn die Eierproduktion und stippte liebevoll Tessa in die Nase.

Erschöpft wandte sich Jana ab. »Na dann. Bring es einfach raus in den Schuppen.«

»Was?«

»Schuppen. Es wohnt draußen. Du willst doch kein Huhn in deinem …« Tessa brauchte nicht zu antworten, Jana konnte es ihr auch so ansehen. »Doch, du willst«, stöhnte sie, was Tessa mit einem markanten Nicken quittierte.

»Klar«, sagte sie und hielt das Huhn hoch. »Schau Lassie mal in die Augen. Willst du dieses Geschöpf wirklich vor die Tür setzen?«

»Definitiv ja. Das Huhn lebt im Stall, der Mensch im Haus. Das hast du doch sicher mal auf einer deiner Recherchereisen gehört. Huhn! Kein! Haustier!« Jedes der Worte unterstrich sie mit dem Zeigefinger.

Die beiden Frauen fixierten sich. Ein Kräftemessen. Keine der beiden wollte nachgeben. Wer zuerst zwinkerte, verlor. Tessa zwinkerte zuerst. »Na gut. Das Turmzimmer ist eh zu eng für zwei.«

»Turmzimmer? Du hast dir das Turmzimmer ausgesucht?« Das Entsetzen in Janas Stimme war nicht zu überhören.

»Ja, wieso?«

»Das war mal Joonas Arbeitszimmer.«

»Aha. Und jetzt ist es ein Lagerraum. Da müssen wir heute Abend noch mal ran.«

Jana seufzte, während sich Tessa ans Huhn wandte: »Lassie, Schätzchen, es tut mir leid. Heute musst du leider im Schuppen schlafen und legst da schön ein Ei. Oder auch zwei.«

Mehrfach entschuldigte sich Tessa bei Lassie, denn die behelfsmäßige Unterbringung im Schuppen ließ an Annehmlichkeiten sehr zu wünschen übrig. Immerhin gab es ein verrostetes Gehege für Kaninchen, das dem Huhn genügend Auslauf bot. Weil ein angemessener Schlafplatz und ein Nest fehlten, legte Tessa für die Nacht eine alte Decke hinein und versprach dem Huhn, gleich morgen einen schmucken Stall zu bauen.

»Du bekommst ein hübsches Nest, und ich werde mir auch eins bauen. Genug Zimmer hat die Hütte ja«, sagte sie zu sich selbst, während sie die Stalltür schloss. Noch bummelte sie ja nur Überstunden ab, die Kündigung griff erst in einigen Wochen. Sie musste sich nicht gleich entscheiden, ob sie das Testament annehmen wollte. Und Lassie konnte sie zur Not auch mit nach Berlin nehmen.

Die frühe Abendsonne begann allmählich, sich über den See zu senken. Noch entflammte sie die Wolken nicht mit ihrem Farbspiel, aber in zwei, drei Stunden würden sie einen wunderschönen Sonnenuntergang zu sehen bekommen. Tessa atmete die von frischer Erde und Grasgeruch geschwängerte Abendluft ein, drehte sich um und erschrak.

Sie war direkt in den schlanken Polizisten gerannt.

»Himmel!«, entfuhr es ihr.

»Oh, tut mir … Also das tut mir leid. Ich wollte gerade hallo sagen, als Sie aus dem Stall sind.«

»Und warum haben Sie nicht?«

»Was?«

»Hallo gesagt.«

Martin sah Tessa an, als habe sie chinesisch gesprochen. »Na, weil … Also … Ich wollte Sie nicht erschrecken.«

»Na, das macht Sinn.«

»Ist Frau Doktor Hinrichs da? Sie wohnt doch jetzt hier, richtig?«

»Kommen Sie.« Tessa führte den Beamten ins Haus.

»Entschuldigen Sie die späte Störung, Frau Hinrichs.« Martin zog seine Mütze vom Kopf und hielt sie vor den Bauch, als stünde er bei einer Beerdigung.

»Kein Problem. Was gibt es denn?« Jana, die gerade den Geschirrspüler ausräumte, stellte eines ihrer schlichten Senfgläser in den Schrank und wandte sich ihm zu. »Martin, du hast da ja Blut an der Wange.«

Tatsächlich konnte Tessa jetzt auch im Licht der Tiffany-Hängelampe eine dicke Schmarre erkennen. Das Blut sah getrocknet aus.

»Was? Echt?« Martin fasste sich ins Gesicht, wischte etwas von dem Blut ab und steckte den Finger kurzerhand in den Mund. »Ach … Das ist nur Schokoladenmischung, oder? … Nee, Erdnussbutter mit Pfirsich von meiner Schoko-Pfirsich Bailey's Fudge Tart. Die mit den ganzen Stücken. Hab ich noch schnell aus dem Ofen, bevor er gekommen ist.«

Tessa reichte ihm ein Küchentuch, das er verlegen entgegennahm, dann aber nicht wusste, ob er sich den Fleck im Angesicht der schönen Fremden einfach wegrubbeln durfte. Pikiert drehte er sich um.

»Dieser Idiot hätte ja auch mal was sagen können«, brummelte Martin.

»Welcher?«, wollte Jana wissen. »Ist Alfons wieder da?«

»Nein. Nein … Keine Ahnung, den erreich ich einfach nicht.«

»Wahrscheinlich hat Ihr Chef sein Handy in irgendeinem Sangria-Eimer versenkt«, spaßte Tessa.

Martin nickte. »Nun hat Kettel, dieser … dieser …« Er winkte ab. »Egal-was das Kommando.«

»Der Kommissar von der Kripo?«, wollte Jana wissen.

»Sie kennen ihn? Dann brauch ich Ihnen ja nicht zu sagen, was für ein hinterhältiger, fieser Mensch das ist. Auf der Polizeischule, da hat der mich immer für die Hunde ausgesucht. In so einen Anzug gesteckt, dass ich rumlaufe wie ein Bär. Und dann durften die Hunde mich hetzen.«

»Klingt nach einem netten Beamten«, meinte Tessa.

»Nein! Ich sag doch, der war als Ausbilder einfach …« Martin brach ab und wurde rot. »Das … das war jetzt sarkastisch, oder?«

Jana klopfte ihm aufmunternd auf die Schulter. »War es. Sie ist manchmal ein bisschen schnippisch.«

»Aha.«

»Warum bist du hier, Martin? Ich kenn dich doch, du lässt doch keine Fudge Tart unbeaufsichtigt.«

»Na, weil Sie nicht gekommen sind. Ich hab Sie doch angerufen. Und jetzt hat mich dieser Kettel rundgemacht, und ich dachte, also, ich dachte, ich fahr schnell her und warne Sie vor diesem … diesem … Egal-was.«

»Hat er denn schon etwas herausgefunden?«, wollte Jana wissen.

»Ihnen kann ich es ja sagen …« Martin räusperte sich. »Anna Schwanbeck ist wohl mit einem stumpfen Gegenstand erschlagen worden. Eine Tat im Affekt, wie Sie vermutet haben. Und jetzt will Kettel alle verhören, die dran beteiligt sind.«

»Aber ich bin doch eigentlich gar nicht beteiligt«, stellte Jana fest.

»Ja. Und ich auch nicht.«

»Für Kettel sind wir alle dran beteiligt«, widersprach Martin. »Ich glaube, der hat schon einen Verdacht.«

Überrascht zog Jana die Augenbraue hoch. »Ach. Das ging ja schnell.«

Tessa lachte amüsiert. »Du hast ja keine Ahnung, wie rasant heutzutage die Forensik arbeitet. Das wird direkt über WIFI gesendet, Blutproben, Leiche und so. Die haben sicher schon die Ergebnisse der Autopsie, und die Spurensicherung wurde auch schon ausgewertet. Ratzfatz.«

»Das war wieder sarkastisch, oder?« Unsicher sah Martin zu Jana.

»Jepp, Martin. War es«, meinte Tessa. »Hat denn dieser Kommissar Kettel die Beweise vorliegen?«

Martin schüttelte den Kopf, während er noch einmal an seiner Wange herumrubbelte. »Gesagt hat er nichts. Aber das ist bei dem auch nicht ungewöhnlich. Ich meine, dass er nichts sagt.«

»Und wen verdächtigt die Kripo?«, hakte Tessa nach.

»Rolf hat kein Alibi. Angeblich war er beim Angeln, aber da hat ihn niemand gesehen.«

Tessa warf Jana einen Blick zu, doch die starrte nur mit gespitzten Lippen auf Martin. »Das ist Quatsch. Und ihr alle wisst das … außer Tessa natürlich«, setzte sie nach.

Tessa hob abwehrend die Hände. »Hey, ich bin hier nur die unbekannte Halbschwester. Weiß ich, wie hier die Uhren ticken?«

Bei diesem Stichwort fiel Martins Blick zur Küchenuhr. Einen Moment starrte er darauf. »Wir – wir sollten wirklich los. Wenn der Kettel fuchsig wird … Oh, Mann. Und ich weiß nicht, wie lange Lieschen ihn noch ruhigstellen kann.«

17

Die Burgheider Polizeistation lag bloß wenige Gehminuten von der Arztpraxis entfernt an einem Flüsschen namens Kluckbeeke.

Die Schwestern mussten verwundert feststellen, dass das Büro der Polizeistation verwaist war. Martin war vor ihnen aufgebrochen, weil er Ärger von Kettel befürchtet hatte und die beiden Frauen sich noch frisch machen wollten.

Die offizielle Dienststelle der Burgheider Polizei war … übersichtlich. Ein kaum zwei Meter breiter Tresen verwehrte dem Besucher den Zutritt zu einer Schreibstube, in der man keine Tischtennisplatte hätte aufstellen können. Eine Tür führte zu einer winzigen Toilette und zu einer Küche. Hinter dem Tresen rangen zwei kleine Schreibtische, ein Aktenschrank und ein schmaler, klappriger Teewagen um den spärlichen Platz. Der Servierwagen passte gerade so unter das einzige Fenster, ein hübsches, antikes Sprossending, und wurde von einem Kaffee-Vollautomaten der Oberluxusklasse dominiert, wie Tessa sofort feststellte. Die Bunzlauer Porzellan-Tassen, Milch und Süßstoff mussten auf der Fensterbank ausharren.

»Ja, ja. So ungefähr hab ich mir das vorgestellt mit der Dorfpolizei. Ein Wahnsinn von Staatsapparat mit extremer Hightech.« Tessa lächelte dem Vollautomaten zu.

»Martins ganzer Stolz.«

»Ist auch echt ein Ding für Genießer. Apropos. Ich hab Kaffee gesucht, aber keinen gefunden.«

»Weil ich keinen im Haus habe.«

Fassungslos starrte Tessa ihre Schwester an. »Keinen Kaffee! Nicht dein Ernst.« Doch zu ihrem Glück gab es die Polizei. Dein Freund und Helfer …

Tessa drückte sich durch den engen Durchlass im Tresen, huschte zum Luxuskaffeeautomaten und inspizierte das Display.

»Weißt du, wie der funktioniert?«

»Keine Ahnung.«

Tessa schob eine der leeren Tassen drunter und drückte auf einen Knopf. Anstatt koffeinhaltiges Lebenselixier zu spenden, begann das Ungetüm zu piepen. »Verflixt.« In blinder Panik drückte Tessa auf irgendwelche eingeblendeten Knöpfe. Immerhin verstummte die Maschine daraufhin, auch wenn die Tasse leer blieb.

»He! Da steht dein Name drauf.«

»Was?«

Tessa hielt die leere Tasse hoch und zeigte Jana den Tassenboden. Dort war ein feines »J. Hinrichs« mit Pinselchen verewigt worden. »In der auch«, stellte Tessa fest, nachdem sie eine weitere Tasse begutachtet hatte.

»Ach so, ja. Die hab ich getöpfert.«

»Echt? Auch bemalt und so? Dachte, das ist Bunzlauer.«

»Nein. *Burgheider-Keramik*, wenn du so willst. Ein kleines Hobby von mir.«

»Sehen gut aus. Mit Kaffee drin bestimmt noch besser.«

Jana lachte. »Wo steckt denn nun dieser Kommissar Kettel?«

»Ist gerade Pause?« Tessas Blick streifte über die Formulare und Protokolle, die offen für jeden auf den Schreibtischen lagen. An der Wand pinnten Trecker-Poster. Vielleicht sollten sie von der sich ablösenden Tapete ablenken. Oder sie ersetzen. Sie schoss ein paar Fotos von der Polizei*zentrale*, auch weil sie fand, dass die Bilder von landwirtschaftlichen Nutzfahrzeugen extrem dekorativ zu dem vergilbten Terrorfahndungsplakat aus den wilden siebziger Jahren passten.

»Wahrscheinlich sind alle draußen.« Jana deutete auf eine niedrige Tür in der hinteren Raumecke. Die beiden Schwestern schoben sich an den Tischen vorbei.

Neugierig spähte Tessa durch das Fenster in der Tür. »Nicht zu fassen«, murmelte sie.

Eine dreistufige Steintreppe führte in den Garten, der hinter dem kleinen Revier liebevoll bis zum Ufer der Kluckbeeke angelegt worden war. Kirschbäume blühten und wiegten ihre rosaroten Wolken im leichten Abendwind. In der Mitte des Gartens stand ein Wallnussbaum. Ein Eichentisch und drei Bänke mit verschnörkelten Lehnen luden zum Entspannen ein.

Martin und seine Kollegin saßen auf der einen Seite, auf der anderen ein kleinwüchsiger, kompakter Mann in altmodischem, gestärktem Hemd samt Stehkragen und ein pickliger Junge in praktischem Softshell-Jäckchen. Der Mann mit dem Stehkragen hielt die Augen geschlossen und genoss die letzten Sonnenstrahlen.

Die anderen drei löffelten unter dem Walnussbaum etwas aus Tartelette-Förmchen.

»Guten Tag. Lassen Sie sich nicht stören.« Tessa ging zu Martin und musterte eines der Tartelettes. Der Duft nach satter

Schokolade ließ ihr das Wasser im Mund zusammenlaufen. »Ist das eine Birne?«, fragte sie verwundert. Das süße Ding zierte eine kunstvoll aufgefächerte Birne. Es sah zum Verlieben aus.

»Ja, eine Birnen-Tartelette mit Schoko-Kardamom-Creme«, erklärte Martin nicht ohne Stolz.

»Okay, wo kann ich für den Polizeidienst in Burgheide unterschreiben?« Tessa sog noch mal den Duft ein. Unfassbar lecker! »Oder bekommt man die auch in der Zelle?«

Martin lachte verlegen.

»Nein«, ertönte die sonore Stimme des Stehkragenträgers. Ohne die Augen zu öffnen, die Hände vor der Brust gefaltet, die kurzen Beine von der Bank gestreckt, saß er da und machte sonst keine Anstalten, die beiden Frauen zu begrüßen.

»Schade.«

»Sie sind Tessa Eichhorn aus Berlin«, sagte der Mann, immer noch ohne sich zu bewegen oder die Augen zu öffnen. »Sie sind wegen einer Erbschaft hier. Kaum drei Stunden im Dorf und schon taucht die erste Leiche auf.«

»Zufall.« Tessa lachte auf. »Was wollen Sie damit sagen? Wer sind Sie denn bitte?«

Jana stellte sich zu Tessa. »Ja, Herr Kommissar. Wir Burgheider stellen uns gerne vor. In der Stadt ist das sicher anders.«

Er lächelte mit geschlossenen Augen. »Kettel. Kripo Nienburg, Schaumburg«, sagte er knapp. Kein Vorname, keine weiteren Erklärungen. Dafür schoss Martins Kollegin von der Bank auf und reichte Tessa eifrig die Hand. »Ich bin das Lieschen.« Sie kicherte verlegen. »Eigentlich Lea Dürsmann. Ich mach hier Akten und Telefon.«

»Angenehm. Ich bin Janas Schwester.«

»Wollen Sie auch?« Lieschen wollte die letzte Tartelette für Tessa vom eisernen Stehtischchen nehmen, als Kettel mit einer ruppigen Bewegung die Hand darüber hielt.

Lieschen zuckte zurück und schenkte Tessa, die mehr als fragend dreinblickte, ein verlegenes Lächeln.

»Das Dorf stinkt. Nicht nur nach Tod. Der ganze Kuhmist, die Schweine …« Kettel wedelte abschätzig in der Luft und richtete sich äußerst langsam auf. Die Augen öffnete er immer noch nicht. »Das Einzige, was einigermaßen geht, ist das Zeug da.«

»Der hat schon vier gegessen«, brummte Martin.

Abrupt öffnete Kessel die Augen und musterte Martin scharf. Der zuckte angesichts des harten Ausdrucks in Kettels Blick zusammen. Seine Augen waren von einem strahlenden Grün, wie Smaragde, jedoch auch ebenso kalt und schneidend. »Herr *Polizeimeister*…«, er sprach den Dienstgrad aus, als wäre er eine Beleidigung, »Sie haben doch sicher nichts dagegen, wenn ich noch ein fünftes verköstige?«

»Äh … Äh, selbstverständlich nicht«, druckste Martin und suchte hilfesuchend Janas Blick.

»Die Hundestaffelausbildung hat Ihnen gutgetan, Martin … Wie war noch gleich der Nachname?« Er winkte ab, klopfte ein paar Mal mit dem Löffel an das Förmchen, als wäre er ungeduldig, und lauschte dem verhallenden Ping.

Tessa entging nicht, wie grimmig Martin den Kommissar musterte. Selbst Jana hatte die Lippen gespitzt – sie wurden schon weiß. Tessa grinste in sich hinein. Sie kannte sie noch nicht lange, aber hatte schon etliche Gelegenheiten gehabt, um zu wissen, dass Jana wütend wurde.

»Frau Doktor Hinrichs«, wandte sich Kettel an Jana. »Sie kennen die Tote.«

Bevor Jana antworten konnte, löffelte der Kommissar sehr behutsam einen ersten Bissen des Backkunstwerks. »Seit dreizehn Monaten hat meine getreue Frau mich auf Schokoladen-Entzug gesetzt. Es ist die Hölle. Wahrhaftig. Nicht, Sprockhövel.« Er nickte seinem Assistenten zu, der sofort etwas in sein Smartphone tippte und es Jana dann wie ein Diktiergerät hinhielt.

»Sie war, wie ihre ganze Familie, eine Patientin von mir.«

»Aha. Herr Schwanbeck demnach ebenfalls … Irgendetwas, das ich wissen sollte?«

»Was meinen Sie?«

»Alkohol?«

»Nicht krankhaft.«

Kettel lächelte. »Aha«, sagte er und verspeiste genüsslich den nächsten Löffel Schoko-Kardamom-Creme.

»Was werden Sie jetzt unternehmen?«, wollte Tessa wissen.

Kettel antwortete nicht, reichte stattdessen Martin seine leere Schale. »Sie sagten, da ist noch ein weiteres Blech?«

»Wenn Sie noch Fragen haben, können Sie uns ja anrufen«, meinte Tessa spitz, weil diese Missachtung sie auf die Palme brachte. Doch auch darauf reagierte Kettel nicht, sondern schob sich wieder in seine Sonnenposition und schloss die Augen. »Ich nehme noch eines, Martin«, meinte er kalt, als sei er der Aufpasser auf einer Baumwollplantage.

Martin riss die leeren Tartelette-Förmchen an sich, dass es klirrte, und stampfte unter Lieschens betretenen Blicken ins Revier zurück.

»Wenn ich noch Fragen habe, melde ich mich selbstverständlich«, sagte Kettel, ohne die Augen zu öffnen. Und das war's. Ende der Vernehmung.

Jana und Tessa standen einen Moment perplex da, dann verabschiedeten sie sich, auch wenn ihnen das »Auf Wiedersehen« extrem schwer über die Lippen kam.

Bevor sich Tessa abwandte, zückte sie ihren Fotoapparat. Kettel war sichtlich verärgert, als sie ihn voll ins Visier nahm – »Bitte recht freundlich. Aaaameiiiiisenscheeeeeiiiiiße!« – und gleich eine ganze Serie von Bildern schoss. Dann wandte sie sich ab und eilte Jana nach.

Die zwei Schwestern waren kaum ein paar Schritte gegangen, als sein Ruf sie innehalten ließ.

»Frau Hinrichs, Frau Eichhorn«, schallte seine sonore Stimme über die Wiese. »Sie lassen schön ihre Näschen aus der Sache. Haben wir uns verstanden?«

Statt einer Antwort sahen die beiden Frauen sich nur an und gingen weiter zum Haus.

»Ich weiß, dass Sie bei Torben Schwanbeck und Rolf Schwanbeck waren. Menschen, die rumfragen und alles durcheinanderbringen, die können wir nicht leiden.«

Weder Jana noch Tessa achteten weiter auf den Kripobeamten, aber beide waren froh, als sie das Revier über die Stufen betraten und Martin in der Dienstküche vorfanden.

»Der ist ja unglaublich«, echauffierte sich Jana.

»Ein echtes Unikat«, meinte Tessa.

»Ein echtes … ein echter … ein Egal-was!«, knurrte Martin und zog ein Backblech mit weiteren Tartelettes aus dem Ofen. »Rolf war es nicht«, zischte er. »Das wissen Sie und ich.« Er blickte zu Tessa, die die Köstlichkeiten musterte.

»Was? Okay, ich glaub's auch nicht. Zufrieden?«, meinte sie.

»Kettel wird wie immer den einfachsten Weg wählen. Das hat er schon während der Ausbildung so gemacht. Er wird Rolf verhaften. Erstmal angeberisch tun und am Ende den Mist, Entschuldigung, unter den Teppich kehren oder anderen in die Schuhe schieben.«

»Also müssen *wir* rausfinden, wer es war«, forderte Jana.

Tessa blickte von Martins Kunstwerken auf und musterte ihre Schwester. Diese Kampfansage überraschte sie. Doch als Kettels drohender Ruf nach einer weiteren Tartelette hereindrang, musste sie Jana zustimmen.

Auch Martin nickte verschwörerisch und schob eines der Förmchen auf einen Teller. »Wenn ich was Neues weiß, melde ich mich bei Ihnen.«

»Danke.«

»Darf ich?«, hielt Tessa Martin zurück. Sie nutzte ihren herzerweichenden Hundeblick-Augenaufschlag, der sie schon oft im Leben ans Ziel gebracht hatte.

»Ja, sicher. Nehmen Sie am besten alle mit.«

Mit einem freudigen Quieken schnappte sich Tessa die noch warmen Förmchen und folgte Jana hinaus. Nachdem die Kostbarkeiten sicher verstaut waren, fragte Tessa, ob Jana ihr den Landrover ausleihen könne.

»Niemals«, wollte Jana schon antworten, beherrschte sich aber gerade noch und musterte Tessa streng.

»Ich fahr schon keine Beule rein.«

»Wozu brauchst du ihn denn?«

»Für Lassie.«

»Dein Huhn? Das hat 'n Führerschein?«

»Weiß ich nicht. Aber ich muss zum Baumarkt und Bretter holen. Für den Hühnerstall.«

Birnen-Tartelettes mit Schoko-Kardamom-Creme

Zutaten für den Mürbteig:

250 g Mehl
125 g sehr kalte Butter, gewürfelt
80 g Zucker
5 TL Vanillezucker
1 Prise Salz

Zutaten für die Schoko-Kardamom-Creme:

180 g Zartbitter-Schokolade
50 g Schlagsahne
3 Eier (M)
1 Prise Salz
2 EL Zucker
1/2 TL gemahlenen Kardamom

Zutaten für den Belag:

1 kg kleine Birnen
2 EL Zitronensaft
1 Zimtstange
50 ml Birnensaft
750 ml Weißwein
180 g Zucker

Zubereitung:

Schritt 1: Zuerst werden die Birnen für den Belag vorbereitet. Dazu die Birnen schälen, halbieren und das Kerngehäuse entfernen. Die Birnen mit Zitronensaft bestreichen. Den Birnensaft, den Zucker, den Weißwein und die Zimtstange in einen Topf geben und zu einem Sirup einkochen. Das dauert zwischen 20 und 30 Minuten. Die Birnen ganz vorsichtig ca. 5 min in dem Sirup pochieren. Den Topf danach vom Herd nehmen und die Birnen mit dem Sud zusammen über Nacht abkühlen lassen.

Schritt 2: Die Zutaten für den Boden rasch verkneten, zu einer flachen Scheibe formen, in Frischhaltefolie einpacken und 30 min in den Kühlschrank stellen.

Schritt 3: Den Ofen auf 180 Grad Umluft vorheizen und 12 kleinen Tarte-Förmchen einfetten.

Schritt 4: Für die Schoko-Kardamom-Creme die Schokolade hacken und zusammen mit der Sahne über einem heißen Wasserbad schmelzen. Abkühlen lassen und ab und zu umrühren.

Schritt 5: Den Teig aus dem Kühlschrank nehmen, auf einer bemehlten Arbeitsfläche ausrollen und 12 Kreise ausschneiden (diese sollten vom Durchmesser etwa 2cm größer sein als der Durchmesser der Tarte-Förmchen). Die Teigkreise in die Förmchen legen, andrücken und am Rand umschlagen. Die Böden mit einer Gabel mehrmals einstechen, dann die Mürbteigböden 10 Minuten backen.

Schritt 6: Die Eier für die Schoko-Creme trennen, das Eiweiß mit einer Prise Salz steif schlagen. Die Eigelbe mit dem Zucker verrühren und unter die erkaltete Sahne-Schokoladen-Mischung rühren. Kardamom dazugeben und vorsichtig den Eischnee unterheben. Die Creme auf den vorgebackenen Böden verteilen.

Schritt 7: Die Birnen aus dem Sirup nehmen, abtropfen lassen und auf der Creme verteilen. Die Tartes im vorgeheizten Ofen im unteren Drittel in 10-12 min fertig backen. Danach herausnehmen und noch lauwarm servieren.

18

Georg war einfach nicht zu erreichen. Tessa legte auf und überquerte den Parkplatz des »Fief Düwelskeerls«, des einzigen Gasthauses Burgheides. Die beiden Schwestern waren zusammen zum Krug gefahren. Doch da Tessa erst noch ihren ehemaligen Chef anrufen wollte, war sie vor der Tür geblieben. Jana sollte ruhig weiterhin glauben, dass sie bei LandChic unentbehrlich war. In Wirklichkeit machte sich Tessa Sorgen um ihre Klamotten, die unbehaust im Büro herumstanden, und wollte Georg bitten, sie zu retten. Auch wenn Stringtangas, Spitzen-BHs und Hotpants wahrscheinlich genauso gut in seine durchdesignte Altbauwohnung passten wie eine Tarantel auf Martins Tartelettes.

Tessa trat ein.

Das Holzständerwerk des ehemaligen Kuhstalls war sichtbar und schuf gemütliche Separees, in denen Stalllampen ihr einladendes, warmes Licht auf die Tische warfen. Gegenüber den Separees dominierte eine wuchtige Theke den ehemaligen Stall. Hinter ihr zapfte Albrecht Dürer, genannt Hase, ein Pils nach dem anderen und schob sie für seine minderjährige Bedienung auf Tabletts. Zigarettenqualm vermischte sich mit dem Geruch von Essen.

Das Fief Düwelskeerls platzte aus allen Nähten. Die Fünf Teufelskerle wären begeistert gewesen, auch wenn niemand mehr recht wusste, wer die Haudegen einst gewesen sein sollten.

Kaum war Tessa eingetreten, richteten sich zwei Dutzend Augenpaare auf sie. Nils, der mit seinem Feuerwehrkollegen Stefan und zwei Mädchen neben der Theke Darts warf, winkte ihr kurz zu. Sechs Bauern rückten ihre Mützen zurecht, musterten die Fremde vom Scheitel bis zur Sohle. Ohne die Miene zu verziehen, wandten sie sich wieder ihrem Gespräch zu, diskutierten über die neue Biogasanlage und steckten ihre Nasen in weißen Bierschaum.

Tessa steuerte eine der Lichtinseln in den Separees an. Hier saß Jana mit einem Herrn und einer Dame zusammen. Während der Mann durch sein zerknautschtes Gesicht steinalt wirkte, schätzte sie die Frau auf Janas Alter.

Sie trug einen ähnlichen Kurzhaarschnitt, allerdings in blond, und ausgefallene, bunte Ohrringe mit Federn. Das ließ sie wesentlich frischer und jünger wirken als Jana. »Und er hat tatsächlich nicht mal gegrüßt?«

»Dieser Kettel is een Hanswost«, echauffierte sich Jana weiter über den Kripobeamten.

»He is een ganzen Dörgeneihten!«, warf der Zerknautschte ein. »Klingt nich' so, als ob man ihm vertrauen kann.«

Tessa räusperte sich, um auf sich aufmerksam zu machen.

»Da bist du ja endlich«, meinte Jana. »Darf ich vorstellen?« Sie stand kurz auf. »Das sind Ruth und Gustav, meine besten Freunde, und diese junge Dame …« Sie legte eine Hand auf Tessas Arm.

»Ist deine Halbschwester, mit der du das Seehaus teilen musst.« Gustavs Lächeln war entwaffnend herzensgut. Tessa entgingen die vielen Lachfalten in seinen Augenwinkeln und der überaus schelmische Blick nicht.

»Na, hätte ich mir denken können«, warf Jana ein, »dass das ganze Dorf eh schon Bescheid weiß.«

»Was meinst du, was an der Kasse von Isi heute Thema war? Selleriepreise bestimmt nicht«, warf Ruth ein. »Der Mord an Anna und dein Familienzuwachs. Setzen Sie sich doch«, bot sie Tessa an.

»Danke, aber ich hol mir erst mal 'n Cocktail. Sie auch noch was?«

»Drei Bulldogs. Achtunddreißig PS.«

Tessa schlenderte zur Theke und versuchte, die Aufmerksamkeit der Bedienung auf sich zu ziehen, doch das Mädchen war in ihrem Handy versunken, brach sich ihre Finger beim SMS-Schreiben und ließ eine Kaugummiblase platzen.

»Und, wie gefällt dir Burgheide so?« Nils, den Arm auf der Schulter einer jungen Frau, schob sich neben Tessa.

»Oh, sind wir jetzt schon beim Du?« Er hatte eindeutig ein klitzekleines Bier zu viel getrunken. Wahrscheinlich, um den Einsatz am See runterzuspülen, mutmaßte Tessa.

»Ich hab bisher nicht viel gesehen«, fuhr Tessa fort. »Einen merkwürdigen Notar, eine Tote und ein Huhn.« In der Hoffnung, er kapierte, dass sie nicht an einem Gespräch interessiert war, trat sie gähnend einen Schritt zur Seite und fixierte erst den Zapfhahn, dann das kulinarisch meisterhaft zusammengestellte Ungetüm von Speisekarte. Ein A5-Blättchen mit sieben Sorten Bier, Cola, Fanta und geschätzt fünfzehn Schnäpsen und ebenso vielen Likören.

Auf der Rückseite wurden dem Besucher die Spezialitäten des Hauses angepriesen. »Curry, Curry XL, Schnitzel So, Schnitzel Jäger, Chili.« Fertig.

»Hunger? Kann ich dich zu was einladen?«

Befremdet sah Tessa ihn an. Hatte der Kerl nicht ein Mädchen im Arm? Tatsächlich kassierte er von seiner Begleitung einen mehr als grimmigen Blick, machte aber dennoch keine Anstalten, von Tessa abzulassen.

»Bist du auf Droge?«, fragte Tessa ihn geradeheraus.

»Kann man so sagen! Stefan hat letzte Woche meine Karre verkauft!« Er prostete Stefan zu. »Und soll ich dir was sagen, der hat den armen Käufer voll über den Tisch gezogen! Kohle, Kohle, Kohle! Jiiiha!«

Endlich blickte die Bedienung auf. »Drei Bulldogs, 38 irgendwas und einen Screwdriver.« Sie wandte sich Nils zu. »Kümmer du dich mal lieber um deine Begleitung.« Sie nickte zum Dart. »Und dein Kumpel wartet auch schon.«

»Ich auch! Ich warte auch schon!« Eine garstige Frauenstimme zerriss die Kulisse aus Getratsche und Radiomusik.

Erschrocken fuhr Nils herum, aber da hatte die Frau, die hinter ihm aufgetaucht war, ihn schon am Ohr gepackt und zu sich gezogen.

»Susanne! Mann!«

»War ja so was von klar, dass ich dich hier finde! Du bist doch das Letzte! Komm jetzt«, keifte die Blondine und riss Nils von seiner Begleitung weg. »Und du lässt die Finger von ihm, ist das klar.«

Die junge Frau hob die Hände. »Komm mal runter, Susanne«, brummelte sie und trollte sich zum Dart. Mit einer Mischung aus Faszination und Fremdschämen sah Tessa dem Treiben zu und bemerkte, dass es den anderen Gästen ebenso ging.

»Ach du grüne Neune.« Ruth hielt sich die Hände vor die Augen. »Nicht schon wieder! Der arme Kerl.«

»Huihui.« Gustav rutschte auf seinem Stuhl lieber etwas tiefer, nicht, dass ihn aus Versehen ein Querschläger traf.

»Susanne. Bleib locker«, versuchte Nils die Frau zu beruhigen. »Ich hab nur mit Stefan gefeiert. Wegen … Wegen dem Auto.«

Sie schlug seine Hand weg. »Es weiß doch eh der ganze Ort, was für ein geiler Bock du bist!«

»Susanne!«

»Nichts da, *Susanne!* Mir reicht es jetzt! Entweder du kommst sofort mit, oder du kannst deine Sachen packen.«

»Susi, beruhig dich und …«

»Ich habe es satt!«, unterbrach sie ihn. »Nie bist du bei uns. Charlie weiß gar nicht mehr, wie sein Vater aussieht!«

»Halt einfach mal die Schnauze, Susanne. Verflucht noch mal. Raus. Komm, lass uns rausgehen.«

Anstatt dass Nils sie nach draußen führte, packte Susanne seinen Arm und zerrte ihn mit sich. Feixend sahen die Bauern ihnen nach, während Stefan peinlich berührt in sein Pils starrte. Sie konnten hören, wie der Streit auf dem Parkplatz weiterging.

»Donnerwetter. Langweilig ist es hier jedenfalls nich'«, murmelte Tessa und bekam vom Mädchen einen Schraubenzieher gereicht. »Was soll das?«

Die Bedienung stellte ihr drei Bulldogs hin. »Ist Ihr Motorrad kaputt?«

Zuerst wusste Tessa nicht, was das Mädchen meinte, dann hielt sie es für einen blöden Gag. »Sehr lustig … Ich nehm lieber den flüssigen Screwdriver.«

Das Mädchen ließ eine Kaugummiblase platzen. »Was ist das? … Gibt nur, was auf der Karte steht.«

Schnaufend zog sich Tessa noch einmal die Karte heran, fand aber nichts. »Wissen Sie was, nehmen Sie einfach ein großes Glas, kippen Sie O-Saft rein und obendrauf Wodka.«

Sie schnappte sich die Bulldogs und trug sie zu Jana an den Tisch.

»Der Kümmel-Dieter, der hat ja doch glatt drauf gewettet, dass die Ehe nur zwei Jahre hält.« Seufzend leerte Gustav sein Glas und zog sich das frische heran. »Die hat 'n Jagdschein, vor der muss man sich in Acht nehmen.«

»Kümmel-Dieter? De oole Klutentramper?«, meinte Ruth und nippte an ihrem Bulldog. »Zwei Jahre? Ich hab mit einem gerechnet. Hätte nicht gedacht, dass das so lange gutgeht. Dabei weiß Nils doch genau, dass die Susanne so eine Eifersüchtige ist. Aber nein. Immer drauf.«

»Hm«, meinte Gustav. »Der Nils ist eben nicht glücklich, wenn's zu Hause mal leise ist.«

»Mönsch Kinnas. Hört auf damit. Der Nils ist schon in Ordnung«, schaltete sich Jana ein.

»Nich' lang schnacken, Kopp in'n Nacken.« Gustav prostete allen zu.

Gerade rechtzeitig bekam Tessa ihren Screwdriver hingeschoben. Sie bedankte sich, stieß mit an und … hätte Jana mit ihrem Drink beinahe eine Dusche verpasst. Mit brennenden Augen gelang es ihr, den Drink zu schlucken. Was folgte, war Husten. Die Bedienung hatte in einen Wodka einen Schuss O-Saft gekippt. Wahrscheinlich eine Kappe voll.

»Euer Screwdriver ist … ist … eher ne Schlagbohrmaschine.«

»Jau, wenn schon, denn schon. Nich' Jana?« Ruth lachte, und sie stießen ein zweites Mal mit Tessa an.

»Willkommen in Burgheide, Schwester«, meinte Jana. »Einwohnerzahl 3134.«

»Minus eins.« Tessa kippte den Wodka hinunter.

19

Hier hab ich noch ein Kissen.« Jana reichte Tessa ein dickes Daunenkopfkissen, das in einem Bezug mit Rosenknospen steckte.

»Danke schön.« Sie stopfte es auf das Sofa, das ihr heute Nacht als Bett dienen würde, weil die beiden einfach keine Lust gehabt hatten, die zahlreichen Kartons aus dem Turmzimmer zu räumen. Ganz zu schweigen davon, dass auch eine Couch, eine Matratze oder eben schlicht ein Bett im ersten Stock für Tessa fehlte. »Dann schlaf gut.«

Nur widerwillig hatte Jana zugestimmt, dass ihre Schwester ausgerechnet ihr heiliges Sofa benutzen durfte, aber Tessa hatte sich geweigert, für die erste Nacht in eine Pension zu ziehen.

Während Jana auf der Suche nach Decke und Kissen gegangen war, musste Tessa sämtliche Erinnerungsstücke auf dem Kaminsims betatscht und umsortiert haben. Wahrscheinlich hatte sie die Fotos und Figürchen absichtlich nicht wieder ordentlich zurückgestellt. Sicher so eine Art Test, denn ihre Schwester hatte sie ziemlich amüsiert beim Zurechtrücken gemustert.

»Du kommst hier unten zurecht? Dusche ist oben. Da hinten ist ein kleines WC und …«

»Ich hab mir das Haus schon angesehen, Schwesterchen. Alles gut. Hast du zufällig eine Zahnbürste?«

Tatsächlich hielt ihr Jana eine unter die Nase. Jana war klar, dass ihre Schwester nur für die Erbschaftsverlesung gekommen war und nicht mit einer Übernachtung gerechnet hatte.

»Ich werd umfallen wie ein Stein. Man glaubt gar nicht, wie anstrengend es sein kann, in einen Mordfall verwickelt zu werden und nebenbei noch ein Haus zu erben. Ich hoffe bloß, dass ich nicht von diesem Ekel Kettel träume. Hast du seine Augen gesehen?« Tessa schüttelte das Kissen auf. »Was ist los? Was hast du? Du bist so still …«

»Das frag ich dich. Was hast *du* vor?«, wollte Jana von ihrer Schwester wissen. Irgendwann mussten sie beide eine Entscheidung treffen, wie sie mit Joonas Wunsch umgehen wollten. Besser früher als später, fand Jana.

»Schlafen gehen meinst du wohl nicht, hm?« Tessa seufzte.

»Ich mein's ernst. Wie soll das hier weitergehen?«

»Jana, hör mal. Ich bin wirklich hundemüde. Bin vierhundert Kilometer gefahren, hab 'ne Leiche aus einem See geholt und mehr Menschen kennengelernt als so mancher Berliner in einem Jahr. Lass uns über dieses … dieses dämliche Testament wann anders reden, ja?«

»Ich will doch nur wissen, ob es für dich überhaupt eine Option ist hierzubleiben. Ein Jahr lang.«

Für einen Moment schwieg Tessa, dann sagte sie ruhig: »Ich weiß es noch nicht. Ich weiß es einfach nicht.«

In ihrem Gesicht meinte Jana zu lesen, dass Tessa tatsächlich nicht wusste, wie sie sich entscheiden sollte. »Du hast gesagt, du arbeitest als Journalistin. Dann musst du doch bald zurück. Wie viele Tage hast du frei bekommen?«

Tessa winkte ab. »Der Chef, das ist … also der Georg ist ein guter Freund. Das geht schon.« Sie seufzte und setzte sich wieder auf. »Ich weiß, das hier ist dein Leben. Alles hier gehört zu dir, ist ein Stück von dir. Der See, das Haus, das Dorf.« Sie sah sich im Raum um, der nur spärlich beleuchtet war. »Ich weiß, dass jedes Möbelstück hier eine Geschichte für dich hat. Das hier ist deine Heimat. Und wenn du mich fragst, dann kann ich nur sagen: Ich habe keine.«

Fragend sah Jana auf. »Wie meinst du das?«

»Ich habe irgendwie keine Heimat. Keine so mit Wurzeln, wie du, mein ich. Jahrzehntelang an einem Fleck ... Meine Ma war ein Vagabund. Wir sind ständig umgezogen. Und wir haben immer nur gestritten. Jetzt weiß ich, dass ich immer recht hatte, als ich dachte, sie belügt mich. Sie hat mir meinen Vater gestohlen. Selbst diese Heimat hat sie mir genommen. Sie hat gesagt, er sei tot.«

Jana setzte sich auf den Sessel beim Kamin, ganz an die Kante, schürzte die Lippen und blickte Tessa interessiert an. »Sonst hättest du nach Joona gesucht?«

»Klar. Sonst hätte ich schon längst nachgeforscht und hätte ihn besucht. Und dich.« Tessa gähnte. »Entschuldige. Ich hab gedacht, ich erbe vielleicht ein Foto oder eine Uhr oder irgendetwas in der Art. Die Fotos vom Haus haben mich neugierig gemacht. Aber ich lebe in Berlin! Was soll ich mit einem Haus in Burgheide?« Sie machte eine kurze Pause und sah zu dem Foto, das auf dem Sims stand. Joona mit der vielleicht fünfjährigen Jana auf dem Schoß. »Aber eigentlich habe ich am meisten darauf gehofft, etwas über ihn zu erfahren.«

Noch immer saß Jana stocksteif auf der Kante. »Dann sollten wir uns beizeiten den Dachboden vornehmen. Da sind noch Dutzende Kisten von ihm eingelagert. Vielleicht hilft dir das.«

»Weißt du«, fuhr Tessa fort. »Ich fand mein Leben bisher eigentlich ziemlich toll! Ich liebe es, für diese Zeitschrift zu schreiben, mit meiner Indian von Termin zu Termin zu düsen, Artikel für die Sonderausgaben zu schreiben …« Sie winkte ab. »Ich will sagen, ich hab mein eigenes Leben, weißt du. Es ist nicht so, dass Burgheide und du mein Lebensmittelpunkt sind, auf den ich zweiunddreißig Jahre lang gewartet habe.«

Tessas Tonfall kippte ins Schnippische. Anscheinend hatte ihre Frage an einem wunden Punkt gerührt. »Du meinst, du hast dreißig Jahre ohne Schwester gelebt, warum solltest du jetzt eine brauchen?«, fragte Jana.

»Das hast du gesagt«, antwortete Tessa schroff.

»Aber du hast es gemeint.«

Jana merkte, dass ihre Schwester langsam wütend wurde.

»Weißt du was«, fuhr Tessa sie an, »wenn du es mit mir so unerträglich findest, dann bitte schön. Ich fahre einfach. Kein Thema. Sehen wir eben, wie wir das mit dem Haus machen.« Wütend klopfte sie das Kissen in die Ecke des Sofas und warf sich hinein.

Zögernd stand Jana auf. »Tu das bitte nicht.«

»Du hast Berthold doch gehört. Du kannst das Testament anfechten. Ich mach mit. So, und jetzt gute Nacht.« Die Bettdecke über den Kopf gezogen, machte Tessa deutlich, dass sie keine Lust hatte, mit ihr zu reden.

Statt zu gehen trat Jana an eines der Fenster des Wintergartens und sah in die Dunkelheit. Es war Neumond, und der See lag in pechschwarze Dunkelheit gehüllt irgendwo dort draußen. Die Schwärze gab ihr im Fenster nur ihr Spiegelbild zurück. Eine alte Frau, mit grauen Haaren und Brille in einem altmodischen Nachthemd, dachte sie. Wie eine Erscheinung aus vergangenen Tagen schwebte ihre Gestalt im Schwarz der Scheibe.

Verloren und ohne Halt. Genau, wie sie sich fühlte. Ihr Leben war stets einem Plan gefolgt, sie hatte immer fest auf dem Boden gestanden, und ihre Familie, ihre Freunde waren zu jeder Zeit ihr verlässlicher Hafen gewesen. »Ich hab mich nie wirklich mit Paps gestritten. Ich weiß, er hat sich genau überlegt, was er da geschrieben hat. Es tut mir leid.« Ihr Spiegelbild sah sie unsicher an. »Es ist auch für mich neu, eine Schwester zu haben. Ich hatte Pläne, was ich jetzt, im Ruhestand, anfangen will. Joona will auch mir ein Leben aufzwingen, das ich so nicht bestellt habe.«

Tessa tauchte wieder aus dem Kissen auf. »Na, wunderschön, dann sitzen wir also im selben Boot! Das hilft uns aber nicht. Aber schlafen hilft.«

Eine Weile lauschte Jana auf die Stille der Nacht. Kein Vogel, keine Kröte war zu hören.

»Joona war ein Familienmensch. Hätte er von dir gewusst, Tessa, er hätte Himmel und Erde in Bewegung gesetzt, dich bei uns zu haben.« Jana sprach leise, wandte sich ihr aber nicht zu.

Tessa vergrub sich wieder im Kissen. »Kann ich jetzt endlich schlafen, Jana?« Ihre Stimme klang dumpf und verschnupft.

»Ja«, seufzte Jana. »Hast recht. Morgen sehen wir weiter. Schlaf gut.«

»Du auch. Und mach das Licht aus!«, rief Tessa ihr nach.

Jana ging und knipste es aus.

Für eine Weile lag Tessa wie erstarrt da, horchte auf Janas Schritte auf der Treppe, dann auf das Knarzen der Deckendielen. Die Müdigkeit füllte ihre Glieder mit lähmender Schwere. Da war sie nun. In irgendeinem Dorf auf dem Land. Sie rollte sich auf die Seite und öffnete die Augen.

Tessa hielt die Luft an.

Sie zwinkerte. Drückte die Augen fest zu, nur um sie wieder weit aufzureißen. So weit, wie sie nur konnte … Aber es … Es machte keinen Unterschied!

»Verdammt«, hauchte sie. »Ich bin blind.«

Um sie herum war Schwärze. Absolute Schwärze.

Eine alles verschlingende Dunkelheit, wie sie sie noch nie in ihrem Leben *gesehen* hatte. Ihr Atem klang plötzlich entsetzlich laut, und sie versuchte, besonders leise und flach Luft zu holen.

Während sie nach irgendeinem Schimmer in der Schwärze suchte, merkte sie, wie sich ihre eben noch so trägen Muskeln vor Anspannung verkrampften. Die Stille gab ihr den Rest. Sie hielt es nicht aus. Egal wo sie gewohnt hatte, ob in Potsdam, Leipzig, Berlin – immer, immer hatten Straßenlaternen und Autos Licht ins Schlafzimmer geschickt. Tagein, tagaus. Lachende Passanten, die aus den Klubs nach Hause fielen, Nachbarn, die sich stritten. Nachts war die Welt immer voll Leben gewesen. Leben und Licht.

Wieso rief noch nicht mal eine blöde Unke! Und was war das für ein Geruch? Plötzlich waren all ihre Sinne hellwach. Sie roch das muffige Alter des Sofas, die staubigen Daunen des Kissens, den verblichenen Weichspüler der Bettwäsche. Nichts, das ihr irgendwie vertraut war.

Die Bilder ihrer Kindheit sprangen sie an, die Vorstellung von Monstern, die sie verschlingen würden, sobald sie nur den kleinen Zeh unter der Bettdecke hervorstreckte.

Sollte sie nach Jana rufen? Sie brauchte Licht! Ganz dringend. Nur ein bisschen, ein kleiner Schein.

»Jana«, flüsterte sie, vermied es jedoch zu rufen. Diese Blöße konnte sie sich nicht geben. Wie albern! Sie war zweiunddreißig. Angst vor der Dunkelheit! Lächerlich.

Nach einem tiefen Atemzug schob sich Tessa vorsichtig vom Sofa und tastete sich zur Küchenanrichte vor. Dort war irgendwo der Lichtschalter für die Tiffany-Küchenlampe. Sie brauchte eine gefühlte Stunde für die dutzend Schritte und hatte die untrügliche Ahnung, von mindestens einhundert Augenpaaren angestarrt zu werden. Von gefräßigen Monstern, die auf knusprige, ziemlich schreckhafte Berlinerinnen geiferten.

Nachdem das matte Licht der Glühbirne ihr endlich die normale Welt zurückbrachte, kuschelte sich Tessa wieder unter die Decke, inspizierte aber dennoch alle Ecken und Nischen, bevor sie die Augen schloss.

Hoffentlich, dachte sie, wache ich vor Jana auf. Und kann das Licht wieder ausknipsen. Wie peinlich.

20

Nun warte doch, Hans!« Die Nordic-Walking-Stöcke umklammert, rutschte Gabi von einem glitschigen, umgestürzten Baum. Die frischgebackene 60-Jährige fiel in die Buchenblätter. Die Arthrose in den Knien machte ihr zu schaffen, weswegen sie nicht mehr so leicht querfeldein durch den Wald und über Wurzeln und Äste marschieren konnte. »Jetzt warte!«

Nachdem sie sich aufgerappelt hatte, stolperte sie fluchend weiter hinter ihrem Mann her, der wie immer vorausstapfte, ohne sich darum zu scheren, dass seine Frau nicht mehr ganz so gut zu Fuß war.

Abermals verfing sich Gabi in einem Ast, der unter dem letztjährigen Laub verborgen lag. Ächzend beugte sie sich hinab, um ihren Fuß frei zu bekommen.

Sie hasste es, wenn Hans sich in den Kopf setzte, »mal eben eine Abkürzung« zu nehmen. Beim Wandern waren Abkürzungen strengstens verboten. Basta.

»Wir sind ja gleich da, Schnuck. Siehst du, da drüben?« Hans deutete auf eine Böschung, auf der grüne Blätter sprossen.

»Ist das die Stelle, an der wir letztes Jahr auch waren?«, rief sie und versuchte, ihn einzuholen.

Er blieb stehen, um eine Karte aus dem Wanderrucksack zu ziehen. Darauf trugen sie jedes Jahr ihre Fundorte ein – die besten Himbeer- und Brombeerhaine, Pilzgebiete und Bärlauchbestände, den sie jetzt pflücken wollten. Sie freute sich schon auf den würzigen Geruch, wenn sie die schmalen Blätter später zusammen in ihrer Küche verarbeiteten.

Ihre Pestos waren in ganz Burgheide berühmt. Und Gabis Schulfreundin Edeltraut versuchte jedes Jahr, sie mit Marmelade und Kompott zu bestechen, um von ihnen zu erfahren, wo die besten Bärlauchplätze waren. Aber Gabi und Hans blieben eisern.

Gabi liebte diese Spaziergänge durch den Frühlingswald. Jahr für Jahr bewunderte sie die Kraft der Natur, wie sie aus scheinbar Totem überquellendes Leben hervorbrachte. Noch bedeckte das abgestorbene Laub des vergangenen Jahres den Boden, doch der Wald war schon am Werk. *Von unten wird der Wald grün*, erinnerte sich Gabi an die Worte ihrer Lehrerin. Buschwindröschen verdrängten das Laub, Buchenkeimlinge, Lungenkraut und Schlüsselblumen bohrten sich nach und nach durch das Braun und bedeckten den Boden mit lebendigem Grün.

»Ich glaube, das ist eine neue Stelle!« Hans war ganz aufgeregt. »Wir sind zu weit östlich gekommen, denke ich. Da drüben müsste …«

Gabis gellender Schrei unterbrach seine Ausführungen. Voller Entsetzen starrte Gabi auf ihren Fuß.

Diesmal war es kein Ast, unter dem sich ihr Fuß verhakt hatte. Die blasse Hand einer Frau umklammerte ihre Treckingschuhe.

21

Hast du gefrühstückt? Ich hoffe, nicht …« Fahrig kam Doktor Fabian Kerner Jana entgegen. »Ich hatte nämlich gut gegessen, bevor ich hier raus bin. Betonung liegt auf *hatte.*«

Er stützte sich an einen der Bäume und wartete, bis sie zu ihm getreten war. Hinter ihm hatte Martin mit Flatterband ein großes Rechteck abgesperrt. Wahrscheinlich der Fundort. Jana konnte die Leiche noch nicht sehen.

»Martin hat mich herzitiert. Hat was von einer Frau im Wald gemurmelt. Und ich komm hierher und dann das …«

»Sie ist tot.«

Fabian nickte. »Das ist ja der … der Mist!« Er war selbst leichenblass, zitterte am ganzen Körper, und Schweiß stand auf seiner Stirn. Ungläubig musterte Jana ihn.

»Hast du etwa Angst vor Toten? … Fabian! Du bist Arzt!«

»Ja! Für *Lebende*!« Der Schweiß lief ihm über die Stirn, und sein Atem ging flach. »Ich komme mit ›friedlich Entschlafenen‹ gerade so klar. Dafür war ich ja auch lang genug in Therapie – aber das da!« Er zeigte hinter sich und begann zu hyperventilieren. »Das da muss ja wohl nicht sein.«

»Beruhig dich, Fabian. Alles gut.«

»Ja, alles gaaaanz toll!«

Jana ergriff seine Hand. Sie war vor kaltem Schweiß glitschig. Außer ihnen beiden war niemand hier.

»Wo ist denn Martin jetzt?«, wollte Jana wissen.

»Dieser Zuckerbäcker hat gesagt, ich soll dich anrufen, wenn ich es nicht schaffe. Du sollst dich beeilen, hat er gesagt. Bevor er den Herrn von der Soko weckt, sollst du dir alles ansehen.«

Jana nickte. »Das wird langsam zu 'ner Epidemie. Zwei Tote in zwei Tagen.«

»Epidemie? Also wenn *das* um sich greift, dann kündige ich!«

»Du bist leider dein eigener Chef.«

»Egal. Dann kündige ich bei mir selbst.«

Jana beobachtete, wie Fabian zögerte, wie viel Überwindung es ihn kostete, sich zum Fundort umzudrehen. »Bitte nach dir«, flüsterte er.

»Das machen wir gleich. Komm erst mal.« Jana zog den bibbernden Arzt zu ihrem Landrover. »Setz dich da hin, Beine hoch. Hier aufs Armaturenbrett.« Sie öffnete das Handschuhfach. Da drin sah es aus wie an einem Süßigkeitenstand. Schachteln über Schachteln, Tütchen über Tütchen voll mit Keksen, Weingummis, Lakritze. Jana drückte Fabian eine Rolle mit Schokokeksen vor die Brust. »Brav vier davon essen. Das sollte deinen Blutzucker wieder in Schwung bringen.«

Fabian nickte dankbar und riss die Packung auf.

Wenige Sekunden später duckte sich Jana unter dem Absperrband durch. Auf dem Waldboden lag ausgestreckt eine junge Frau.

Jana schnappte sich ein Paar Einweghandschuhe aus Fabians Koffer. Anscheinend war die Frau nur notdürftig verscharrt worden. Ihr Gesicht war mit Erde beschmutzt, und in ihren roten Haaren hatte sich Laub verfangen. Jana konnte die verwelkte Blüte eines Buschwindröschens erkennen. Verwelkter Frühling.

Wie sie so dalag, fühlte sich Jana an eine Geschichte aus ihrer Kindheit erinnert, an die Erdgeister mit wirrem, durch Laub und Gräser verfilztem Haar, die im Wald unter den Wurzeln hausten. Joona hatte ihr oft von solchen Naturwesen erzählt, die den Wald bewachten. Magisch schöne Geister, die mal voll Schabernack, mal voller Güte waren.

Die Tote war sicher noch keine dreißig Jahre alt. Lange betrachtete Jana das blasse Gesicht und suchte in ihrer Erinnerung, konnte jedoch kein Kind, kein Mädchen, keine junge Frau mit solchen roten Haaren finden. Vermutlich stammte sie nicht aus Burgheide. Zumindest war sie keine ihrer Patientinnen.

Ihre Kleidung war modisch und sah oft getragen aus. Hätte Jana sie auf der Straße getroffen, so hätte diese junge Frau sicher einen sympathischen Eindruck auf sie gemacht. Trotzdem hatte ihr jemand mit einer Schrotflinte in die Brust geschossen.

Unschlüssig stand Jana vor der Leiche. Unendlich viele Fragen schwirrten ihr durch den Kopf. Eine zweite Tote. Hingen die beiden Morde miteinander zusammen? Was hatte sie im Wald gesucht?

Sie nahm ihr Handy und wählte. Es klingelte lange, dann endlich meldete sich eine verschlafene Stimme.

»Guten Morgen!« Bei der Vorstellung, Tessa aus dem Schlaf geklingelt zu haben, musste Jana grinsen.

Genuschel drang zu ihr. »Jana? Verdammt, es ist noch mitten in der Nacht.«

»Es ist schon Viertel vor sieben. Zieh dir was an und komm in den Wald. Wenn du durch Burgheide fährst, lässt du die Kirche links liegen und fährst raus aus dem Ort. Da ist ein Gestüt, dahinter geht's links rein.«

»Links. Gestüt. Hab ich. Was ist denn überhaupt los?«

»Spar dir das Frühstück, wenn du vor der Kripo hier sein willst. Und bring deine Kamera mit.«

»Sag bloß, es gibt …«

Jana ließ ihre Schwester nicht ausreden. »Ach! Tessa?«, sagte sie, bevor sie auflegte. »Und mach auch bitte das Licht in der Küche aus.«

Keine zehn Minuten später sprang Tessa von ihrer Maschine und eilte an Fabian vorbei, der noch immer keksessend im Wagen ausharrte und ihr blass zuwinkte.

»Da sitzt 'n Doktor in deinem Wagen und ruiniert deine Sessel mit Schokokeksen.« Tessa gähnte.

»Ich weiß.« Jana gab den Blick auf die Tote frei.

»Also richtig geraten. Noch eine.« Sie holte hörbar Luft. Die Frau war noch jung gewesen. »Geht das bei euch immer so zu? Ich mein, ich bin grad zwei Tage hier und schon liegen zwei Leichen in eurer ach so friedlichen Natur rum.«

»Ja, das ist bei uns Standard. Wäre aber schön, wenn du ein paar Bilder machen könntest.«

Der jungen Reporterin war es anzusehen, dass sie sich am frühen Morgen Schöneres vorstellen konnte, aber sie zückte ihren Apparat.

»Was ist mit dem charmanten Menschen von der Kripo?«

»Der wird jeden Moment hier aufkreuzen.«

»Wahrscheinlich landen wir beide jetzt auf seiner Fahndungsliste.«

»Genau. Und wenn du dich nicht beeilst, dann ruf ich ihn an und erzähl ihm, dass wir erst Leichen finden, seitdem du da bist.«

»Ha ha, sehr lustig.« Tessa hielt Abstand, fotografierte nicht nur die Leiche, sondern auch den Wald darum herum. Abermals musste sie gähnen. Ihr fehlte ein Kaffee.

»Der feine Kommissar ist mir reichlich egal«, murmelte Jana. »Für den sind wir doch schon verdächtig, weil wir auf'm Land wohnen.«

Tessa schenkte ihr ein Lächeln. »Das seh ich auch so. Ich meine … Also …«

»Ich weiß, wie du das meinst.«

»Hab schlecht geschlafen.«

»Dein Organismus muss sich erst mal an die gesunde Luft gewöhnen.«

Das Gähnen trieb Tessa Tränen in die Augen. »Waren eher die Gedanken. «

»Verstehe.«

»Apropos Gedanken. Was hast du schon herausgefunden?«

»Sie ist erschossen worden.« Jana zeigte auf das Loch in der Brust der Toten. Mit einer Pinzette fischte sie einige Schrotkugeln heraus und ließ sie in ein Plastiktütchen fallen.

»Ach nee, Frau Detektivin. Das war jetzt echt 'ne brillante Leistung.«

»Und zwar mit Schrot. Wahrscheinlich aus kurzer Distanz. Es hat nicht weit gestreut, und die Kugeln sind ziemlich tief eingedrungen. Ich hatte so was mal bei einem Jagdunfall. Sie muss sofort tot gewesen sein.«

»Also ist da jemand auf Nummer sicher gegangen. Wurde sie begraben?« Tessa sah sich um, konnte aber kein ausgehobenes Grab entdecken. Die Tote lag nur in einer Bodenmulde.

»Sie wurde mit Erde und Laub bedeckt. Ein richtiges Grab ist das nicht. Andererseits wäre sie so kaum gefunden worden, wenn Gabi und Hans nicht auf Bärlauchjagd gewesen wären.«

»Er dachte also, so weit ab der Wege stolpert keiner über sie. Oder der Täter war in Eile. Er hatte keine Zeit, ein Grab zu schaufeln.«

Jana nickte. Tessa reckte ihren Hals, weil sie nicht zu nah an die Tote treten wollte: »Nette Klamotten. Jung, trendy. Streetware. Wirst du sie noch …« Tessa zeigte auf die Tote und wischte vielsagend mit dem Zeigefinger in der Luft hin und her.

»Was?« Jana verstand nicht gleich. »Ausziehen? Nein. Das könnte ich in Fabians Praxis machen, aber dazu sind die Pathologen da.« Sie steckte das Beutelchen mit den winzigen Schrotkugeln in ihre Handtasche. »Wenn unser Herr Soko davon erfährt, dass wir an der Leiche waren, wird er eh toben.«

»Kannst du sie umdrehen?«, wollte Tessa unvermittelt wissen.

»Was? Bist du verrückt? Wenn Kettel das merkt!«

»Ach komm. Die Bärlauchtypen haben hier doch eh schon alle Spuren zertrampelt. Ich will nur die Etiketten lesen.«

Jana sah ihre Schwester verdutzt an.

»Du bist, was du anhast.«

»Aha. Das wäre aber sehr traurig.«

»Ist aber so.«

»Dann musst du mir helfen. Da sind Handschuhe.«

»O nein … Wirklich? Manno.« Tessa fasste sich ein Herz und nahm sich die Handschuhe, streifte sie über. Sie war bemüht, nicht an die klaffende Schusswunde zu kommen, und schloss angewidert die Augen, dann packte sie mit Jana zu. Gemeinsam drehten sie die Frau auf die Seite.

»Gut. Halt sie so.« Tessa, den Kopf abgewandt, fummelte am Kragen des geblümten Tops herum und krempelte schließlich den Bund der Jeans nach außen. Sie riskierte einen Blick. »Firetrap und FeverLondon.« Sie ließen den Körper wieder zurückgleiten. Sofort stand Tessa auf. »Die junge Dame hatte was übrig für britische Mode. Aber die Klamotten durften nicht allzu viel kosten. Hm …« Nachdenklich sah sie die junge Frau jetzt doch an und verlor ein wenig ihre Scheu. Das Gesicht der Toten war so freundlich. »Ich denke aber nicht, dass sie so modevernarrt war, dass sie sich diese Sachen nach Niedersachsen hat schicken lassen.«

»Sondern?«

»Die hat sie bestimmt in London gekauft.«

Jana musterte ihre Schwester. »Sag mal, das macht dir Spaß, oder?«

»Na ja, es ist ein bisschen, wie einen guten Artikel zu schreiben. Da guck ich auch genau hin, um zu sehen, was mir mein Gegenüber nicht sagen will.«

»Sie trägt Trekkingschuhe.« Jana nahm einen Spachtel und pulte etwas von der Erde aus den Stollen, um sie ebenfalls in ein Tütchen zu füllen.

»Das passt nun wieder so gar nicht zum Outfit.«

»Sie wollte einen sicheren Tritt haben, wenn sie durch den Wald läuft.«

»Oder schnell weglaufen.«

»Das hat dann wohl nicht geklappt.«

Tessa nickte. »Vielleicht hat sie sich verirrt. Sie kommt sicher nicht von hier. Und auf keinen Fall ist sie ein Landei.« Sie deutete auf die Hand der Toten. »Ziemlich lange Nägel. Und so hübscher hellblauer Nagellack. Solche Nägel kann sich niemand leisten, der regelmäßig einen Stall auszumisten hat. Oder?«

»Richtig.« Jana verschränkte die Arme vor der Brust. »Also, hier liegt eine vielleicht dreißigjährige Frau, die nach London fährt, um sich Kleidung zu kaufen. Sie wollte unbedingt bei uns in Burgheide wandern, hat sich festes Schuhwerk angezogen und ist dann …«

»… einem Jäger vor die Flinte gelaufen?«

»Nein. Das kann kein Unfall gewesen sein. Sie muss ihrem Mörder in die Augen gesehen haben. Sie standen sich gegenüber.«

Die beiden sahen sich an. »Wir haben also einen zweiten Mord. Ich komm nicht von hier und krieg wieder Ärger, wenn ich das ausspreche …«, seufzte Tessa. »Aber dir ist schon klar, dass das hier – rein statistisch gesehen – kein Zufall sein kann.«

»Du meinst, zwischen den Toten muss es eine Verbindung geben.«

Tessa nickte.

22

Tessa tunkte den Pinsel in den gelben Lack und vollendete ziemlich krakelig eine Bordüre. Sie sollte einmal um den Hühnerstall reichen und zeigte bunte Eier. Denn ihre Lassie sollte natürlich nicht in einem schnöden Holzverschlag hausen.

Meinem Huhn steht eine Portion Lifestyle zu, fand Tessa und hatte sich im Internet eine Bauanleitung heruntergeladen und im Baumarkt extra alles zusägen lassen.

Zufrieden betrachtete sie ihr Werk, klemmte den Pinsel in die Tasche ihrer geliehenen Latzhose, um das Brett mit beiden Händen festhalten zu können. Sie trug es zu den anderen lackierten auf die Terrasse, wo es trocknen sollte. Die Malerei war genau das Richtige, um die Bilder von der Toten aus dem Kopf zu bekommen und sich etwas abzulenken.

Morgen würde es Richtfest geben, dann würde sie den Stall zusammenschrauben. Gesetzt den Fall, Jana würde ihr auch ihren Akkuschrauber leihen.

Ich muss nach Berlin, dachte sie. Meine Sachen können nicht ewig im Büro bleiben. Ich brauche ein Zimmer. Irgendwo.

»Wir beide sind so Hühner, stimmt's, Lassie«, sagte sie leise. »Beide obdachlos. Du schläfst auf dem Boden und ich in absoluter Finsternis.«

Tessa legte den Pinsel auf das Holzgeländer, ging zurück zum Haus und streifte sich die Latzhose ab.

»Sind die Ausdrucke fertig?«, fragte sie Jana, die die Malaktion von der Hollywoodschaukel auf der Veranda aus beobachtet hatte.

Jana reichte ihr einen Stoß Blätter. »Aber bevor du loslegst, bitte den Pinsel auswaschen.«

Süß zog Tessa eine Schnute. »O manno.«

»Nix manno. Wenn man was anfängt, dann räumt man's auch weg.«

»Ja, Mama.«

Kopfschüttelnd sah Jana auf ihre Uhr. Es war Zeit fürs Tee-Ei. Während sie ins Haus ging und ihren Tee holte, wusch Tessa den Pinsel aus.

Kurz darauf begann Tessa, den Stoß Papiere Blatt für Blatt an die Fenster des Wintergartens zu kleben.

»Ich hab das mal in einem Film gesehen.« Auf jeden Zettel waren Namen gedruckt.

»Ich hoffe, du bist gut im Fensterputzen.« Jana setzte sich in einen der Rattansessel im Wintergarten und stellte den Teewagen daneben ab.

»Nun sei mal nicht so spießig, Schwesterchen.« Schwungvoll ließ sich Tessa in den Sessel neben Jana fallen. Hinter ihr ragte eine Zimmerpalme empor, flankiert von üppigen Kamelien und Rosmarin. Daneben hatte Tessa Jana geholfen, den altmodischen Plattenspieler aufzustellen. Nun war er halb verborgen von Palmblättern. Draußen hüllte der Schatten einer Wolke das frische Frühlingsgrün in ein mattes Kleid. Die hellblauen Bauteile des Hühnerstalls leuchteten in einem magischen Licht.

»Ich bin nicht spießig.« Sorgsam legte Jana das tropfende Tee-Ei in das Porzellanschälchen, das sie extra für diesen Zweck neben die Kanne gestellt hatte. Ganz sicher befand sich diese Kanne schon seit Generationen im Besitz der Familie. Ein Service mit dem typisch friesischen blauen Blumendekor auf weißem Grund war heutzutage nur noch als Nachdruck zu bekommen. Dieses hier war jedoch noch handbemalt, soweit Tessa das beurteilen konnte.

In aller Ruhe griff Jana mit der silbernen Zange ein Stück Kandis aus dem Döschen und legte es sorgsam in ihre Tasse. »Ich bin *traditionsbewusst*«, stellte sie klar, als sie den heißen Tee über den Kandis goss und zufrieden dem Knacken lauschte. »Und meine schöne Aussicht mit Namensschildern zu bekleben gehört *nicht* zu meinen Traditionen.«

»Was nicht ist, kann ja noch werden. Es gibt immer ein erstes Mal.« Tessa grinste, nahm sich mit den Fingern ein Stück Kandis und warf es sich in den Mund. »Jetzt musst du mir helfen.« Sie sprang wieder auf und hielt ein Wollknäuel in die Luft.

»Du willst Stricken lernen? Tut mir leid, das kann ich auch nicht. Ich töpfer zwar, aber das heißt nicht, dass ich strick…«

»Nein, ich will wissen, was die Tote aus dem Wald mit Anna zu tun hatte.« Tessa wandte sich ihren Zetteln zu. Unter *Anna* hingen Blätter mit den Namen *Rolf* und *Torben*. »Also, was haben wir? Anna ist die Ex-Frau von Rolf und die Muter von Torben.«

In dem Moment klingelte es an der Tür.

»Ist offen!«, rief Jana, ohne aus ihrem Sessel aufzustehen.

»Du kannst doch nicht einfach so jeden ins Haus lassen! Du weißt doch gar nicht, wer vor der Tür steht!«

Jana sah Tessa schmunzelnd an. »Wer soll es schon sein, hier auf dem Land an einem Sonntagnachmittag?«

»Ein netter Kerl mit Schrotflinte zum Beispiel«, murmelte Tessa und schnappte sich ärgerlich noch ein Stück Kandis. Sie hatte lange genug in Berlin gewohnt, um zu wissen, dass die Welt voll von seltsamen Gestalten war. Und ein einsames Haus, einsam, weit weg vom Leben, einsam an einem See, war einsame Spitze, für eben genau jene einsamen Gestalten.

»Wenn ich hier einziehe, brauchen wir ein ordentliches Schloss. So einen breiten Riegel, den man …«

»Kommt gar nicht in Frage.«

Mit lautem »Moin« betraten Ruth und Gustav das Wohnzimmer und kamen zum Wintergarten durch.

»Was kommt nicht in Frage?«, wollte Gustav wissen.

»Sie will das Haus zur Festung machen«, sagte Jana.

»Quatsch. Ich will die Haustür abschließen. Mit so einem Ding, das hat so Zacken. Das steckt man in einen Schlitz in der Tür und dann dreht man.«

»Wieso?«, wollte Ruth wissen.

»Weil es Mörder mit Schrotflinte abhält«, meinte Jana und winkte ab.

Ruth warf Gustav einen amüsierten Blick zu.

»Na danke, dass ihr mich wie ein Kind behandelt«, motzte Tessa und sank in einen Sessel.

Wie selbstverständlich setzte sich Gustav in den Zweisitzer und nahm sich gleich eine Tasse, während Ruth sich noch neben ihn quetschte.

»Schön, bei euch zu sein. Ach, das wird ein Klasseabend.« Ruth sah auf die Fenster. »Was spielen wir?«

Tessa war etwas verdattert, dass ihre Anwesenheit so selbstverständlich hingenommen wurde. »Ich spiele nicht.«

»Stimmt. Das sieht nach Recherche aus.« Gustav goss sich Tee ein.

»Mir bitte auch einen.« Ruth hielt ihm ihre Teetasse hin. Jana hatte den Besuch ihrer Freunde schon eingeplant und auf dem Teewagen genügend Gedecke bereitgestellt. Wie jeden Sonntag. Sie verteilte die Kluntjes und nahm die Kanne vom Stövchen.

»Wir helfen Martin«, erklärte Jana und reichte Teegebäck herum. Verständig nickten die beiden Neuankömmlinge und schwiegen, wie es sich gehörte, wenn der Theatervorhang sich hob und das Stück begann. Wie drei Schüler saßen sie dort aufgereiht und sahen Tessa aufmerksam an, während der heiße Tee den Kandis knacken ließ.

»Sie scheinen ja über alles informiert zu sein – im Gegensatz zu mir.«

Ruth hielt kurz ihr Smartphone hoch. Es steckte in einer gelben Häkeltasche. »Wir sind vernetzt«, meinte sie verschmitzt und kicherte mädchenhaft. »Jana hat uns schon getextet, dass Sie uns Ihr Können zeigen wollen.«

»Können? Ich dachte eher, wir könnten uns gegenseitig inspirieren.«

»Gut.« Ruth war begeistert. »Was haben wir …«, begann sie.

»Fangen wir mit dem Umfeld von Anna an«, schlug Tessa vor.

»Ach! Moment!« Jana stand auf und ging zu ihrer Handtasche. Nachdem sie kurz gekramt hatte, kam sie mit der Tüte Schrotkugeln zurück, die sie aus der Brust der Toten gezupft hatte.

Jana reichte sie Gustav. »Kannst du mir sagen, welches Gewehr die abgeschossen hat?«

»Klar.« Gustav nahm das Tütchen und drückte die Kugel ein wenig zwischen seinen Fingernägeln hin und her. »Das muss das vom ollen Harald gewesen sein.«

Tessa vergaß, auf dem Kandis herumzubeißen. »Sekunde! Sie schauen sich eine Kugel an und wissen, von wem die ist? Echt? Das können Sie einfach so sehen?«

»Dünnschnack.« Gustav lachte. »Was denkt ihr denn?«

Tadelnd sah Jana ihn an. »Mensch, Gustav. Da hast mi n' beeten achtert Lichte führt … Ich dachte, du weißt das Kaliber oder so.«

»Oder so, hm … Ja.« Gustav öffnete das Tütchen und ließ sich ein paar der Schrotkugeln auf die Hand rollen. »Scheint mir Blei zu sein.« Er wog sie in der Hand. »Ist also eine ältere Patrone. Damit darf hier gar nicht mehr gejagt werden. Hm … Sieht mir nicht aus wie Kaliber 12. Das ist eher 20.«

»Und das heißt?«

»Da hat jemand Spaß am Schießen und kennt sich aus. Gängig ist 12, weil viele denken: große Kugeln, große Wirkung … Das muss aber nicht sein. Wenn es wirklich 20er ist, dann ist die Flinte wahrscheinlich älter. Ich kann mich gern mal umhorchen, wer so eine Waffe besitzt.«

»Kannst du schneller sein als dieses Ekel von der Kripo?«

Er lachte. »Solange Martin unseren Soko-Mann mit Küchlein versorgt.«

»Gut. Dank dir, Gustav.« Sie wandte sich an Tessa. »Bitte. Du bist dran.«

Während Tessa versuchte, den Faden wiederzufinden, lehnten sich die drei mit ihrem Tee zurück, wie Varietébesucher auf dem Jahrmarkt, ganz in der Erwartung von Unglaublichem.

»Also gut.« Schwungvoll drehte Tessa sich zur Fensterscheibe.

»Anna Schwanbeck.« Mit dem Stift tippte Tessa auf die oberste Karte. »Ex-Ehefrau. Mutter. Sie trug eine Küchenschürze, als man sie fand, und wurde erschlagen. Was auf eine Tat im Affekt hindeutet. Niemand plant, jemanden zu erschlagen. Das tut man, wenn man wütend wird. Richtig?«

»Klingt gut«, meinte Jana. »Und so wie es aussieht, war derjenige ein Linkshänder.«

»Rolf ist Linkshänder.« Erschrocken über ihren Ausruf hielt Ruth sich die Hand vor den Mund und sah Gustav mit großen Augen an.

»Die glorreiche Soko denkt das auch«, gab Tessa zum Besten. Auf jeder Karte waren *Motiv*, *Alibi*, *Gelegenheit* und *Möglichkeit* vermerkt. Hinter *Möglichkeit* notierte sie bei Rolf: Linkshänder.

»Rolf war es nicht.« Janas Tonfall ließ eigentlich keinen Zweifel zu.

»Die *Überzeugung* seiner Hausärztin wird wohl als Beweis nicht ausreichen«, meinte Tessa.

Gustav gab zu bedenken, dass Rolf kein Alibi hatte.

Tessa nickte. »Aber auch wenn Rolf kein überzeugendes Alibi vorweisen kann oder will, was ist sein Motiv? Soweit ich verstanden habe, liegt die Scheidung schon etliche Jahre zurück?«

»Das muss so um die zehn Jahre her sein«, erinnerte sich Ruth. »Kam sehr überraschend. Ich meine, sie hatten gerade begonnen, den Bickbeerenhof umzubauen. Anna hatte so großen Anteil daran. Es hat sie sehr beansprucht. Weißt du noch, Jana?«

»Sie hatte Schlafstörungen. Der Umbau forderte ihr viel ab.«

»Und der Ehe anscheinend auch. Wäre nicht ungewöhnlich«, meinte Tessa. »Viele Ehen überstehen den Bau eines Hauses nicht. Stress pur.«

»Wieder eine deiner Statistiken?«, hänselte Jana.

»Glosse für eine LandChic-Sonderausgabe. Da ging's um Resthöfe.« Sie kombinierte weiter. »Anna hat den Täter gekannt. Schließlich hat sie ihn in ihre Küche gelassen.«

Jana horchte auf. »Du meinst, sie wurde bei sich zu Hause erschlagen?«

»Na, am See sicher nicht. Und der Täter hat ihr wohl kaum die Schürze angezogen.«

»Warum hat er sie an meinen See gebracht? Es ist ziemlich weit von Schwanbecks Haus hierher.«

»Vielleicht wusste der Täter, dass du selten einen Spaziergang bis zum anderen Ufer machst«, meinte Gustav.

»Oder er wusste gar nicht, dass du schon eingezogen bist.«

»Sprich, er hatte die Hoffnung, dass seine Tat lange unentdeckt bleibt, dass das Wasser Spuren verwischt, sie vielleicht sogar auf immer verschwinden lässt.«

»Vielleicht kommt er auch hier immer vorbei«, überlegte Tessa. »Oder hat eine Beziehung zu diesem Ort. Vielleicht angelt er hier. Oder er kannte unseren Vater?«

Eine kurze Pause des Schweigens breitete sich aus. Inzwischen spiegelten die Fenster des Wintergartens nur noch die Kriminalisten wider. Tessa wandte sich einer weiteren Karte zu, die sie in einigem Abstand auf gleiche Höhe mit Anna geklebt hatte. »Während unsere zweite Tote tatsächlich in der freien Natur starb.«

»Steht da *Jana Doe*?« Jana kniff trotz Brille die Augen zusammen, um besser lesen zu können.

»Nein! Jane Doe. So nennen die Amerikaner Tote, deren Identität nicht bekannt ist. Nur ein Fragezeichen hinzuschreiben ist doch doof.« Mitfühlend betrachtete Tessa die Karte. »Ich vermute, dass sie Engländerin war.«

»Wie kommen Sie darauf?«, unterbrach Gustav.

»Sie trug ausschließlich Kleidung kleiner englischer Modelabels. Die kann man hier nicht im Laden kaufen. Außerdem scheint niemand sie zu kennen oder zu vermissen.«

Zufrieden stellte Ruth ihre Tasse auf die Untertasse, die sie routiniert auf den Knien balancierte. »Ich sag es ja. Das hat alles nichts mit uns Burgheidern zu tun!«

»Ganz richtig, Ruth«, warf Gustav ein. »Ganz richtig.«

»Nein. Im Gegenteil, der Täter kommt aus Burgheide«, widersprachen Tessa und Jana wie aus einem Mund. Erstaunt über die gleichen Gedanken, sahen sie sich an, während Gustav amüsiert lächelte.

»Ihr seid zumindest Schwestern im Geiste.«

»Auch wenn die Tote im Wald eine Fremde war. Es muss hier in Burgheide etwas geben, das sie mit Anna verbindet.« Plötzlich schien Tessa etwas einzufallen. »Natürlich! Hast du ein Gastgeberverzeichnis?«

»Ähm … na ja … ich glaube nicht.«

Tessa winkte ab und lief zu ihrem Gepäck. »Wenn die Tote aus dem Wald tatsächlich nur eine Touristin war, dann muss sie ja irgendwo geschlafen haben.« Sie zog ein Laptop aus ihrem Rucksack. »Und sie wird Gepäck gehabt haben. Wo ist es? Wo ist ihr Rucksack? Ihre Handtasche? Wer so gekleidet ist, hat doch eine Handtasche dabei!«

»Vielleicht ist sie noch im Wald?«, schlug Ruth vor.

Doch Tessa schüttelte den Kopf. »Der Mörder hat die Leiche verscharrt. Wahrscheinlich war er in Eile. Aber er hatte diesen Mord geplant. Schließlich hatte er das Gewehr dabei. Die Handtasche, wenn sie sie dabeihatte, hat er verschwinden lassen. Hätte die Polizei den Ausweis, wüssten wir wahrscheinlich schon längst, wer sie erschossen hat.«

Die drei Burgheider nickten einvernehmlich.

»Sie ist gut«, flüsterte Gustav Jana zu und bekam nur ein Grummeln als Antwort. »Sie stellt die richtigen Fragen. Sehr professionell.«

»Sie ist Journalistin.« Jana beobachtete, wie ihre kleine Schwester emsig auf die Tastatur ihres Laptops hämmerte. Offensichtlich war es ihr etwas unheimlich, mit welcher Begeisterung Tessa sich auf Spurensuche begab.

»Sekunde mal. Habt ihr hier keine Hotels?«, fragte Tessa enttäuscht.

»Na ja«, meinte Ruth. »Horst und Luise vermieten Zimmer. Und bei Kornes kann man auch übernachten. Oder wie Herr Soko bei der Riemensusi.«

»Was? Nein! Der Kommissar schläft bei Riemensusi?« Gustav lachte so laut, dass ihm beinahe der Tee aus der Tasse hüpfte.

»Hat Martin für ihn organisiert«, meinte Jana.

»So was Fieses hätte ich Martin gar nicht zugetraut.« Grinsend nippte Gustav an seinem Tee. »Lorenz hat jetzt auch Fremdenzimmer. Seine Tochter macht das. Die hat Hotelfachfrau gelernt.«

»Wie kann man eine Pension betreiben und keine Internetseite haben?« Tessa verstand die Welt nicht. »Wie sollen die Leute einen denn finden ohne Website?«

»Über das Gastgeberverzeichnis. Das bekommt man im Rathaus und beim Tourismus-Verband«, erklärte Ruth, froh, endlich auch etwas beitragen zu können. »Gratis.«

»Dann werde ich mir das morgen besorgen und herausfinden, wo unsere Tote aus dem Wald gewohnt hat.« Entschlossen klappte sie ihren Rechner zu.

Jana goss eine weitere Tasse ein und reichte sie Tessa, die instinktiv nach einem Löffel greifen wollte.

»Nicht umrühren«, ermahnte Jana sie. »Nicht umrühren. Nur warten. Warten und lauschen.«

Es brauchte einen Augenblick, bis Tessa begriffen hatte. Sie nickte, nahm die Tasse und setzte sich zu den anderen. Jana beobachtete, wie Tessa versuchte, die Bewegungen von Gustav nachzuahmen, der durch leichtes Schwenken der Tasse die Süße im Tee gleichmäßig verteilte.

»Morgen räumen wir das Turmzimmer aus«, meinte Jana schließlich zu Tessa. »Joona hatte da sein Büro. Groß ist es nicht, aber ein Bett und ein Schrank sollten hineinpassen. Und es hat einen wunderbaren Blick auf den See. Wenn du willst, kannst du dort schlafen.«

»Und 'ne Tür, die ich abschließen kann?«

»Auch das. Es wird dir gefallen. Es hat Morgensonne. Und du siehst Lassie.«

»Lassie?«, entfuhr es Ruth und Gustav gleichzeitig.

23

Müdigkeit lähmte Jana, doch sie fand keinen Schlaf, denn immer wieder stiegen die Bilder von der Toten in ihr auf. Außerdem schlugen draußen irgendwelche Tiere unglaublichen Lärm.

Mitten in der Nacht stand sie auf, schlich wie ein Teenager an den Kühlschrank, um ein Glas Milch zu trinken.

Tessa schlief die zweite Nacht auf dem Sofa, schaffte es irgendwie, nicht von der schmalen Sitzfläche zu kullern. Gemütliches und entspanntes Schlafen sah jedenfalls anders aus. Beim Anblick ihrer schnarchenden Schwester tat es Jana leid, dass sie ihr nicht gleich das Zimmer frei geräumt hatte.

Auf der einen Seite verlangte sie von Tessa, gefälligst zu bleiben, auf der anderen konnte sie sich nicht überwinden, ihr einen echten Platz im Haus zu geben. Sie kannten sich erst ein paar Stunden – was würde passieren, wenn Tessa sich erst einmal häuslich eingerichtet, *eingenistet* hatte? Was, wenn wir beide einfach zu verschieden sind? Und selbst wenn sie Tessa ein Jahr lang ertragen konnte – was dann? Würde die junge Berlinerin dann einfach wieder gehen? Würde sie ihr das Seehaus überlassen?

Wohl kaum. Wahrscheinlich würde Jana sie ausbezahlen müssen.

Im diffusen Schein der Küchenlampe konnte sie noch das Bild von Joona und ihr auf dem Kaminsims erahnen. Sie wusste, dass er feixend zu ihr herübersah.

Als ihr Vater noch da war, hatten sie nie großartig gestritten. Sicher gab es Meinungsverschiedenheiten, doch die waren spätestens nach ein paar Stunden wieder verflogen. Aber jetzt, jetzt war Jana stinksauer auf Joona. Und die Tatsache, dass sie ihn nicht mal anschreien konnte, machte sie noch zorniger. Was hatte er sich nur dabei gedacht?

Sie hatte das Gefühl, dass sie nur verlieren konnte: Wenn Tessa blieb, bekam sie nicht das Leben, das sie für ihren Ruhestand geplant hatte. Wenn Tessa ging, verlor sie alles. Wuff und Wau e. V.

Du stehst mit leeren Händen da, argwöhnte sie, und deine Schwester hat einen Job in Berlin, zahlreiche Kollegen, einen festen Freund … Selbst wenn sie nach einem Jahr nach Berlin zurückging, würde sie fröhlich ihr Leben weiterleben können.

Jana betrachtete ihre Schwester lange. Vieles in ihrem Gesicht erinnerte sie an Joona. Besonders wenn Tessa lachte.

Toll, Joona! Du hast mich glattweg in die Hölle geschickt. Vielen Dank auch.

Sie prostete dem Foto mit dem Milchglas zu, trank aus und stellte es in die Spüle. Bevor sie die Küche verließ, schaltete sie das Licht aus. Das hatte die Stadtgöre natürlich vergessen.

Jana kroch zurück ins Bett. Das Tier im Garten kratzte und jaulte noch immer ohne Unterlass. Die Gedanken um ihr Haus, um Tessa, um Anna, um die Engländerin verknoteten sich zu einem undurchdringlichen Knäuel. Und die Milch brachte ihr bloß Magengrummeln und verfehlte seine Wirkung.

Um sechs Uhr morgens stand sie auf, machte sich fertig und verließ das Haus. Sie brauchte Antworten. Sie musste etwas tun.

Das Zufallen der Haustür weckte Tessa. Müde schlurfte sie zum Kühlschrank und schnappte sich die Milch. Sie reichte gerade noch für ein halbes Glas. Jana musste einkaufen gehen. An die Küchenanrichte gelehnt, ließ sie ihren Blick durch den Raum schweifen. Die Umzugskisten hatten sie gestern neben dem Kamin gestapelt, damit man nicht mehr Slalom laufen musste. Nun konnte sie wieder etwas mehr von der Großzügigkeit des Raumes erahnen.

Eigentlich echt ein Traum von einem Haus, stellte sie noch einmal fest. Sie musste unbedingt mit diesem Notar Finke reden. Dieser Kauz hatte irgendwas von »nichts verändern« gefaselt. Doch mit ein paar schicken Accessoires konnte man das Seehaus zu einem printreifen Kleinod verwandeln. Nur Jana musste ihren altbackenen Kram schlicht in Ablage »P« schmeißen.

Sie schlenderte in den Wintergarten, verharrte kurz bei den Zetteln und öffnete dann die Tür zur Terrasse. Die Bauteile waren mit Tau benetzt. Sie hatte ein wenig Bammel davor, ob sie die Bretter ordentlich zusammenbekam – in Berlin hatte es immer gute Freunde gegeben, die für sie gewerkelt hatten. Aber sie freute sich irgendwie darauf, Lassie ein Zuhause zu schenken.

Wenigstens einem von uns. Und wenn wir zurück nach Berlin gehen, stelle ich dein Häuschen eben auf den Balkon, beschloss sie.

Die Frühlingsluft überwältigte sie. Mit geschlossenen Augen stand sie da und fühlte die Kühle, die Feuchte des Waldes, und roch die würzige Frische des Bodens. Sie horchte auf die Wellen, die der Wind ans Ufer trieb, auf das Quaken der Frösche und das Zwitschern der Vögel und spürte, wie der Stress mit Karsten, der ganze Berlinstress von ihr abfiel. Dies war nicht ihr Zuhause. Es roch mehr nach Urlaub.

Wenn die Toten nicht wären.

Ihr Smartphone-Wecker klingelte. 8:00 Uhr. Eigentlich Zeit, in die Klamotten zu springen und zur Redaktion zu düsen. Montagmorgen. Recherche stand an. Das Spargel-Spezial ging heute in Druck.

Tessa rührte sich nicht. Sie betrachtete den See. So ruhevoll und friedlich. Die Morde gingen ihr nicht aus dem Kopf. Hatte der Täter Anna tatsächlich nur verstecken oder gar entsorgen wollen? In der Nähe gab es sicher einen Müllplatz, auf dem sie keiner gefunden hätte, irgendeine Böschung überwuchert von Hecken, in die niemand jemals hinabgestiegen wäre … Doch er hatte sie hier, hier an diesen friedlichen Ort gebracht.

Bereute der Mörder seine Tat?

Sie schüttelte den Gedanken ab und ging hinein, um sich anzuziehen. In ihrem Rucksack hatte sie immerhin die Lage Wechselklamotten für Leipzig.

Sie musste nach Lassie sehen. Schnell zog sie ihre Motorradstiefel über und lief durch das nasse Gras zum Schuppen. Erschrocken blieb sie stehen. Irgendwer hatte in der Nacht das Gerümpel am Schuppen durchwühlt. Kisten waren umgefallen, und dann sah sie Kratzspuren an der Tür.

Sie schob den Riegel auf und öffnete.

»Lassie?«

Der Pappkarton war umgestoßen, irgendein Tier hatte ihn zerfetzt. Das Gehege war leer.

»Lassie? Wo steckst du?«

Sie hob die Decke an. Niemand war da.

Da hörte sie ein leises Glucksen und wandte sich um. Zitternd hockte Lassie in einer Ecke des Schuppens. Irgendetwas hatte sie in der Nacht zu Tode erschreckt und über den Maschendraht springen lassen. Sie war so verängstigt, dass sie sich nicht einmal von Tessa auf den Arm nehmen ließ. Also stellte sie ihr nur frisches Wasser hin, streute Futter und sicherte den Schuppen, damit Lassie sich sicher fühlen konnte.

Kurz darauf saß sie auf der Indian und genoss die Freiheit, als sie durch den Wald, hinaus in die Landschaft rauschte und der Allee nach Burgheide hinein folgte, um das Gastgeberverzeichnis zu holen.

24

Mit einer Tüte frischer Zimtschnecken klingelte Jana bei Torben Schwanbeck. Wahrscheinlich waren Torbens Nächte noch kürzer und ruheloser als ihre. Und er würde nicht gerade glücklich sein, sie so früh am Morgen zu sehen.

Sie wartete einen Moment, doch auch nachdem sie ein weiteres Mal klingelte, öffnete er nicht.

Jana spähte durch eins der Fenster in die Küche, aber außer den dunklen Umrissen der Möbel konnte sie nichts erkennen. Noch einmal klingelte sie, ließ den Finger extra lange auf dem Knopf und lauschte. Es rührte sich niemand, und als die Tür weiterhin geschlossen blieb, entschied sie sich, im Garten nachzusehen.

Kurzerhand folgte sie dem schmalen Pfad, der auf die Rückseite führte, und rief nach Torben. Das Haus blieb stumm.

Vielleicht, dachte sie, hatte er die Stille in den Zimmern nicht ertragen und war bei einem Freund untergekommen. Oder war er schon zur Frühschicht los? Das Garagentor war geschlossen, also konnte sie nicht sagen, ob sein Wagen hier war.

Eine Weile stand Jana unschlüssig da, die duftenden Zimtkringel in der Hand, und überlegte, was sie tun konnte. Sie naschte einen der Kringel, biss hinein, aber ein ungutes Gefühl machte sich in ihrem Magen breit.

Was, wenn etwas geschehen war?

Schließlich entschied sie sich zu einem für sie eher ungewöhnlichen Schritt.

»Ich seh ja nur mal nach dem Jungen. Nur mal kurz nachsehen«, sagte sie leise zu sich selbst und huschte zur Hintertür.

Wie beim Seehaus war die Tür unverschlossen. Sie konnte sie einfach aufziehen.

Hoch lebe das Dorfleben, dachte Jana lächelnd und betrat das Haus.

Die Tür führte in einen Vorraum, in dem sich Bezüge und Kissen für Terrassenstühle stapelten. Es roch muffig, aber nicht wirklich unangenehm. Von irgendwoher konnte Jana das laute Schlagen einer Uhr hören.

»Torben?« Sie schloss die Tür hinter sich und ging ins Wohnzimmer. Irgendwie hatte sie erwartet, dass ein trauernder 20-Jähriger ein Chaos aus leeren Flaschen und Pizzakartons hinterlassen hatte, zu ihrer Überraschung war jedoch alles aufgeräumt und sauber.

Sie warf einen Blick in die Küche. Auch hier war alles blitzblank. Keine Teller mit Essen, keine Krümel, keine halb ausgetrunkenen Gläser.

Ehe sie es sich versah, hatte sie auch schon neugierig die Spülmaschine aufgezogen. Sie zählte drei Teller mit Krümeln und Ketchup-Resten sowie zwei benutzte Kaffeebecher. Groß Besuch hatte er in den letzten Tagen nicht gehabt, und wie es schien, kochte er sich auch kein üppiges Mittagessen. Wahrscheinlich schlief er hier bloß.

Jana guckte in den Kühlschrank und war überrascht, denn er war bis obenhin mit bunten Plastikschüsseln gefüllt. Von Chili über Nudelauflauf und Minischnitzel fand sich eine breite Auswahl an Gerichten. Die Schüsseln waren durch verschiedene Frauenhände beschriftet worden. Torbens Nachbarschaft hatte also schon mit der Trauerbegleitung begonnen und den Jungen mit Essen versorgt. Gut. Neugierig öffnete Jana auch noch die Tür zur Vorratskammer. Über die Ernährung des Jungen musste sie sich wirklich keine Sorgen machen. Die Kammer war randvoll mit Suppenkonserven und Fertiggerichten.

Jana steckte sich gedankenverloren den letzten Bissen des Zimtkringels in den Mund. Während sie kaute, ließ sie ihren Blick durch die Küche schweifen. Der Raum war in einem gemütlichen, cremigen Gelb gestrichen. Ein Tisch mit drei Stühlen stand an einer Wand, an die Fotos gepinnt worden waren. Schnappschüsse zeigten Torben als Schulkind. Auf einer Wasserrutsche. Mit dem Weihnachtsmann. Auf einem Bild wirkte Torben schon fast erwachsen, hielt strahlend irgendeine Urkunde in die Kamera.

Sie trat näher heran. Die meisten Fotos waren mit Reißzwecken angepinnt, nur vier waren gerahmt. Sie waren wohl von einem Fotografen aufgenommen, wie der blau-grau-wolkige Hintergrund vermuten ließ. Anna und Torben lachten Arm in Arm in die Kamera. Eine glückliche kleine Familie.

Die Arbeitsplatte der Küche, die unter dem Fenster entlang und um die Ecke verlief, war an einigen Stellen abgeschlagen, und bunte Filzstiftstriche zierten eine Schublade. Aus dem Küchenfenster sah sie ihren Wagen auf der gegenüberliegenden Straßenseite stehen.

Von hier aus, dachte Jana, hatte Anna einen guten Blick auf die Haustür. Der Angreifer kann sie niemals überrascht haben. Es sei denn, er ist hintenrum gekommen. So wie ich. Oder sie hat ihn gekannt. Rolf?, schoss es ihr durch den Kopf.

Jana versuchte, sich vorzustellen, was passiert war. Anna hatte vielleicht Gemüse geputzt. Deshalb trug sie ihre Schürze. Es klingelt, sie öffnet, bittet ihn herein, geht in die Küche zurück. Es kommt zum Streit. Er schlägt zu.

Aber womit? Ihr Blick glitt über die Ablagen. Fehlte etwas? Ein Brottopf neben einer Kaffeemaschine, an der Wand Kochbesteck wie Kellen und Pfannenwender. Auf dem Fensterbrett eine Orchidee. Nichts, das eine so massive Verletzung wie bei Anna hervorgerufen hätte. Außerdem schien hier alles an seinem Platz zu stehen.

Jana öffnete die Schubladen, suchte nach etwas Stumpfem und Schwerem, mit dem man gut zuschlagen konnte. Im Putzschrank fand sie neben den üblichen Haushaltsmitteln auch Werkzeug. Einen Hammer mit verzogenem Holzstiel und einen abgewetzten Schraubenzieher, eine Kneifzange. Aber weder am Hammer noch an der Zange konnte sie Blutspuren erkennen.

Sie wollte den Schrank schon wieder schließen, als ihr der geblümte Stoff auffiel, der an einem Haken an der Türinnenseite hing. Jana nahm in ab. Es war eine Schürze. Nachdenklich hängte sie sie zurück und schloss die Schranktür.

Seltsam, dachte sie. Zwei Schürzen? Aber nur ein Haken?

Bevor sie wusste, was sie tat, kniete sie auf dem Boden und untersuchte die Fugen der Küchenfliesen. Die leichte Arthrose in ihren Knien schmerzte, doch Jana ignorierte es.

»Mit so einer Kopfwunde muss sie geblutet haben. Die Kopfschwarte ist gut durchblutet«, murmelte sie vor sich hin und suchte jede Fliese, jede Ritze nach möglichen Blutspuren ab.

Auf allen vieren kroch Jana über den Boden, sah sich die Tischbeine an, die Blende an der Spüle, die Fliesenfugen und den Korpus des Kühlschranks. Da hörte sie ein Auto in der

Auffahrt halten. Jana lugte über die Arbeitsplatte – es war nicht Torbens Wagen. So schnell es ihre alten Knochen zuließen, stand sie auf und wich vom Fenster zurück. Sie wollte ins Wohnzimmer eilen, da hörte sie bereits Schritte. Jemand ging ums Haus.

Wohin?, schoss es ihr durch den Kopf. Du blödes Huhn brichst hier ein und jetzt …?

Die Schritte kamen näher. Ein Mann hustete, hatte anscheinend bereits das Wohnzimmer betreten.

Ihr Herz pochte. Sie hastete in die Vorratskammer und hielt die Luft an.

Was tue ich hier?, fragte sie sich und spürte gleichzeitig, wie das Adrenalin ihr Hitzewellen über den Rücken schickte.

Langsam schlurfte der Besucher durch die Räume. Jana hörte, wie Schranktüren und Schubladen geöffnet und durchwühlt wurden. Sehr viel ruppiger und ungestümer, als sie es getan hatte. Papier raschelte. Wer wagte es, in das Haus einer Toten einzusteigen? Gerade wollte sie die Tür ihres Verstecks einen Spalt öffnen, als der Einbrecher die Küche betrat.

Jana erstarrte, als sie seinen Atem vor der Abstellkammer hörte. Der Mann bewegte sich nicht mehr, schien stillzustehen und zu lauschen. Sie hielt die Luft an und horchte so angestrengt auf irgendwelche Bewegungen, dass das Hämmern ihres Herzens alle anderen Geräusche verdrängte.

Er kann doch nicht wissen, dass ich hier bin …, dachte sie. Oder?

Der Landrover … Nein, der steht auf der anderen Straßenseite …

Die Zimtkringel, schoss es ihr durch den Kopf. Verdammt! Sie hatte die Papiertüte auf dem Küchentisch liegen lassen!

Die Schritte kamen noch näher, verharrten vor der Kammer. Jana schloss die Augen. Bitte nicht, betete sie.

Mit einem Mal hörte sie ein Grunzen, dann Geklapper. »Das darfst du nicht.« Die Worte waren leise, aber vorwurfsvoll. Der Eindringling stellte den Wasserhahn an der Spüle an.

Fieberhaft versuchte Jana, sich zu erinnern, wem diese Stimme gehörte. Schließlich wurde das Wasser abgestellt und irgendetwas zurückgestellt. »Wird schon wieder. Das wird schon wieder.« Die Stimme brach, ein Schnäuzen war zu hören. Jetzt wusste Jana, wer hier eingebrochen war.

Es war Rolf, Annas Ex-Mann.

Seine Schritte entfernten sich. Und erleichtert registrierte Jana, wie der Mann die Treppe nahm und in den ersten Stock des Hauses ging.

Sicherheitshalber wartete sie noch ein bisschen, atmete durch und versuchte, sich zu beruhigen.

Während die Anspannung allmählich wich, musste sie lächeln. Jana musste zugeben, sich lange nicht so … so lebendig gefühlt zu haben.

Sie schlüpfte aus der Kammer und musterte die Spüle. Der Topf der Orchidee auf dem Fensterbrett tropfte vor Wasser. War er gekommen, um die Blumen zu versorgen?

Das durfte doch wohl nicht wahr sein.

So leise, wie sie konnte, schlich sie zur Küchentür. Er war noch immer oben, ging von einem Zimmer zum nächsten. Anscheinend suchte er etwas. Vielleicht irgendetwas, das ihn belasten könnte?

Janas Blick fiel auf die Fotos am Esstisch: Eines der gerahmten Bilder, jenes, auf dem eine lachende Anna Torben eng an sich gedrückt hielt, fehlte.

25

Möchtest du noch Kakao?«

Der knuddelige Herr Bär setzte sich auf dem viel zu kleinen Stühlchen aufrecht und sah Greta mit schief gelegtem Kopf aus seinen schwarzen Knopfaugen an.

»Aber gerne«, antwortete das Mädchen für den Bären und goss ihrem Gast noch etwas von dem unsichtbaren Kakao in die Puppentasse.

Zusammen mit dem schlaksigen Hasen Unno, der Puppe Winnie und dem Plüsch-Pony Sternchen hatte Greta das Tischchen unter der Birke gedeckt. Es war so ein wunderbarer Frühlingstag. Endlich konnten sie ihre geschwätzige Runde bei Kakao und selbstgebackenem Sandkuchen wieder im Garten abhalten. Ganz warm schien die Sonne, ein leichter Wind spielte mit den langen Birkenzweigen, die fast bis zum Boden reichten und wie hinter einem magischen Vorhang Gretas geheime Welt verborgen hielten.

Eben hatte sich auf Sternchens Ohr ein zitronengelber Schmetterling gesetzt. Da waren alle ganz still gewesen, damit er nicht wegflog. Doch dann hatte Sternchen wohl mit dem Ohr gezuckt, und Herr Bär hatte zu laut geschnüffelt.

Der Zitronenfalter war davongeflattert.

Jetzt sollte Herr Bär von seinen Abenteuern berichten.

»Wo warst du denn schon überall?«, wollte Greta von ihm wissen. Und der Bär erzählte ihr, und den anderen am Tisch, abenteuerliche Geschichten. Wie es schien, war Herr Bär mindestens siebenundzwanzigeinhalb Mal um die ganze Erde gereist.

»Greta?«

Das Mädchen sah auf. Seine Mutter war in den Garten gekommen, einen Korb frischer Wäsche vor den Bauch gepresst.

»Magst du mir beim Aufhängen helfen?«

Greta schüttelte den Kopf. Ganz lange und wild, denn sie mochte es, wie ihre kurzen Zöpfe flogen und sie dabei an den Wangen kitzelten. »Wir trinken gerade Kakao. Und Herr Bär erzählt von seinen Abenteuern auf dem großen Fluss und in der Wüste.«

»Ach so.« Ihre Mutter stellte die Wäsche ab und begann, die Shirts auf die Leine zu hängen. Greta beobachtete sie eine Weile. Eigentlich mochte sie es, ihrer Mutter die Klammern zu geben. Zuerst alle roten, dann alle orangen, dann alle gelben, doch wäre es unhöflich gewesen, Herrn Bär allein zu lassen.

»Magst du ein Stück von unserem Kuchen?«, fragte sie ihre Mutter. »Hase hat ihn heute extra gebacken. Es ist Möhre drin.«

»Oh, das klingt lecker.« Ihre Mutter steckte noch eine Klammer fest und kam zu ihr herüber.

Greta hielt ihr einen Puppenteller hin, und ihre Mutter kostete von dem unsichtbaren Möhrenkuchen. »Sehr lecker! Den hast du gut gebacken, Hase.« Mit einem Mal stockte sie und zeigte auf den Bären. »Wer ist das, Greta?«

»Na, das ist Herr Bär. Er besucht uns. Und erzählt von seinen Abenteuern.«

»Wo hast du den her?«

Greta konnte sehen, dass ihre Mutter Herrn Bär nicht mochte. Ganz wie ihre Mutter legte sie die Stirn in Falten und betrachtete den freundlichen Bären ihr gegenüber. Wahrscheinlich war er Mama zu dreckig. Mama bestand immer darauf, dass Greta sich die Hände, manchmal sogar das Gesicht wusch, bevor sie zu Tisch kam. Herr Bär hatte sich einfach so hinsetzten dürfen. Bären dürfen nämlich dreckig sein. Außerdem hatte Greta ja selbst etwas Schuld, dass er in die schlammige Pfütze geplumpst war. Die dunklen Flecken sah man aber kaum auf seinem braunen Fell.

»Nun sag schon, wer hat dir den gegeben?« Ihre Mutter schob den Teller auf den Tisch zurück.

»Du hast nicht aufgegessen«, beschwerte sich Greta. »Erst aufessen. Sonst ist Hase traurig.«

»Jetzt lass das mal! Und antworte mir, Greta!« Bevor ihre Mutter Herrn Bär vom Stuhl nehmen konnte, schnellte Greta vor. Dabei stieß sie Winnies Tasse um, egal. Sie musste Herrn Bär beschützen. Blitzschnell hatte sie ihn in ihre Arme gerissen und sah ihre Mutter trotzig an.

»Er ist mein Gast. Du darfst ihn nicht in die Waschmaschine stecken!«

»Er starrt vor Dreck! Gib ihn mir und sag mir, wer ihn dir gegeben hat.«

»Niemand«, blaffte Greta zurück. »Herr Bär lebt in der Freiheit. Jawohl! Er kann da hingehen, wohin er will.«

»Das ist doch Quatsch.« Ihre Mutter versuchte, ihn zu schnappen, doch Greta duckte sich weg. »Greta!«

»Lass uns in Ruhe!«

Ihre Mutter atmete tief und seufzte. Greta zwinkerte Herrn Bär zu, denn wenn ihre Mutter dies tat, war es ein klares Zeichen, dass sie bereits gewonnen hatte.

»Okay. Er darf seinen Kakao austrinken … Aber nur, wenn du mir sagst, wo du ihn gefunden – ich meine – getroffen hast.«

Flüsternd sprach sich Greta mit Herrn Bär ab, was sie ihrer Mutter verraten durfte, nickte schließlich und erzählte dann, dass Herr Bär durch den wilden Wald gekommen sei. Und dass er bei Bauer Krögler die Nacht in der Holzmiete verbracht habe. Aber Herr Bär habe furchtbaren Hunger, denn in seinem Rucksack sei nichts mehr zu essen.

Herr Bär und Greta deuteten auf den blauen Rucksack, der am Stamm der Birke lehnte. Ein BH baumelte daraus hervor.

»Du hast die Sachen einfach genommen?«

Verständnislos sah Greta ihre Mutter an.

»Greta, die Sachen gehören doch jemandem.«

»Nein, nicht mehr. Sie ist nicht zurückgekommen. Sie hat Herrn Bär allein gelassen.«

Ihre Mutter rieb sich die Schultern, als wäre ihr kalt. Ihr Blick sprang zwischen Greta, dem Rucksack und dem Bären hin und her. Plötzlich griff sie entschlossen zu.

Greta und Herr Bär waren überrumpelt. »Nein! Mama! Er gehört zu mir! Nein!« Tränen schossen in Gretas Augen, und sie hielt verzweifelt Herrn Bärs Bein fest.

»Lass los, Greta!«

Das war zu viel für den Gast. Mit einem staubigen Ratsch riss er auf.

Gretas Entsetzensschrei, als sie die klaffende Wunde auf Herrn Bärs Rücken sah, schallte durch die Nachbarschaft.

Der Panikruf ihrer Mutter jedoch, als Dutzende Hundert-Euro-Scheine durch den Garten flatterten, war noch auf dem Marktplatz zu hören.

26

»Fadmmd moch mal, geh emplich 'ein«, drohte Tessa der Schraube, setzte noch einmal mit dem Akkuschrauber an und rutschte prompt ab. »Aaah, Mann!« Mit einem Aufschrei fiel ihr der Zollstock aus dem Mund und der Schrauber ins Stroh. Vor zehn Minuten hatten die Zeichnungen für Lassies blaues Wunderhaus noch so einfach ausgesehen, doch schon jetzt, bei den ersten beiden von zwanzig Brettern, erwies sich die Konstruktionszeichnung als … *anspruchsvoll.*

Tessa lutschte an ihrem Zeigefinger. Die Spitze des Akkuschraubers hatte sie geratscht.

»Den Nächsten bestell ich im Internet. So, das hast du nun davon, du!«, schimpfte Jana mit ihrem Bretterberg. Etwas Blut rann ihr den Finger hinab.

»Ein Zweiter?! Wehe, du machst hier 'ne Legebatterie auf!«, scherzte Jana und begutachtete das Chaos aus Werkzeugen, Brettern, Schrauben und Nägeln. Sie hatte einen der Zettel vom Wintergarten dabei. »Ich wollte gerade meine Recherchen eintragen, da hab ich dich schreien hören.«

»Was hast du rausgefunden?«

Als sie Tessa den Zettel gab, sah sie das Blut. »Hast du dich verletzt? Zeig mal.«

»Nein. Ist nichts. Geht schon.« Als sei nichts, nahm Tessa den Zettel und versuchte mit zusammengekniffenen Augen,

Janas Gekritzel zu entziffern. »Mensch … Ärzte … Kannst du das überhaupt selber lesen?«

»Jetzt tu nicht so… Und zeig schon her. Ich bin Ärztin, schon vergessen. So leicht lass ich mich nicht abspeisen.«

»Warte, ich hab's …«, begann Tessa und las stockend vor. Jana hatte *Tatwaffe*, *Tatort* und *Tatzeit* hinzugefügt und hinter Tatort eingetragen: nicht in Küche bei Schwanbecks. »*Nicht in Küche bei Schwanbecks*? Was soll denn das heißen?«

»Na«, antwortete Jana. »In ihrem Besenschrank hängt Annas Schürze. An einem Haken. Da ist kein zweiter. Außerdem war nirgends auch nur ein Tröpfchen Blut zu finden.«

Erstaunt sah Tessa sie an. »Du hast die Küche nach Blutspuren abgesucht?«

Verlegen nickte Jana.

»Und du hast es genossen!«

»Was?«, antwortete Jana ertappt.

»Ich seh's dir an der Nasenspitze an. Du hast es genossen, da rumzuschnüffeln.«

Statt einer Antwort zog Jana verlegen brummelnd Tessas Finger zu sich. Während sie die Wunde untersuchte, berichtete sie von Rolf. »Ich hab im Auto gewartet, bis er wieder rauskam. Er hat ein Foto von Anna und Torben mitgenommen und ein Kleid. Vielleicht eines, das sie mal auf 'm Zelt anhatte.«

»Beim Camping?«

»Schützenfest«, erklärte Jana.

»Aha. Also Erinnerungsstücke?«

»Vermutlich.« Endlich gab Jana Tessas Hand frei.

»Und? Not-OP?«, witzelte Tessa, der es ziemlich peinlich war, nicht nur keine Schraube ins Holz zu bekommen, sondern außerdem von ihrer Schwester bemuttert zu werden.

»Amputation. Ich hol die Säge. Und du solltest einen anderen Bit nehmen. Die sind links im Werkzeugkasten.« Sie nickte zu einem verrosteten Ungetüm aus Blech, das Tessa im Stall gefunden und nach draußen getragen hatte. »Der ist komplett degeneriert. Kein Wunder, dass er nicht greift.«

»Degeneriert … Du meinst abgenudelt. Ich hab übrigens auch Neuigkeiten«, rief Tessa Jana nach, die bereits auf dem Weg zur Veranda war.

Nach einem Milchkaffee im Café Mühlenbrink am Marktplatz hatte sie das Rathaus aufgesucht und sich in dem imposanten Fachwerkbau erst durch Aufsteller mit Flyern von Ausflugszielen, Rad- und Wanderkarten, Fahrplänen von Museumsbahnen und Imagebroschüren über Schlösser und romantische Dörfer vorgearbeitet, bis ein hilfsbereiter junger Mann ihr schließlich das Gastgeberverzeichnis von Burgheide ausgehändigt hatte.

Während Jana ein Pflaster und Desinfektionsspray holte, schraubte Tessa mit einem neuen Aufsatz die ersten Bretter zusammen. Weil sie die Hölzer zwischen die Knie und unter den Arm klemmte, wurde alles krumm und schief.

»Sieht aus wie moderne Kunst«, frotzelte Jana, nachdem sie Tessas Finger verarztet hatte.

»Das muss so sein. Das ist artgerecht. Bei exakten Winkeln werden die Eier … äh, eiriger.«

Lachend hielt Jana eines der Dachbretter fest, damit Tessa es anschrauben konnte. »Warum schlug der Teufel seine Großmutter tot?«

»Nein, wirklich. Hab ich mal gelesen.«

»In einer Studie. Als du in der Eier-Redaktion gearbeitet hast.«

»Genau.«

Die beiden schmunzelten sich an, und Tessa versenkte zwei weitere Schrauben. »Ach, übrigens …«, begann sie und konnte kaum verhehlen, dass sie vor Neuigkeiten schier platzte. »Wir sind jetzt stolze Besitzer eines brandneuen, hochaktuellen Gastgeberverzeichnisses von Burgheide.«

»Und?«

Tessa schraubte das nächste Dachbrett an. Die Hütte sah zwar aus wie das Opfer eines fatalen Erdbebens oder die Skizzenübung eines Architekten mit eindeutig zu vielen Bulldogs im Blut, aber immerhin hatte sie Wände und gleich ein Dach.

Tessa lächelte schelmisch. »Ich habe alle Unterkünfte abtelefoniert.«

»Davon bin ich ausgegangen«, meinte Jana. »Jetzt lass dir doch nicht alles aus der Nase ziehen. Also, was gibt's Neues?«

»Bei Rose. Da ist sie abgestiegen. Eine junge Engländerin. Vier Tage war sie hier in Burgheide. Am Mittwoch ist sie abgereist.« Tessa strahlte wie ein Honigkuchenpferd.

Erstaunt zog Jana die Augenbrauen hoch. »Mittwoch letzter Woche? Das könnte hinkommen. Ich meine, ich bin keine Pathologin, aber die Frau im Wald war mit Sicherheit schon einige Tage tot.« Sie richtete das letzte Brett aus. »Das muss auf unseren Jane-Doe-Zettel.«

»Genau. Und ich hab noch eine Menge mehr.« Zufrieden schraubte Tessa das letzte Stück fest.

»Zum Beispiel?«

»Zum Beispiel ihren vorläufigen Namen«, verkündete sie.

»Vorläufig?«

»Heb mal an«, bat Tessa Jana statt einer Antwort. Die beiden Schwestern trugen den Hühnerstall an die richtige Stelle und richteten ihn aus, damit Lassie auch genug Morgensonne bekam. »Fehlt nur noch eine Stange.«

»Was heißt denn nun vorläufig?«

»Sie hat bar im Voraus bezahlt. Deshalb hat Rose den Ausweis nicht gecheckt. Aber die Fremde hat sich in das Anmeldungsbuch eingetragen. Eine Adresse in London und eben einen Namen.« Tessa wies Jana an, die Stange im Innern zu halten, während sie sie festschrauben wollte.

»Jetzt sag schon. Vielleicht habe ich ihn schon mal gehört.«

Tessa lachte. »Mit Sicherheit hast du den schon mal gehört, Schwesterchen. Die Gute hat sich nämlich als …«

»Ja?«

»Als … *Mary Poppins* ausgegeben.«

»Sekunde. Die Figur aus dieser Kindergeschichte? Dieses Kindermädchen, das mit seinem Regenschirm durch die Gegend fliegt?«

»Jane Doe können wir streichen. Jetzt haben wir eine Mary Poppins. Ich glaube aber kaum, dass sie tatsächlich so hieß.«

»Was du nicht sagst.«

Der Akkuschrauber surrte ein letztes Mal, dann sahen sich die beiden Frauen ihr Werk an.

»Wirklich hübsch«, stellte Jana anerkennend fest. »Du weißt schon, dass Hühner eine Menge Dreck machen und es in einer Woche ein bisschen …«

»… *beschissener* aussieht?«

»Ganz so à la Berliner Schnauze hätte ich es jetzt nicht formuliert, aber ja.«

»Hauptsache, Lassie gefällt es.« Tessa wollte sich zur Veranda aufmachen und die neuen Infos auf die Zettel schreiben, aber Jana pfiff sie zurück. »Was ist denn?«

Mit einem tadelnden Blick, als wäre Jana tatsächlich ihre Mutter, forderte sie Tessa auf, gefälligst das ganze Werkzeug wieder aufzuräumen.

»Oh, natürlich«, meinte Tessa, konnte sich ein Augenverdrehen aber nicht verkneifen.

»Warum, um Himmels willen, gibt man einen falschen Namen an, wenn man bei Rose in Burgheide ein Zimmer nimmt?«, grübelte Jana wenig später, während sie auf der Hollywoodschaukel saßen und auf den See sahen.

»Weil dich jemand aus Burgheide kennt. Und du möchtest nicht, dass Rose rumläuft und bei – wie heißt sie? – Isi an der Kasse was über dich erzählt.«

»Sie hatte also Sorge, es passiert was, wenn jemand erfährt, dass sie hier ist?«

»Ja, du willst zum Beispiel niemanden treffen, der dir das Herz mit einer Ladung Schrot durchlöchert.« Tessa stand auf und stibitzte sich ein Stück Kandis. »Aber das Ulkige ist, unsere Mary Poppins war anscheinend auf irgendeinem Jahrmarkt. Denn als sie am Mittwoch auscheckte, da hatte sie neben ihrer Handtasche und einem mittelgroßen blauen Rucksack, die sie auch schon bei ihrer Anreise hatte, einen ziemlich großen Plüschteddy im Arm.«

»Einen Teddy? Und wo sind die Sachen?«

»Gute Frage.« Tessa ging in den Wintergarten und klebte eine weitere Karte neben die von Mary Poppins: Rucksack? Handtasche? Plüschteddy?

»Wenn sie sich mit jemandem getroffen hat«, Jana kam ihr nach und betrachtete die Karten, »dann kannte der sie doch, oder nicht?«

»Wenn es kein Blind Date war.«

»Du meinst so eine Computer-Liebe?« Jana war sichtlich von dem Gedanken befremdet, auf diese Weise einen Partner zu suchen. »Das kann ich mir nicht vorstellen.«

»Warum nicht? Soll doch hier auf dem Land ganz viele einsame Herzen geben.«

»Aber dann treffen die sich doch nicht im Wald. Oder? Und sie braucht sich auch nicht unter falschem Namen irgendwo einzumieten.«

Tessa nickte, nahm sich einen der Stifte und kaute darauf herum. »So kommen wir nicht weiter. Die Frage ist doch, gibt es eine Verbindung zwischen den beiden Morden? Wie gehört das alles zusammen?«

»Ja, wo ist die Verbindung zu Anna?«, murmelte Jana.

Schweigend sahen die beiden auf den See hinaus. Eine Mutter stirbt, und eine fremde Frau wird tot im Wald gefunden. Was verbindet diese zwei? Tessa beobachtete, wie sich das Sonnenlicht glitzernd auf den Wellen brach. Eine Entenmama schwamm vorbei, ihr folgte brav ein kleiner Trupp Küken. Sie mussten sich abmühen, nicht den Anschluss zu verlieren.

»Ich hab's! Ich weiß es«, riefen plötzlich beide und sahen sich überrascht an.

»Du zuerst«, bot Tessa an.

»Der Name …«, begann Jana und erntete heftiges Nicken.

Genau das hatte Tessa auch gedacht. »Mary Poppins. Sie hat sich nicht irgendein beliebiges Pseudonym ausgesucht.«

Jana nickte. »Sie war ein Kindermädchen.«

»Bei den Schwanbecks …«, überlegte Jana.

»Wenn ja, hätten wir unsere Verbindung.«

27

Sieben, acht, neun Mal ließ Jana es klingeln, aber Martin nahm nicht ab. »Der geht nicht an sein Handy.« Sie warf Tessa einen ratlosen Blick zu.

»Wir könnten versuchen, Kettel zu erreichen.«

Jana schüttelte den Kopf. »Düssen Ölmdölmer? Nie und nimmer.«

»Immerhin glauben wir, dass die Tote einmal Kindermädchen bei Schwanbecks war. Das ist doch vielleicht ein wichtiges Detail.«

»Und wenn wir falsch liegen? Kettel lässt uns noch verhaften. Schon allein, dass wir überhaupt bei der Toten waren. Wozu ist er Kommissar, soll er doch mal selbst recherchieren.«

»Hm.« Tessa nickte. »Du hast recht, er bekommt von Martin schon genug serviert. Da müssen wir ihm nicht auch noch unsere Ermittlungen auf dem Silbertablett reichen.«

Das Klingeln an der Haustür ließ die beiden aus ihren Überlegungen aufschrecken.

»Ist offen«, rief Jana wie gewohnt.

»He! Nein.« Tessa sprang auf. »Hier werden nicht Krethi und Plethi einfach so reingerufen! Das ist jetzt auch mein Haus.« Sie rannte durch die Küche zur Tür.

»Was um alles in der Welt …«, hauchte Tessa und musste zusehen, wie sich eine zweistöckige Sahnetorte durch die Tür drückte. Jemand hielt sie stöhnend vor sich, den Kopf hinter Sahnebergen und kandierten Blüten versteckt. Hastig räumte Tessa den Küchentresen ab, damit die Torte dort Platz hatte.

»Ich glaube, Sie haben mich eben angerufen, Frau Hinrichs?« Hinter der Torte kam Martin mit hochrotem Kopf zum Vorschein.

»In der Tat. Ich wollte gerade …« Sie brach ab. »Oh mien Gott! … Martin! Was um Himmels willen *ist das*?«

Zahlreiche lila Blüten schwebten wie auf Wolken in der Sahne, und ihr Duft ließ Jana das Wasser im Mund zusammenlaufen.

»Sahne-Trüffel mit kandierten Veilchen.« Voller Stolz schob Martin das Zehntausendkalorien-Ungetüm auf den Tresen.

»Kandierte Veilchen?« Beeindruckt tippte Tessa auf eine der winzigen Blüten. Sie glitzerten vom Zucker, hatten aber weder Form noch Farbe durch das Kandieren eingebüßt. »Die sind ja echt. Ich meine, echte Blätter. Wo haben Sie die her?«

Martin winkte ab. »Na, aus Omas Garten. Die wachsen da. Sehr aromatisch.«

Wie aus einem Mund fragten Tessa und Jana: »Die ist selbst gemacht?«

Eigentlich war es kaum möglich, aber Martins Gesichtsfarbe wurde noch röter. »Ach, na ja, das ist doch nichts. Ich meine, ich hab da … Also, das war doch nur ein Versuch.«

Tessa und Jana tauschten einen Blick. Wenn dieser Sahnetraum auch nur annähernd so schmeckte, wie er aussah … »Und wo willst du damit hin?«, fragte Jana.

»Na, die hab ich doch für Sie gemacht.« Weil er dabei Tessa ansah, blickte er schnell auch zu Jana. »Ich meine, für Sie beide, natürlich.«

»Für uns? Warum? Ich meine – das – das …« Tessa zeigte auf die Torte und suchte nach dem richtigen Wort für diese Kreation, die so manchen Hochzeitsbäcker hätte in den Ruin treiben können.

»Meine Schwester will sagen, das ist zu viel. Du hast doch tagelang daran gearbeitet.«

»Ach, das hat doch keine Umstände gemacht. Ich hab sie zu Hause gebacken. Damit Kettel nichts mitbekommt. Dem habe ich heute einfach nur ’ne Backmischung hingestellt. Denn wenn der isst, stört er am wenigsten.«

»Sehr gut«, warf Tessa ein. »Martin, du gefällst mir.« Sie schlug ihm auf die Schulter. »Das hält diese Flitzpiepe davon ab, Schwachfug zu machen.«

Jana schüttelte amüsiert den Kopf. »Unterzuckert möchte ich dem nicht auch noch begegnen. Vielleicht macht er seine Arbeit im Zuckerrausch auch endlich ordentlich.«

»Kettel? Der hat seine Arbeit noch nie ordentlich gemacht. Aber Sie! Sie beide helfen doch so gut. Damit die Wahrheit rauskommt. Da kann ich ja mal mit ’nem Küchlein danke sagen. Ich hab Ihnen noch etwas mitgebracht. Moment.« Martin machte auf dem Absatz kehrt und ging zu seinem Wagen zurück.

»Jana«, flüsterte Tessa. »Das Ding ist unglaublich. Wieso ist der Polizist?«

»Gute Frage.« Vorsichtig stippte Jana ihren Finger in die Sahne und naschte. »Oh!«, hauchte sie, worauf Tessa sofort das längste Brotmesser aus der Schublade holte, das sie auf die Schnelle fand. »Vom Rumstehen wird sie nicht besser, oder?« Noch immer sprach Tessa ganz leise.

»Warum flüsterst du?«, fragte Jana flüsternd.

»Weil ich Angst habe, dieser Tortentraum zerplatzt gleich.«

Da konnte Jana bloß zustimmen. »Ich vermute, besser kann sie wirklich nicht mehr werden. Los, schneid an! Er hat irgendwas in die Sahne getan. Das schmeckt unglaublich.«

»Hoffentlich dürfen wir ihm noch oft helfen«, juchzte Tessa und wollte das Messer in der Sahnelandschaft versenken, doch da packte Martin einen Rucksack auf den Küchentresen. »Mary Poppins' Sachen«, entfuhr es Tessa, und sie hielt sofort inne.

»Mary wer?« Er setzte neben den blauen Rucksack einen ramponierten Plüschbären auf die Ablage.

Tessa nahm sich der Sachen sofort an. »Wo hast du die her?« Sie rannte damit zum Couchtisch und schüttete den Inhalt des Rucksacks darauf aus.

»Warten Sie. Sekunde. Nichts anfassen.« Martin hielt Tessa Einweghandschuhe hin. »Ich hab die Sachen Kettel noch nicht gezeigt. Wenn er Ihre Fingerabdrücke drauf findet, landen Sie noch im Gefängnis.«

Tessa zog die widerspenstigen Dinger hektisch an, während Jana nicht widerstehen konnte und den Finger noch mal in die Sahne stippte, bevor sie den beiden folgte.

Unterwäsche, Jeans und einige Tops steckten neben einer Tüte mit gebrauchter Wäsche im Rucksack. Außerdem zog Tessa einen Schlüsselbund heraus. Dann bildete sie feinsäuberlich mehrere Häufchen. Wäsche und Kosmetika, Gegenstände wie der Schlüsselbund und ein Handy. Leider war es ausgeschaltet und verlangte nach einer PIN.

»Hier ist kein Portemonnaie. Kein Geld, kein Ausweis. Wahrscheinlich hatte sie noch eine Handtasche«, stellte Tessa fest.

»Martin, sag schon«, forderte Jana ihn auf. »Wo waren der Rucksack und der Teddy?«

»Bei Greta.«

»Greta? Wer ist Greta?«, fragte Tessa verwirrt.

Schmunzelnd setzte sich Jana neben Tessa und nahm den Teddy auf den Schoß. »Greta ist eine sehr eingenwillige junge Dame, die es liebt, Teegesellschaften zu geben.«

»Mary Poppins war bei Greta auf einer Teegesellschaft?« Tessa verstand bloß Bahnhof.

»Vielleicht ist das die Verbindung«, überlegte Jana. »Greta müsste jetzt fünf sein. Ich könnte mir schon vorstellen, dass ihre Mutter einen Babysitter sucht. Aber ich wüsste nicht, was die Familie mit Anna zu tun hat.«

»Hat Mary Poppins ihr den Rucksack gegeben?«, wollte Tessa von Martin wissen. Auf seine Nachfrage erklärten die beiden ihm, wie sie auf den Namen gekommen waren.

Anscheinend hatte Martin sich Notizen gemacht, denn er zog einen kleinen Schreibblock, in dem allerlei ausgeschnittene Backrezepte steckten, aus der Jackentasche. »Greta hat den Teddy – genannt Herr Bär – bei der Holzmiete von Krögler gefunden. Herr Bär ist auf der Durchreise. Und …« Er wischte irgendeinen Krümel von seinem Block. »Und er mag Holundermilch.«

Fragend zog Tessa die Augenbrauen hoch. »Aha.«

»Na ja«, räumte Martin ein und wurde wieder leicht rot. »Ich hab mal mit Greta Holundermilch gemacht. Schmeckte wunderbar. Seitdem liebt sie die.«

»Also, verstehe ich das richtig? Das Kind hat die Sachen gefunden, die bei einem Holzstapel versteckt waren.«

»Richtig.«

»Wann?«

»Heute früh. Greta hat gesehen, wie eine junge Frau die Sachen am Mittwoch da versteckt hat. Doch«, er seufzte, »sie ist nicht zurückgekommen … Na ja, und da hat Greta Herrn Bär eingeladen.«

»Und was ist dem armen Herrn Bär passiert?« Ein Arm baumelte lose an einem Faden, die Rückennaht war der Länge nach aufgeplatzt, und jemand hatte die Hälfte der Füllung herausgenommen. Nun sah Herr Bär sehr hungrig aus.

Martin räusperte sich. »Na ja. Deshalb bin ich hier. Sie sind ja irgendwie superraffiniert. Sie beide, mein ich.« Seine Wangen überzogen sich himbeerrot. »Nicht raffiniert – also doch – schon. Ich meine, ähm, pfiffig. Schlau. Clever, eben. Na, weil Sie doch …«

Jana erlöste ihn. »Danke. Also, warum ist der Bär so abgemagert und zerschunden?«

»Greta hat sich mit ihrer Mutter um Herrn Bär gezankt. Sie haben an ihm gezogen. Tja, da ist er aufgeplatzt.«

»Viel Geld hat Mary Poppins für den Teddy nicht gerade ausgegeben. Sieht ziemlich billig aus«, stellte Tessa fest.

»Nun, das würde ich so nicht sagen, dass sie nichts in den Bären investiert hat.« Martin grinste bis über beide Ohren. »Im Gegenteil, diese Mary Poppins hat sehr viel Geld in den Bären gesteckt.«

Jana und Tessa sahen ihn fragend an.

»Als er aufgeplatzt ist, flatterten Geldscheine raus.«

»Ach.« Mehr fiel Jana dazu nicht ein. »Wie viel ist es?«

»Das können wir leider nicht mit Sicherheit sagen. Der Burgheider Wind hat die Banknoten quer durch die Gärten und in die Feldmark getrieben. Bis jetzt sind knapp 30.000 bei uns abgegeben worden.« Er blätterte im Notizblock. »28.450.«

Tessa stieß einen Pfiff aus. »Das ist ein bisschen viel für ein so kleines Bärchen.« Tessa sah sich die Dinge noch einmal an.

Wieso hatte die Fremde so viel Geld in einen Teddy gesteckt? Und woher kam das Geld?

In einer Seitentasche des Rucksacks fand Tessa ein Buch. Nach dem Cover zu urteilen, war es eine richtig schöne Schmachtschmonzette. Fräulein Poppins war eine Romantikerin. »Auf Englisch«, stellte sie fest. Zwei Zettel fielen heraus. »Eine Busfahrkarte. Das ist ein Return-Ticket. Von London nach Bolton. Sie hätte am Freitag zu Hause sein sollen.« Tessa reichte die Karte an ihre Schwester weiter und nahm den zweiten Zettel zur Hand. Er war rosa und bloß mit ein paar Zeilen in einer schmalen, nach rechts geneigten Handschrift beschrieben. Tessa las den Zettel wieder und wieder.

»Und? Was steht da?« Jana nahm ihr den Zettel aus der Hand, um selbst zu lesen. Aber auch sie musste zweimal hinsehen. »Soll das heißen …«, begann sie. Ihre Kehle war plötzlich trocken.

»Das soll heißen, dass unsere Mary Poppins Nils kannte.«

Jana war noch immer perplex. Sie hob den Zettel und las: »Ich muss dich sehen. Grillhütte. 12 Uhr. Nils.«

28

Janas Finger zitterten, als sie versuchte, den Kinnriemen des Motorradhelms zu lösen. Irgendwie fühlten sich ihre Knie wie einer von Martins luftigen Hefeteigen an.

Bereits in dem Moment, als sie sich hinter ihre Schwester auf diese Höllenmaschine gesetzt hatte, hatte sie es bereut. Wie eine Furie hatte Tessa Gas gegeben und war über den Waldweg voller Senken und ausgetrockneter Pfützen geschossen. Ein Glück für Tessa, dass der einzige Polizist, der ihre Raserei hätte ahnden können, vor ihr auf dem Waldweg entlanggekachelt war.

Tessa hatte die Nachricht mit ihrem Handy abfotografiert. Dann hatten sie den Teddy und Mary Poppins' Sachen vorsichtig zurück in Martins Wagen gelegt und waren zur Grillhütte aufgebrochen.

Nachdem Jana Nils' Zettel gelesen hatte, war ihr klar, um welche Hütte es sich handeln musste.

»Romantisch«, stellte Tessa fest, als zwischen den riesigen Findlingen der dunkle Holzbau auftauchte.

»Ich bin mir sicher, dass er diese Hütte meinte. Es gibt aber noch eine auf der anderen Seite von Burgheide. Am Würmsee unten.«

»Und eine am Burgheider Berg«, warf Martin ein.

»Stimmt. Du meinst die neue vom Heimatverein.«

»Und warum dann ausgerechnet die?«, wollte Tessa wissen.

»Steig mal auf den Stein da.« Sie zeigte auf einen hüfthohen Findling. »Dann siehst du's.«

Kaum war Tessa hinaufgeklettert, war ihr alles klar. »Da ist Flatterband zwischen den Bäumen, das … O nein.«

»Doch. Dort warst du gestern Morgen.«

Tessa schnaufte. »Der Fundort von Mary Poppins.«

Jana und Martin gaben Tessa die Hand, damit sie einfacher runterspringen konnte. »Hier ist man ziemlich ungestört, hm?«

Martin zuckte mit der Schulter. Er war eindeutig noch niemals mit einem Mädchen in der Hütte verschwunden.

»Einigermaßen«, antwortete Jana und betrat das Häuschen. »Hier geht ein Wanderweg vorbei. Aber für einen Mord ist es nicht schlecht.«

Während Tessa Fotos schoss, umrundete Jana die Feuerstelle. Martin zückte eine Taschenlampe und leuchtete die mit Sprüchen übersäten Wände ab.

»Sie meinen wirklich, Frau Doktor Hinrichs, dass diese Engländerin hier erschossen wurde?«

Statt einer Antwort bat sie Martin, besser zu leuchten, und inspizierte die dicken Bohlen des Häuschens.

»Siehst du das, Martin?«, lotste sie ihn nach einiger Zeit zu einer Stelle. Sie nahm seine Hand und leuchtete auf Schulterhöhe einige der Bohlen an. Im Schein seiner Lampe glitzerten Sprengsel im Holz auf.

»Schrot«, stellte Jana fest. »Nur wenige Körner.«

Martin nickte.

»Sie muss ungefähr hier gestanden haben.« Jana deutete neben die Feuerstelle. »Und der Mörder hier.«

»Ich ruf sofort Kettel an.«

Die beiden Schwestern warfen sich einen Blick zu. »Ich denke, wir haben hier schon genug zertrampelt, oder Martin?«, fragte Tessa.

»Ich – ich weiß gar nicht, wie ich Ihnen danken soll.«

»Halt uns deinen Chef vom Hals«, meinte Tessa. »Und ich lad mich mal zum Kaffee ein.«

Martin wurde schlagartig rot. »Äh, gern. Natürlich. Gerne …«

»Ruf Kettel an«, sagte Jana und trat mit Tessa aus der Hütte. »Der muss Proben nehmen und hier alles absperren.«

Während die beiden Schwestern zur Indian zurückgingen, hörten sie Martin bereits telefonieren. Auf halbem Weg blieb Jana noch einmal stehen.

»Was hast du?«, wollte Tessa wissen.

»Ich weiß nicht. Nils? Er verabredet sich hier mit dieser jungen Frau und erschießt sie mit einer Schrotflinte?«

»Gustav hat doch was von einem Jagdschein gesagt. Nils' Frau, diese Susanne, die hat dann doch sicher ein Gewehr?«, grübelte Tessa.

»Genau wie jeder zweite Burgheider. Du meinst, er nimmt ihre Flinte, lockt die Engländerin her und … Ich kann das einfach nicht glauben. Nils ist zwar ein Schürzenjäger, aber er ist doch immer so hilfsbereit, und bei der Feuerwehr ist er auch …«

»… aus deren Reihen übrigens auch gern mal der Brandstifter kommt. Nur weil er bei der Feuerwehr ist, heißt das ja nicht, dass er herzensgut ist. Sei nicht so naiv, Schwesterchen. Das hier ist der Tatort. Punkt. Und die Zeit passt auch. Er hat sie hergelotst und dann erschossen.«

»Aber warum? Hat er ihr auch das viele Geld gegeben? Woher hat er das?«

»Autoverkauf von letzter Woche.«

Jana atmete hörbar durch, sah noch einmal zwischen den Bäumen zum Fundort. Das Rot des Flatterbands blitzte zwischen den Bäumen auf.

»Nils … Ich glaub das nicht«, stieß sie kopfschüttelnd aus. »Wenn jemand uns sagen kann, was da zwischen dieser Mary Poppins und Nils lief, dann Gitti.« Entschlossen setzte Jana den Motorradhelm auf.

29

Als Jana die schwere Eichentür aufdrückte, bimmelte das winzige Messingglöckchen über dem Tresen. Es wurde von einem Seil betätigt und sah aus, als käme es direkt aus dem Mittelalter.

»Was wollen wir denn hier?«, raunte Tessa in einem Tonfall, als hätte sie soeben eine altehrwürdige Bibliothek betreten und wollte die Leser nicht stören.

Hinter dem Holztresen zogen sich alte Apothekerschränke die Wände entlang, deren Schubladen mit reizenden weißen Emaille-Schildern versehen waren. Die Deckenbalken, geschwärzt von der Zeit, waren kunstvoll geschnitzt. Der typische Apothekengeruch von Reinigungs- und Arzneimitteln vermengte sich mit Möbelpolitur und altem Holz. »Ich muss das unbedingt in einer Ausgabe bringen. Das ist hier ja eine wahre Kostbarkeit!«, murmelte sie, bevor ihr einfiel, dass sie ja gar nicht mehr bei LandChic arbeitete.

Von außen war Tessa das Haus am Markt schon bei ihrer Besichtigungstour durch Burgheide aufgefallen. Ein zweistöckiges, giebelständiges Gebäude aus der Gründerzeit, dessen Fassade mit Stuck verziert war. Goldgelb schimmerten Blumengirlanden und Darstellungen örtlicher Sagen in der Frühlingssonne.

»Der Tee ist auch besonders gut.« Jana schob ihre Schwester einfach hinter den Tresen. »Gitti? Ich bin's.«

Es war Tessa unangenehm, ohne Anmeldung einfach in den privaten Bereich der Apotheke einzudringen.

Doch das Unbehagen war unbegründet, wie sich herausstellte.

»Jana!« Die Frau, die zwischen den Schränken auftauchte, lachte hocherfreut. »Hallo! Das ist ja nett!« Strahlend kam sie auf Jana zu und umarmte sie. Ihr weißer Apothekerkittel war gestärkt und makellos, die Haare hatte sie zu einem Dutt aufgesteckt, und eine Lesebrille baumelte an einem goldenen Kettchen um ihren Hals. Sie streckte Tessa die Hand entgegen. »Hallo, ich bin Gitti Mesner. Es freut mich, Sie kennenzulernen, Frau Eichhorn.«

Für einen kurzen Augenblick war Tessa überrascht, dass diese Gitti ihren Namen kannte.

Dorfleben, dachte sie. Daran musst du dich echt gewöhnen. In Berlin merkt keiner, wenn du in deiner Mietwohnung draufgehst, und hier föhnst du einmal die Haare andersrum, und alle fragen sich, was wohl passiert ist.

Auf der anderen Seite war es kein Wunder, dass Gitti sie kannte, schließlich waren Ex-Dorfärztin und Apothekerin bestimmt, wie Ruth es nannte, ›vernetzt‹. Und da Schwestern eben nicht einfach so aus dem Nichts auftauchen, hatte Burgheide durch sie einen mittelgroßen Skandal.

»Kommt mit, ich habe gerade einen Tee aufgebrüht.« Sie führte die beiden in ihre Teeküche, deren Besonderheit ein handgearbeitetes, buntes Schränkchen war. In seinen Fächern stapelten sich die wundersamsten Dosen und Blechschachteln mit noch geheimnisvolleren Teesorten. Gitti bot ihnen Stühle an einem windschiefen Holztischchen an, das noch ganz den Charme der fünfziger Jahre verbreitete. Auf einem Stövchen dampfte schon die Teekanne und verströmte einen angenehm frischen Duft.

Tessa kam das Muster des Stövchens bekannt vor. »Von dir?«, fragte sie flüsternd ihre Schwester.

Jana nickte. »Schon ein paar Jahre alt. Hab ich ihr zur Silberhochzeit geschenkt.«

»Was verschafft mir die Ehre?« Gitti legte in jede Tasse ein Stück Kluntje und goss Tee darauf. »Zeigst du deiner Schwester gerade die schönsten Ecken Burgheides?«

»Leider sind nicht alle Ecken so hübsch wie deine hier«, gab Jana zu.

»Sie haben in der Tat eine wundervolle Apotheke.« Tessa schnupperte am Tee, lächelte zwar, sehnte sich aber nach einem ordentlichen Schoko-Caramel XXL Latte macchiato. Oder schlicht einem XXL Latte macchiato ohne Schoko, ohne Karamell. Oder eben einem Latte macchiato pur. Oder aber eben einfach bloß nach Kaffee. Nach gutem alten Kaffee.

»Der ist selbst gemacht«, erklärte Gitti. »Pfefferminze, Zitronenmelisse und als das gewisse Extra Zitronenthymian.«

»Aha.« Tessa nippte. »Verkaufen Sie den auch?« Er schmeckte in der Tat nicht schlecht.

Gitti lachte. »Nein, wo denken Sie hin. Das ist meine private Leidenschaft. Die teile ich nur mit guten Freunden.«

»Das ist nett.« Jana nahm genüsslich einen Schluck und räusperte sich dann. »Wir haben ein paar Fragen, Gitti. Deswegen sind wir hier.«

»Na, dann fragt mal.« Gitti lehnte sich an die Wand und strahlte Jana erwartungsvoll an. Dies war mit Abstand die fröhlichste Apothekerin, die Tessa bisher getroffen hatte.

»Erinnerst du dich an eine Engländerin?«, fragte Jana geradeheraus. »Eine Britin aus Bolton.«

»Rote Haare, Sommersprossen.« Tessa zückte ihren Fotoapparat und klickte im Display die geschossenen Bilder durch, bis sie eines von der unbekannten Leiche gefunden hatte, das nicht allzu schrecklich aussah.

»Wir glauben«, sagte Jana, »Sie war ein Kindermädchen. Vielleicht bei den Schwanbecks.«

Die Apothekerin warf einen Blick darauf, nahm ihre Brille und kaute grübelnd auf dem Bügel herum. »Kindermädchen … Hm …«

Unwillkürlich hielten die beiden Schwestern den Atem an.

Natürlich, dachte Tessa, die Apotheke ist hier die Zentrale für Klatsch und Tratsch.

Schließlich fiel Gitti etwas ein. »Ja. Das war doch dieses ganz reizende Mädchen … Aus England, sagt ihr? Hm, wann war sie hier? Das ist jetzt so ungefähr zehn oder elf Jahre her? So grob.« Sie nippte am Tee. »Wirklich ein sehr liebes Ding. Sie war als Au-pair bei den Schwanbecks, stimmt.«

Tessa und Jana warfen sich ein Lächeln zu. Ihre Schlussfolgerungen waren also richtig.

»Ist ja schon toll, welche Möglichkeiten die jungen Leute heute haben. Einfach mal so für ein halbes Jahr in ein anderes Land gehen, Sprache und Kultur kennenlernen und dabei auch noch ein bisschen was verdienen. Wenn das zu meiner Zeit schon möglich gewesen wäre … Wo wären wir wohl hin, was meinst du, Jana?«

Doch Jana ließ keine Abschweifungen zu. »Weißt du, wie sie hieß?«

»Also sie hieß irgendwas mit A … Adele? … Nein, Abigail, glaub ich. Ja, Abigail. Abigail Morton.«

Endlich hatten sie einen Namen.

»Erinnerst du dich an noch etwas?«, bohrte Jana.

Tessa packte den Fotoapparat wieder ein. »Ja, ob Nils was mit ihr zu tun hatte, zum Beispiel?«

»Nils? … Ihr zwei seid mir ja gar nicht neugierig. Was wühlt ihr denn in den alten Geschichten?«

»Bitte, Gitti. Es ist wichtig.«

Gitti zuckte mit den Schultern und richtete ihren Blick an die Zimmerdecke. »Na schön. Ich weiß noch, dass Abigail nachmittags immer mit Torben unterwegs war, dem kleinen Schwanbeck-Jungen. Torben war damals zehn, denke ich.« Gitti lachte fröhlich. »Ich glaube, er war ein bisschen in Abigail verschossen. Die beiden konnten richtig gut miteinander. Hat der Kleine auch dringend gebraucht. Eine Schulter, mein ich, an die er sich anlehnen konnte.«

Jana sah Gitti fragend an.

»Na, erinnerst du dich nicht? Die hatten in dem Jahr doch nur Pech, die Schwanbecks. Immer gab's Krach zwischen Anna und Rolf. Da hing ja zu der Zeit der Haussegen gehörig schief. Rolfs Vater war ja auch dann gestorben, und die Scheidung der beiden …« Gitti winkte ab.

Jana leerte die Tasse mit einem letzten Schluck. »Und Nils? Weißt du, ob die beiden …«

Gitti ließ den Kandis kreisen und überlegte intensiv. Schließlich zuckte sie jedoch mit der Schulter. »Tut mir leid.«

»Kein Problem. Du hast uns sehr geholfen, Gitti.«

»Gerne wieder. Wollt ihr schon los?«

Jana nickte. Die drei gingen zurück in den Verkaufsraum.

»Kann ich mal irgendwann für ein Interview vorbeikommen?«, fragte Tessa. »Ich-ich schreibe für die Zeitschrift Land-

Chic. Es wäre toll, über Ihre wundervolle Apotheke zu berichten. Oder vielleicht was in meinem Blog zu bringen.«

Geschmeichelt lachte Gitti. »Ja gerne, wenn Sie möchten. Dann bleiben Sie noch eine Weile in Burgheide? Ist ja ein starkes Stück, was sich der Joona da ausgedacht hat, hm?«

Tessa warf Jana einen Blick zu, und diese antwortete für sie beide: »Das kannst du wohl sagen, Gitti … Aber meine Schwester bleibt noch. Sie bringt mein Leben ganz schön durcheinander …«

Tatsächlich konnte Tessa ein Schmunzeln in Janas Augen sehen und wunderte sich ein wenig, dass ihrer Schwester der Gedanke mittlerweile sogar zu gefallen schien.

»Ist ja vielleicht auch nicht schlecht«, meinte Gitti. »Man will ja nicht einrosten.«

»Eben«, stellte Jana klar, und für einen kurzen Augenblick lächelten sich die beiden Schwestern einhellig an.

»Ach, da fällt mir noch was ein. Wegen Abigail.« Wieder knabberte Gitti an ihrem Brillenbügel. »Sie ist vorzeitig abgereist. Ihr Vertrag ging bis in den Herbst oder Weihnachten oder so. Doch sie ist ja schon im April weg. Ich weiß noch, wie traurig Torben war.«

»Warum? Warum ist so plötzlich weg?«, wollte Tessa wissen.

Gitti machte eine vielsagende Pause und flüsterte: »Na ja. Sie kam zu mir und kaufte einen … *Test.*«

Tessa verstand und musste über Gitti schmunzeln, die aus einem so harmlosen Test ein derartiges Gewese machte. Mit großen Augen und gedämpfter Stimme, als würde dieses Wort in Burgheide einen sofortigen und unwiderruflichen Sittenverfall auslösen, flüsterte sie den beiden Schwestern zu: »Schwangerschaft.« Sie nickte sich bestätigend selbst zu und ließ ihren

Blick, getragen von einer bedeutungsschweren Pause, zwischen Tessa und Jana hin- und hergleiten.

»Nein«, hauchte Tessa gespielt empört und bekam daraufhin sofort einen heimlichen Knuff von Jana.

»Abigail war damals also schwanger.«

»Nils, ich hab's doch gesagt«, zischte Tessa leise.

Gitti steckte die Hände in ihren weißen Kittel und sah sehr zufrieden mit sich aus. »Ja. Ich denke, der Test ist positiv ausgefallen, denn sie ist ja Hals über Kopf weg.«

»Wegen dem Kind«, ergänzte Jana.

»Nehm ich doch an.«

»Weißt du, wann genau das war? In welcher Woche?«

Gitti seufzte. »Kann ich dir nicht sagen.« Eine Kundin kam die Stufen der Apotheke herauf. »Kommen Sie herein, Frau Döhrksen.« Gitti eilte zur Tür und hielt sie für die ältere Dame auf.

Während sich Jana mit einem Nicken verabschiedete, deutete Tessa ein »Wir-telefonieren-wegen-Fotos« an.

30

Die beiden Schwestern prosteten sich kurz zu und stürzten ihre Bulldogs hinunter. Hases skeptischen Blick angesichts der beiden und seines Spezialdrinks am Mittag übergingen sie geflissentlich.

Tessa kniff Augen, Mund und Nase zu und schüttelte sich. »Du meinst also, vor zehn Jahren hatte Nils ein Verhältnis mit Schwanbecks Au-pair Abigail. Sie wird schwanger und reist Hals über Kopf ab.«

»Ja. Und jetzt kommt sie wieder. Nach zehn Jahren. Wahrscheinlich braucht sie Geld. Sie wendet sich an Nils.«

»Und setzt ihn unter Druck.«

Tessa ließ ihren Blick durch das Fief Düwelskeerls gleiten. Bloß zwei Lkw-Fahrer saßen vor ihrem Chili und aßen schweigsam. Der Krug hatte erst seit ein paar Minuten geöffnet, und Hase, seinen Notizblock samt Stift zwischen Hosenträger und Medizinballbauch geklemmt, war noch dabei, die Zapfanlage zu säubern.

»Kann doch sein. Stell dir vor, du hast eine eifersüchtige Frau, ein kleines Kind. Du hast dir hier was aufgebaut – und plötzlich kommt eine Geliebte aus der Vergangenheit und droht: Ich verrate, dass du mir ein Kind gemacht hast, dass du dich nicht drum gekümmert hast … Was meinst du, was Susanne dazu sagt?«

»Abigail erpresst ihn, bekommt das Geld und versteckt es im Teddy.« Mit dem Finger strich Tessa einen Tropfen Bulldog aus dem Glas und leckte ihn ab.

»Sie muss zurück nach England und das Geld unauffällig über die Grenze bringen.«

»So weit, so gut, Jana. Nils lockt Abigail in die Grillhütte und erschießt sie. Und da liegt der Hase im Pfeffer. Oder die Leiche im Bärlauch.«

»Ja …«, grübelte Jana. Sie nahm Tessas Hand, löste das Pflaster und stellte zufrieden fest, dass die Wunde sauber verheilte. »Warum sollte er sie erschießen, wenn er sie doch schon bezahlt hat?«

»Vielleicht hat Nils es sich anders überlegt. Er bezahlt und bereut es. Und weiß nur einen Ausweg. Bevor Abigail wieder aus Burgheide abhaut, lässt er sie lieber für immer verschwinden. Wer sagt ihm, dass Abigail ihn nicht noch einmal erpresst? Immer mehr will.«

»Aber sie hat das Geld nicht mit zur Grillhütte genommen. Sein Plan geht nicht auf.«

Tessa nickte. »Richtig … Und wie hängt Anna damit zusammen?«

Jana zuckte mit den Schultern.

»Wir müssen Nils auf den Zahn fühlen«, stellte Tessa fest, aber in ihrer Stimme lag eine gehörige Portion Unbehagen.

Auch Jana zögerte. »Und wenn er tatsächlich der Mörder ist?« Es fiel ihr nicht leicht, das über die Lippen zu bringen. Dass Nils zu so einer Tat fähig war, konnte sie sich nicht vorstellen, doch die Schwangerschaft und die Notiz erzählten eine andere Geschichte.

»Wir könnten Kettel holen«, warf Tessa ein.

Jana winkte ab. »Und wenn wir falschliegen? Dann stehen wir wie die letzten Töffel vor Kettel da. Aber viel fataler ist, dass Nils dann im Dorf komplett in Verruf kommt. Mord hin oder her.«

»Also allein.«

»Jau. Bevor wir das wagen, brauche ich aber dringend noch einen Traktor!« Per Fingerzeig bestellte Jana eine weitere Runde Bulldogs.

Nachdem sich die beiden Schwestern im Fief Düwelskeerls Mut angetrunken hatten, machten sie sich auf den Weg.

Martin hatten sie über Abigail Morton in Kenntnis gesetzt, und er hatte versprochen, in den nächsten Stunden mehr über die Engländerin in Erfahrung zu bringen.

Langsam rollten sie mit der Indian auf den von Linden umsäumten Hof. Hinter einem der Bauernhäuser führte ein von Buchsbaum flankierter Kopfsteinweg zu Nils' Einfamilienhaus. Ein Holzhaus, das direkt zwischen den großen Höfen Burgheides stand, weil ein Bauer ein Stück seines weitläufigen Gartens verkauft und die Baubehörde geschlampt hatte.

Tessa würde ihr Handy als Diktiergerät benutzen, und sie hatten besprochen, Nils auf keinen Fall mit dem Brief zu konfrontieren, um ihn nicht zu reizen.

»Der Brief stammt von Ihnen! Hören Sie auf. Das Jammern steht Ihnen nicht.«

Tessa hielt sofort an. Zwei Paletten ausrangierter Pflastersteine und jede Menge gestapelter Baukram versperrten ihnen den Blick. Leise steigen die beiden Frauen ab.

»Nein!« Nils klang sehr aufgewühlt. »Ich habe das nicht geschrieben. Das … Das ist eine Fälschung.«

»Nils«, jetzt hörten die beiden Schwestern auch Martin, »wir haben diesen Brief bei Abigails Sachen gefunden. Und das ist doch auch deine Handschrift, oder?«

»Ja«, stotterte er. »Ich-ich glaub schon …«

Als Tessa und Jana um die Paletten lugten, konnten sie die Männer sehen. Kettels Dienstwagen parkte direkt vor dem Holzhaus, während Nils' Moto-Cross-Maschine aufgebockt und bereit zur Grundreinigung vor einem leeren Kasten Bier stand, auf dem Nils es sich anscheinend bequem gemacht hatte, bevor Kettel mit Martin aufgekreuzt war.

Im Vorgarten und auf dem Stellplatz wuchs Unkraut, das Gras im Garten war seit Wochen nicht gemäht worden, und die Stauden des Vorjahres hatte man auch noch nicht zurückgeschnitten, obwohl das neue Grün bereits sprießte. Spielzeugtrecker und -bagger verteilten sich in den Beeten und waren anscheinend nach komplizierten Erdarbeiten verlassen worden.

Nils sah sich den rosa Zettel an, den sie bei Abigail gefunden hatten. Er wirkte unausgeschlafen. Ein Dreitagebart verunstaltete sein Gesicht, weil er nicht gleichmäßig wuchs, seine Haare waren fettig. Er trug eine ölverschmierte Arbeitshose. Gedankenverloren tunkte er einen Lappen in den Putzeimer. Das Wasser tropfte auf seine Schuhe, aber er schien es gar nicht zu bemerken.

Kettel baute sich vor ihm auf. »Es ist Ihre Handschrift.« Der Kommissar leuchtete regelrecht, weil die Sonne auf sein steifes Hemd briet. Er reichte Nils kaum bis zur Schulter, musterte den Verdächtigen, indem er den Kopf schief legte, und befahl dann Martin mit einem Nicken, das Beweisstück wieder an sich zu nehmen.

Gehorsam zog Martin Nils das Plastiktütchen, in dem der rosa Zettel steckte, aus der Hand. Kettel streckte stumm die Hand aus und bekam es prompt gereicht. »Ich muss dich sehen. Grillhütte. 12 Uhr. Nils«, las er. »Es *ist* Ihre Handschrift, Herr Hellbrink. Weil es *Ihr* Brief ist«, fuhr Kettel fort und blinzelte in die Sonne. »Sie können sich gern einen Anwalt nehmen.«

»Das ist doch Quatsch. Abigail ist letzte Woche wieder abgereist. Und da lief nichts mehr.«

»Rote Haare und so wunderbar wasserblaue Augen ... und dieser niedliche britische Akzent ...« Kettel wischte seine Brille sauber, indem er dreimal geduldig auf das Glas hauchte.

Für einen kurzen Augenblick hielt Nils inne, dann warf er den Lappen ins Wasser, dass es spritzte. »Hören Sie, Mann! Mit der is' doch alles geklärt. Ich bring die doch nich' um!«

Kettel zeigte sich wenig beeindruckt. Seine Stimme klang leise und eindringlich. »Wäre sie denn hergekommen, wenn *alles geklärt* ist? Wohl kaum, *Mann*.«

»Ich hab keine Ahnung, warum die nach all den Jahren zurück is'. Echt. Keine Ahnung.« Langsam verlor er die Beherrschung. »Es war Zufall, dass wir uns getroffen haben. Die war voll überrascht, mich zu sehen. Sie weiß, dass Susanne und ich geheiratet haben, dass wir 'nen Sohn haben.«

»Wirklich?«

»Ja! Sie hat 'nen Freund in England. Die ist doch nicht wegen mir zurück. Er ist beim Militär oder so. Ist ein richtiger Daddy, hat sie gesagt. Es ist okay, verdammt noch mal. Es ist *okay* für sie!« Er war laut geworden.

»Und warum gibst du ihr dann Geld?«, wollte Martin wissen, wurde aber sofort mit einem Blick von Kettel zur Räson gerufen.

»Ich – ich hab ihr nichts gegeben.«

»Sie haben Ihren Wagen verkauft, letzte Woche. Warum?«

»Was?«

»Ihr Auto. Es soll ein schöner Sportwagen gewesen sein.«

»Aber … Seit wann …? Was soll'n das heißen? … Susanne hat rumgenölt. Die will so eine Scheißfamilienkutsche und …«

»… und das Schrotgewehr?«

»Was für ein Gewehr?«

In diesem Moment trat Kettels Assistent aus dem Haus. Tessa und Jana sahen zu, wie er eine Flinte in einem durchsichtigen Plastikbeutel zum Dienstwagen trug. Der Anblick ließ auch Nils verstummen.

Kettel strich den Zipfel seines Hemdkragens glatt, obwohl er perfekt stand. »Die Forensik wird sicher herausfinden, dass erst kürzlich damit gefeuert wurde.«

»Das ist nicht meine, das ist … das …«

»Die Ihrer Frau. Das wissen wir bereits. Aber Sie haben ungehinderten Zugang.«

»Ich … Ich … Sie hat auf Maulwürfe geschossen. In ihrem Beet hinten … Ich … Ich … Ich will einen Anwalt.«

Kettel nickte erst Nils zu, dann seinem Assistenten. Der legte das Schrotgewehr behutsam in den Kofferraum. Bevor er sich Nils widmen konnte, hatte Martin diesem bereits Handschellen angelegt. »Entschuldige«, nuschelte er Nils zu.

Jana erkannte die Verzweiflung in Nils' Blick, als er vom Assistenten in das Dienstfahrzeug geschoben wurde. Er starrte jedoch nicht Kettel an, sondern sah voller Hilflosigkeit aufs Haus. Jana folgte seinem Blick und blieb am Fenster des ersten Stocks hängen …

»Siehst du sie auch?« Tessa war das Gesicht hinter der Scheibe ebenfalls aufgefallen. Es war Susanne. Sie hielt sich halb im Schatten hinter einem Glasbild, das ihr Sohn gemalt hatte, und sah hinab auf ihren Mann und die Beamten. Jana hatte in ihrem Leben selten einen so gleichgültigen Blick gesehen.

»Komm. Gustav wartet bestimmt schon«, meinte Jana und setzte den Helm auf. Bevor alle einstiegen, fuhr Tessa den Kopfsteinweg zurück und bog auf die Straße.

31

Beeten schäif hat Gott läiv.« Gustav klopfte Tessa aufmunternd auf die Schulter. »Es zeigt ein gewisses … sagen wir *künstlerisches* Talent.« Er umrundete das, was tatsächlich eher einer Skulptur als einem Hühnerstall glich.

Tessa lachte. »Es ist eben modern.«

»Geradezu abstrakt. Ein wahres Designerhaus für Hühner.«

»Ich dachte, vielleicht verschreckt der Anblick unseren nächtlichen Besucher.«

Gustav öffnete einen abgewetzten Lederkoffer. »Das glaub ich kaum. Aber hiermit werden Sie bald Klarheit haben, wer Lassie so erschreckt.«

»Danke, Herr …« Tessa suchte nach einem Nachnamen, aber Jana hatte ihn nie genannt.

»Gustav. Ohne Herr.« Gustav reichte Tessa die Hand.

»Gustav. Gut. Ich bin Tessa«, erwiderte sie sein Angebot. »Und ich find's schön, dass du mir helfen kannst.«

»Mit den Dingern kenn ich mich aus. Seitdem mein Hund gestorben ist, mach ich gern auch mal Jagd ohne Gewehr. Wusstest du, dass der Wolf hier wieder heimisch geworden ist?«

»Du glaubst, ein Wolf …«

»Nein, nein«, winkte Gustav ab. »Aber ich hab damit schon einen geknipst.« Er klopfte auf ein kleines Kästchen mit Riemen und einem Objektiv.

»Jana meinte, die hast du selbst gebaut.«

Gustav lachte und nahm das Gerät heraus. »Jana … Jana ist herzensgut, aber mit Technik kennt die sich so gar nicht aus. Die hab ich beim Discounter geholt. Vor drei Jahren. 8 Megapixel, Intervall 5 Sekunden, Full HD, 44 Infrarot LEDs für'n Blitz. Und jetzt kommt's. 3 PIR-Sensoren als Infrarot-Sensor und über 100 Grad Erfassungsbereich.«

»Wow«, meinte Tessa. »Damit kriegt man sicher ein hübsches Porträt von einem Reh. Oder Wolf.«

»Und wenn WLAN in der Nähe ist …« Mit einem »Ssssst!« deutete Gustav gen Himmel.

»… gehen alle Fotos in die Cloud, und ich kann sie von irgendwo abrufen.«

Gustav lächelte bestätigend. »Wunder über Wunder.«

Wenig später saßen die beiden auf der Veranda, sahen über den See und genossen Martins Sahnetorte.

Tessa gabelte eine kandierte Veilchenblüte auf und ließ sie auf der Zunge zergehen. Mit geschlossenen Augen badete sie im Gefühl, auf einer zarten Wolke aus Veilchenduft zu schweben. Eigentlich hatte sie nur ein mikroskopisch, allerwinzigstes Stückchen naschen wollen, doch jetzt wartete bereits das dritte Stück auf ihrem Teller. Sie öffnete verträumt die Augen und sah auf den See hinaus. Die Sträucher und Bäume, die an der Terrasse gepflanzt waren, spendeten im Sommer angenehmen Schatten, verstellten aber nicht den wunderbaren Blick auf den See. Noch waren die Zweige nur mit zartem hellgrünen Flaum bedeckt. Eine Forsythie hielt in fröhlichem Gelb dagegen. Leider hatte sie im Geräteschuppen nur diese ollen, mit Plastikschnüren bespannten Gartenstühle gefunden. Aber in Gedanken hatte Tessa bereits eine neue Gartengarnitur auf die Einkaufsliste gesetzt, insbesondere Sonnenliegen. Schöne hölzerne Sonnenliegen. Verzückt ließ sie einen weiteren Happen im Mund zergehen. Ein unbeschreibliches Aroma aus Karamell, Vanille und Veilchen breitete sich aus. Himmlisch. Durch die geöffnete Wintergartentür hörte sie Jana in den Tiefen des Hauses herumwirtschaften. Vermutlich war ihre Schwester in der Küche und würde gleich mit einem Teegedeck herauskommen.

Wenn du jetzt schon Einkaufslisten erstellst, grübelte sie, heißt das doch, dass du hierbleibst, oder?

»Ich dachte, Tee haben wir in letzter Zeit schon genug gehabt«, riss Jana sie aus den Gedanken.

Tessas Schwester schob das Tablett auf den wackligen Gartentisch und reichte ihr ein Tässchen voll Kaffee. Dankbar nahm Tessa es an, doch beim Anblick der winzigen Kaffeetasse samt Goldrand vermisste sie sofort die Suppenschüsseln voll Milchkaffee ihres Berliner Stammlokals. Der schnauzbärtige Germanistikstudent dort hinter dem Tresen hatte ihr immer eine Kakaoblume auf den wunderbaren Milchschaum gezaubert.

Gerade denkst du ans Hierbleiben, jetzt an Berlin … Entscheid dich mal, tadelte sie sich. Na schön, Einkaufsliste! Da muss auch ein ordentlicher Kaffeebecher drauf. Mit diesen Finkennäpfchen ist ja nichts anzufangen.

»Das Kind ist also wirklich von Nils?«, wollte Gustav wissen.

Jana bejahte. »Ganz schön hart. Ich meine, es ist jetzt zehn Jahre.«

»Erst wächst es ohne Vater auf, die ersten zehn Jahre«, meinte Tessa und spürte, wie der leckere Tortengeschmack einem Kratzen im Hals Platz machte. »Und jetzt hat es nicht mal mehr eine Mutter.«

Sie selbst war schon Ende zwanzig gewesen, als sie zur – angeblichen – Vollwaise wurde. Und obwohl sie sich mit ihrer Mutter viel und heftig gestritten hatte, war ihr Verlust grauenvoll gewesen. Mit einem Mal stand sie allein da.

»Der Tod der Eltern sagt uns, dass auch wir sterblich sind«, gab Gustav zum Besten und setzte wieder sein entwaffnendes Lächeln auf. »Die letzte Bastion zwischen einem selbst und dem Tod fällt. Die Eltern sind nicht mehr, und wir blicken dem Tod direkt in die Augen.«

Jana und Tessa seufzten tief.

»Gustav, an dir ist ein Philosoph verlorengegangen«, meinte Tessa und spürte noch immer das Grummeln im Magen. Schnell schob sie eine Gabel Kuchen nach. Das war besser.

»Ach, wenn du wüsstest … Was an mir schon alles verlorengegangen ist.«

Während Jana lachen musste, sah Tessa auf den See.

»Was denkst du?«, fragte ihre Schwester.

»Dass es beschissen ist.«

Mit hochgezogener Augenbraue musterte Jana sie von der Seite.

Eine schimpfende Amsel flog über sie hinweg, setzte sich kurz auf die Balustrade und beäugte die drei.

»Wir brauchen einen Beistelltisch für hier draußen.« Der Vogel flatterte davon, als Tessa schließlich den Kuchenteller auf den Boden stellte, um die Hände für den Kaffee frei zu haben.

»Ach. Das findest du so besch… *ärgerlich*?«

Tessa richtete ihren Blick auf das gegenüberliegende Seeufer. »Es ist beschissen aufzuwachsen, ohne zu wissen, wer dein Vater ist. Glaub's mir.« Als könnte sie den Gedanken dadurch vertreiben, schüttelte sie den Kopf, dann nahm sie einen Schluck

Kaffee. Augenblicklich verkrampfte sich jede Ader, jeder Muskel, jede Zelle in ihr. Es kostete sie eine Menge Selbstbeherrschung, das Gebräu nicht justament über das Geländer zu spucken. »O Gott!«, keuchte sie. »Machst du den aus getragenen Socken?«

Jana nahm einen Schluck, fand ihn anscheinend ganz lecker und ging nicht darauf ein. »Na gut. Die Beweislage gegen Nils ist erdrückend. Der Zettel, das Motiv, die Waffe und sicher auch die Gelegenheit. Und trotzdem hab ich Bauchschmerzen, als hätte ich ein peptisches Ulcus.«

Statt Tessa antwortete Gustav. »Weil es keine zwei Mörder in Burgheide gibt.«

Tessa nickte. »Eben. Warum sollte Nils Anna umgebracht haben? Das macht einfach keinen Sinn.«

»Du meinst also, der Zettel ist nicht von ihm?«, wollte Jana wissen.

»Ich weiß nicht, was ich glauben soll. Anna und Abigail sind aus dem gleichen Grund gestorben. Das weiß ich.« Beinahe hätte sie rein aus Gewohnheit noch einen Schluck genommen. Brummelnd stellte sie das Kaffeenäpfchen auf den Boden.

Schweigend beobachteten sie die Wellen, die der Wind über den See trieb. Die Sonne warf bereits lange Schatten und begann die ersten Wolken in Flammen zu setzen.

»Und wenn Susanne abgedrückt hat?«, fragte Gustav.

Jana nippte am Kaffee. »Du meinst, sie hat herausgefunden, dass Nils noch ein Kind in England hat?«

»Ja, und das Auto verkauft und alles vom Konto kratzt.«

»Susanne. Hm«, grübelte Tessa. »Die scheint mir impulsiv genug zu sein. Aber … Aber auch da bleibt die Frage, was hat sie mit Anna zu schaffen? Warum sollte Susanne Anna erschlagen?« Tessa schüttelte den Kopf. »So kommen wir nicht weiter. Wir müssen rausfinden, was vor zehn Jahren genau geschah. Nils sagt, Abigail ist nicht wegen ihm zurück nach Burgheide. Weswegen dann? Wegen ihrer Vergangenheit. Deswegen ist Abigail zurückgekommen, und nur deswegen mussten die Frauen sterben.«

»Ja. Du hast recht. Noch Kaffee?«

»Nein!« Tessa biss sich auf die Lippen. Das hatte zu entsetzt geklungen. »Ich meine, tut mir leid, Schwesterherz. Ich – ich muss los.« Tessa sprang auf.

»Warte doch mal … Wohin willst du denn?«

»Dieses ewige Gestocher geht mir auf den Zwirn. Ich bin Journalistin, verflucht, da werd ich ja wohl noch rausfinden, wer hier Dreck am Stecken hat!«

32

Obwohl es schon später Abend war, parkte Tessa die Indian vor dem Hofladen. Sie hatte ihre Fototasche mitgenommen, um die ahnungslose Journalistin zu spielen, und hoffte inständig, dass Rolf nicht durch den Buschfunk von ihrem Herumschnüffeln erfahren hatte.

Die Hofanlage war sehr liebevoll restauriert. Rechts, im alten Wohnhaus, waren der Hofladen und das Büro untergebracht. Ihr Blick fiel auf das Schaufenster des Ladens. Eine Vielzahl an Marmeladen und Obstbränden sowie Produkte aus der Region wie Ziegenkäse, frische Eier, Gemüse oder auch hausgemachte Würste luden zum Schlemmen ein.

Der Anblick versetzte ihr einen Stich. Wie gern hätte sie aus all dem eine Story für Georg gestrickt. Vielleicht einen Mehrteiler über drei Ausgaben. Das Licht der Abendsonne ließ die Klinker der Häuser leuchten, das perfekte Licht für perfekte Fotos. Das Gehöft war wirklich ein Schmuckstück. Anscheinend hatten Rolf und sein Partner ordentlich in das Anwesen investiert.

Während sie sich umsah, bemerkte sie nicht, dass der junge Hofarbeiter Riedel sie aufmerksam beobachtete. Er hatte sie bereits auf den Hof fahren sehen, war von seinem Gabelstapler gesprungen und ihr nachgegangen. Er hielt sich hinter einem Anhänger halb verborgen und tat, als müsste er ein paar Kisten kontrollieren, während er Tessa beäugte.

»He, hallo! Das ist privat!« Tessa fuhr herum. Ein Herr kam aus dem Büro gestürzt. Das musste Peter Wölper sein. Jana hatten ihn ihr beschrieben. »Kann ich Ihnen helfen?«

»Wenn Sie Herr Wölper sind.« Sie schüttelte ihm die Hand.

»Ja. Peter Wölper.«

»Mein Name ist Tessa Eichhorn. Ich weiß, ich hätte mich anmelden sollen, aber ich war gerade in der Gegend und wurde auf ihren fantastischen Hof aufmerksam.«

Irritiert sah er sie an. »Das ist nett, aber …«

»Oh.« Mit einem mädchenhaften Lachen kramte sie in ihrer Fototasche und zauberte eine Visitenkarte von LandChic hervor. »Entschuldigen Sie. Ich schreibe für die Zeitschrift. Kennen Sie die? Wir haben eine Auflage von beinahe einer Million.«

»Ja, natürlich.« Er schluckte.

»Sehen Sie, ich bin hier vorbeigefahren. Wollte nur einen Kaffee trinken, und dann das …« Mit ausladender Geste präsentierte sie ihm den Hof.

»Sie wollen … also Fotos machen? Das wäre natürlich wirklich großartig.« Sein Blick flog kurz zur Scheune. »Ich weiß nur nicht …«

»Glauben Sie mir«, fiel sie ihm ins Wort. »Ich war schon auf vielen Höfen. Aber Ihrer hier ist wirklich etwas Besonderes. Ein Kleinod. So viel Liebe zum Detail.«

»Vielen Dank. Es ist nur gerade etwas unpassend, wissen Sie. Es gab einen Todesfall in der Familie.«

»Oh.« Sie tat, als müsste sie kurz nachdenken. »Stimmt, ich hab so was gehört. Ich hab in Burgheide schon die Apotheke fotografiert, wissen Sie … Geht es Ihrem Partner gut?«

»Nun ja.« Wölper räusperte sich. »Den Umständen entsprechend.«

»Aber vielleicht können Sie mir ja den Hof zeigen? Es dauert nicht lang.« Eigentlich hatte Tessa gehofft, Rolf zu erwischen und ihn zu einer Begehung des Hofs zu überreden. Aber sein Geschäftspartner konnte ihr sicher auch einiges über die Familienverhältnisse bei Schwanbecks verraten.

»Jetzt? Jetzt gleich?«

»Na, wenn es gar nicht geht, dann … Ich muss heute Abend in die Redaktion nach Berlin zurück … Aber vielleicht findet sich noch einmal irgendwann …«

Anscheinend musste er kurz darüber nachdenken. »Sie haben vielleicht recht. Das Geschäft muss laufen, da muss Privates immer zurückstehen. Es ist nur schon Feierabend. Keiner mehr da, der Laden macht auch gerade zu. Im Frühjahr ist noch nicht so viel los bei uns.« Er lächelte entschuldigend. »Aber wenn Sie mir folgen wollen. Dann zeige ich Ihnen ein paar Ecken unserer Anlage.«

»Fangen wir gleich hier an«, forderte Tessa ihn auf und wandte sich einer Lagerhalle zu.

»Das ist unser größtes Lager. Ich denke, wir beginnen bei den Pflanzen, dann kann ich Ihnen alles besser erklären.«

Zuerst führte er sie zu einem der Felder, die direkt hinter den Hofgebäuden lagen. Noch waren die Büsche abgedeckt, um sie vor Blankfrost zu schützen.

Tessa schrieb ihren Notizblock voll. Obwohl es kein wirkliches Interview war, würde sie vielleicht irgendwas davon für ihren Blog gebrauchen können.

Oder Georg alles mailen, dachte sie, damit er sieht, wen er gefeuert hat.

Die Blüte der Blaubeeren begann erst im Mai, trotzdem, so versicherte Wölper, war immer jede Menge auf dem Hof zu tun. Die Geräte wurden alle generalüberholt, Inventur wurde gemacht und natürlich war im Büro viel zu koordinieren. Denn schon im Frühjahr gingen die Anmeldungen der großen Reiseunternehmen ein, für Kaffeefahrten zum »Bickbeeren-selber-Pflücken«. Interessiert fragte Tessa nach den Gerätschaften, die für die Ernte eingesetzt wurden.

Wölper lachte und zeigte ihr seine Hände. »Sie brauchen nur diese hier.«

»Sie ernten noch per Hand?«

Er nickte und schob sie sanft in Richtung Lagerhalle. »Früher kam bei uns ein sogenannter Blaubeerkamm zum Einsatz. Sah so ähnlich aus wie eine Mehlschütte. Nur dass vorne eben ein Kamm dran war. Oft aus Holz. Und die Beeren sind hinten reingekullert. Aber man reißt damit auch unreife Beeren ab. Außerdem werden die Pflanzen verletzt. Wir setzen da lieber wieder auf die Qualität der Handarbeit.«

Ganz entspannt schlenderte er neben ihr her, die Hände in den Hosentaschen, während Tessa eifrig in jede Richtung fotografierte. Das war eigentlich nicht ihre Art, normalerweise wusste sie genau, welches Motiv sie suchte, und rückte und dirigierte so lange herum, bis sie ein perfektes Bild im Kasten hatte. Aber jetzt wollte sie so viel wie möglich dokumentieren und hoffte, durch den Sucher endlich Rolf zu finden. Wen sie jedoch erwischte, war Riedel, der hinter einem Pick-up hervorkam. Der Wagen war vor der Halle geparkt worden, und nachdem Riedel getan hatte, als prüfe er die Abdeckung der Ladefläche, eilte er nun zu den Mitarbeiterparkplätzen. Tessa schoss ein Bild.

»Was macht der denn noch hier?«, wunderte sich Wölper. »Der hat doch längst Feierabend.«

»Ist der von hier?«

»Riedel?« Wölper winkte ab. »Der hat schon als Junge hier gearbeitet. Ist jetzt schon … Warten Sie …« Er zählte an den Fingern ab. »Gute zwölf Jahre hier.«

»Dann kennt er alle Höhen und Tiefen des Hofs.«

Wölper nickte. »Aber der Hellste ist er nicht. Na ja. Man ist froh, wenn die Burschen jedenfalls anpacken. Fürs Köpfchen sind ja Rolf und ich zuständig. Kommen Sie.«

Das Rolltor dröhnte laut und blechern, als Wölper es öffnete. »Das hier ist unser größtes Lager.«

»Aha.« Ihr Desinteresse an der modernen Halle, in der sich einige Hochregale sowie eine lange Packstraße befanden, war nicht zu überhören.

Wölper lachte. »Na ja, das Geschäft mit den dicken Blauen hat nicht nur Landromantik zu bieten, wissen Sie.«

»Ich seh schon.«

Während sie Riedel vom Hof fahren hörte, knipste sie alibimäßig ein Bild von den Hochregalen, in denen einige Kartons und Kisten lagerten, und von dem überlangen Tisch, neben dem sich Unmengen von Verpackungsmaterial stapelte.

»Sie verschicken die Beeren?«

»Nein. Das wäre keine gute Sache für die Früchte. Wir liefern nur an die umliegende Gastronomie und sind auf einem örtlichen Wochenmarkt. Aber unsere Blaubeerprodukte, die liefern wir überall hin. Sieben Tage die Woche. Na ja, beinahe. Das ist unser Hauptgeschäft, die Blaubeerprodukte. Und die lagern hier.«

»Aha. Und was sind das für Köstlichkeiten?«

Er ging zu einem der Regale und lugte in einen Karton, der im unteren Fach stand. »Hm. Ausverkauft. Wissen Sie was, Sie wollen doch eh lieber den Laden sehen. Dort kann ich Ihnen die ganze Palette zeigen.«

»Sehr gerne. Und dann erzählen Sie mir noch etwas von der Geschichte des Hofs, ja? War es schon immer ein Familienunternehmen?«

Sie wollte ihm gerade wieder ins Freie folgen, als ihr Blick an einer Art Garderobe hängenblieb. Für eine Sekunde setzte ihr Herzschlag aus. Das Bild von Anna blitzte vor ihr auf. Wasser troff von dem Leichnam. Tropfte aus der alten, abgetragenen Schürze. Blaue Knospen an kleinen Zweigen. Es waren keine Knospen. Es war das gleiche Muster wie bei dem Dutzend Schürzen, die hier aufgereiht an der Wand hingen. Blaubeerzweiglein. Hastig schoss sie Fotos von den Schürzen. Sie waren für die Arbeiter, die hier Waren verpackten.

Wieso hatte Anna eine solche Schürze getragen?

Hatte sie hier an diesem Tisch gestanden, als der Schlag sie traf?

Wahrscheinlich hatte Jana deswegen keine Spuren in Annas Küche gefunden.

»Frau Eichhorn?« Peter Wölper fasste sie am Arm. »Kommen Sie?«

»Oh, ja, natürlich.« Ihre Wangen waren vor Aufregung ganz rot, sie fühlten sich heiß an. Wahrscheinlich hatte sie soeben den Tatort entdeckt. Anna Schwanbeck war auf dem Bickbeerenhof ermordet worden.

»Geht es Ihnen gut?« Er war stehen geblieben und hatte sich zu ihr gebeugt.

»Wie?« Sie versuchte, sich auf sein Gesicht zu konzentrieren. Seine dunklen Augen musterten sie, versuchten zu ergründen, was sie dachte.

»Alles gut.« Sie brachte ein mattes Lächeln zustande. »Aber wir waren gerade bei einer spannenden Frage: Wie ist die Geschichte des Hofs?«

»Kommen Sie«, sagte er leise und führte sie am Arm zum Laden hinüber. »Anna, die verstorbene Frau meines Partners, hat uns sehr unterstützt. Auch nach der Scheidung. Obwohl sie ja *nur* angeheiratet war. Ich glaube, sie hat den Hof und vor allem die Bickbeeren sehr geliebt.«

»Dann ist der Hof schon immer ein Familienbetrieb gewesen?«

»Soweit ich weiß, ja. Ich bin der Erste, der mit der Familie Schwanbeck nicht familiär verbunden ist.« Er lachte. »Aber Blaubeeren, die gibt es hier erst seit den sechziger Jahren. Rolfs Vater hatte damals die außergewöhnliche Idee. Nach und nach ist dann der Bestand gewachsen. Der moorige Boden hier ist ideal für die Pflanzen.«

Er hielt ihr die Tür zum Hofladen auf. Sie schlüpfte an ihm vorbei in die Kühle des Fachwerkhauses. Der Laden war nicht sehr groß, aber vollgepackt mit allerlei Köstlichkeiten. Eine Kühltheke bot Käse und Wurst aus der Region. Frische Eier, Obst und Gemüse waren ebenso erhältlich wie herrlich duftendes Brot. »Aus dem Steinbackofen«, wie Wölper erläuterte.

Eine junge Frau war gerade dabei, die verderblichen Waren einzupacken, und nickte Tessa neugierig zu.

»Michi?«, wandte sich Wölper an die Verkäuferin.

»Ja, Herr Wölper?«

»Kannst du bitte Frau Eichhorn einen kleinen Korb packen. Mit ein paar Proben von unseren Produkten. Sie schreibt einen Artikel über uns in LandChic.«

Die Frau nickte und verschwand in einem kleinen Lagerraum hinter dem Verkaufstresen.

»Oh, das ist aber nett. Wäre doch nicht nötig gewesen, Herr Wölper.« Tessa lief schon bei dem Gedanken an ein Brötchen mit Blaubeermarmelade das Wasser im Mund zusammen.

»Sie müssen die Sachen doch probiert haben, wenn Sie über uns schreiben.«

»Na gut. So lecker, wie das alles aussieht, wird es ein Vergnügen sein.« Sie stand vor einem altmodischen Regal und las die Etiketten der Gläser. Heidelbeerchutney, Blaubeerkonfitüre, Blaubeermousse. Blaubeersäfte und Bickbeerenweine sowie Blaubeerhonig. Alles in reizende Töpfchen und Gläschen verpackt, ganz nach Omas Art mit Stoffdeckelchen verziert.

»Oh, das werden unsere Leser lieben.« Mit geübter Hand stellte Tessa ein kleines Sortiment zusammen und platzierte es in einem der Stallfenster des Ladens. Das späte Sonnenlicht setzte einen warmen Glanz auf die Flaschen und Gläser. Klick. Perfekt. Georg wäre begeistert gewesen.

Wölper stand zufrieden dabei und beobachtete alles. »Man merkt, dass Sie das öfter machen.«

Verwirrt sah Tessa auf. Das Foto war Routine. In Gedanken war sie bei Anna und Abigail. Und Rolf. Um den sich die Schlinge enger zog, wenn Anna tatsächlich auf seinem Hof gestorben war … »Oh!« Sie lachte gezwungen. »Na ja. Sie wissen ja, ein gutes Bild verkauft mehr als tausend Worte. Nicht wahr?« Sie sah sich noch mal im Laden um. Die junge Frau kam mit einem Weidenkorb zurück, den sie Tessa gab.

»Vielen Dank.« Hübsch drapiert fand sich von jedem Produkt ein Exemplar darin. »Sie wissen aber auch, wie man Sachen verkauft. Das sieht sehr einladend aus.«

Tessa trat nach draußen und arrangierte ihn bei einem Milchkannen-Ensemble. Ganz Profi, kontrollierte sie das Foto auf dem Display ihrer Kamera.

Neugierig lugte er über ihre Schulter. »Nicht schlecht. Da möchte ich aber einen Abzug … Ich meine die Datei haben.«

»Bekommen Sie. Aber noch besser kommt es übrigens an, wenn man die Menschen zeigt. Ich weiß«, kam sie seinen Bedenken schnell zuvor, »es ist wirklich nicht günstig. Aber vielleicht ein Foto? Sie und ihr Partner?«

Sie musste unbedingt Rolf zu fassen bekommen. Wenn dieser Kettel erfuhr, dass die Schürze vom Hof stammte, würde er Rolf doch gleich festnehmen und zur Kripo in die Stadt bringen.

»Sie gefallen mir.« Wölper lachte freundlich. »Immer das Auge auf dem bestmöglichen Geschäft. Wie gesagt, Rolf ist ziemlich angeschlagen, das müssen Sie verstehen und … Ach, was soll's, wir versuchen einfach mal unser Glück. Vielleicht bringt ihn das auf andere Gedanken.«

»Ich habe gehört, dass Ihr Geschäftspartner schon lange geschieden ist.«

»Ach, Sie meinen, warum er noch so viel trauert?« Wölper hielt kurz inne und schien seine Antwort abzuwägen. »Der Hof ist ihm wichtig. Sehr wichtig. Sein Vater hatte ihn damals vernachlässigt, und es stand nicht gut um die Blaubeeren. Er und Anna haben alles dafür getan, dass der Hof das ist, was er heute ist. Alles.« Er sah zum Stall hinüber. »Aber ich denke, Rolf ist sentimental. Er ist ein Romantiker. Und die Trennung von Anna, die hat er nie überwunden.«

»Gab es denn viel Streit? Keine Angst, das werde ich nicht schreiben.«

Wölper nickte. »Ich weiß nicht, was die beiden letztlich auseinandergebracht hat. Aber sie kamen nicht mehr miteinander klar. Vielleicht ist das einfach manchmal so im Leben.« Er klopfte an das Tor des Stalls und wartete kurz. »Rolf? Frau Eichhorn von der LandChic ist da. Hast du kurz Zeit?«

Niemand antwortete.

»Wahrscheinlich ist er wieder bei seinem ollen Trecker und will nichts hören. Ich schmeiß ja gerne den Laden hier. Anna hätte aber sicher nicht gewollt, dass er alles liegen lässt.« Mit einem Ruck schob er das Tor auf.

Es war dunkel in der Remise. Ganz vorne stand der Schmalspurtrecker, doch von Rolf fehlte jede Spur.

Tessa schulterte ihre Tasche. »Rufen Sie mich doch einfach an, wenn …«

»Rolf!«, schrie Wölper, und die panische Angst in seiner Stimme überraschte Tessa. Wölper stürzte in den Stall, in die schummrige Dunkelheit. Zuerst verstand sie nicht, was sie sah, so als sei es eine optische Täuschung, ein befremdendes Schattenspiel …

Hinten, in der staubigen Dämmrigkeit, standen Füße in der Luft. Wie ein Schlag vor die Brust raubte ihr das Bild den Atem.

»Hilfe!«, brüllte er. »Helfen Sie mir!«

Sie ließ sofort die Tasche fallen, rannte zu Wölper, war aber wie gelähmt. Hilflos stand sie da. Wölper versuchte, Rolf zu halten. Er versuchte, den Mann nach oben zu drücken, damit der Strick nicht so straff zuzog.

Rolf hatte ihn am Heuboden festgezurrt.

»Helfen Sie mir doch! Los doch!«

Endlich umklammerte auch Tessa Rolfs Beine.

33

Ihr Kopf schmerzte. Sie fühlte sich elend.
Kaffee!

Momentan war dies der einzige Gedanke, der Tessa Kraft gab. Als sie dann allerdings in der Küche auf den verkalkten Wasserkocher und das Instantkaffeepulver blickte, wollten ihr glatt die Tränen kommen.

»Willst du dir nicht lieber etwas anziehen?«

Mit verquollenen Augen musterte Tessa ihre Schwester. Natürlich war die schon gestriegelt und gespornt. Allerdings hatte Jana weder die Nacht auf einem harten, schmalen Sofa verbracht, noch sich mit den quälenden Bildern von Toten herumschlagen müssen, die – egal wohin Tessa in ihrem Traum gestolpert war – überall herabbaumelten oder vorüberschwammen.

»Zu viele Tote hier bei dir«, murmelte Tessa. »Eindeutig.« Sie tapste wieder Richtung Sofa. Irgendwo dort mussten ihre Anziehsachen liegen.

Der Abend war ein einziger Alptraum gewesen. Zusammen mit Peter Wölper hatte sie die Beine von Rolf umklammert, so lange, bis Martin mit Blaulicht und Vollbremsung, mit Feuerwehr und Notarzt vor dem Stall gehalten hatte.

Während Peter Wölper wie ein Wasserfall erklärte und mutmaßte, war es für Tessa unmöglich, auch nur ein Wort zu sagen. Sie fühlte sich wie in einem gläsernen Sarg – sah und hörte alles, fühlte jedoch nichts.

Müde ließ Tessa sich aufs Sofa fallen und vergrub den Kopf in den Händen.

»Tee ist gleich so weit.«

Tessa nickte bloß.

Kaffee, dachte sie noch einmal, bitte. Sie zog die Flasche Martini unter einem Kissen hervor und hielt sie gegen das Licht. Irgendwo musste noch die Packung Orangensaft liegen.

»Mit Alkohol löst man keine Probleme.« Jana schob Tessas Strümpfe mit dem Tablett vom Sofatisch und sah sie missbilligend an.

»Mit Tee auch nicht! Jana! Du wirst doch jetzt keinen auf Mama machen, oder? Ich bin zweiunddreißig. Ich darf das. Besonders nach so einem erstklassigen Abend!« Sie ließ den Martini hinters Sofa kullern und widersetzte sich trotzig dem strafenden Blick ihrer Schwester.

»Kaltes Wasser hilft. Soll ich Gitti anrufen?«

Grummelnd erhob sich Tessa und schlurfte in den ersten Stock ins Bad. »Aber nicht weggehen, Jana. Ich hab was entdeckt.«

Mehr als ich wollte, dachte sie, drehte die Dusche auf und hielt ihren Kopf unter das kalte Wasser. Ihre Sicht wurde klarer. Die Gedanken ebenso.

Gewaschen und gekämmt, nach zwei Aspirin und einem Rührei, das Jana für sie gebraten hatte, fühlte sich Tessa schon frischer. Aus ihrem Pyjama mit der knappen Shorts hatte sie es jedoch noch immer nicht geschafft. Mit angezogenen Knien saß sie auf dem Sofa und rührte ihren entsetzlichen Instantkaffee um. Inzwischen hatte sie Jana von den Schürzen im Packraum erzählt, doch ihre Gedanken kehrten immer wieder zum Stall zurück. Was, wenn Wölper das Tor nicht geöffnet hätte? Was, wenn …?

»Wenn ich gleich darauf bestanden hätte, dass wir zu Rolf gehen, dann …«

»Hast du aber nicht.« Jana legte ihre Hand auf Tessas. »Solche Gedanken machen es nur schlimmer. Es ist, wie es ist. Weder du noch Wölper hätten es verhindern können.«

Tessa presste die Lippen aufeinander. Sie wusste, dass ihre Schwester recht hatte. Wer weiß, wie lange Rolf schon … Sie schüttelte sich. »Wieso hat er das getan?«

»Darüber können wir nur mutmaßen.« Jana lehnte sich im Sessel zurück. »Depressionen hatte er meines Wissens nicht. Aber es muss etwas gegeben haben, das das Leben für ihn sinnlos erscheinen ließ.«

»Anna.« Tessa empfand es als sehr beruhigend, fast schon meditativ, der Milch zuzusehen, wie sie Wölkchen in ihrem Becher bildete. Es brauchte nur ein leichtes Schwenken der Tasse und die Schwaden lösten sich auf.

Ihr Blick fiel auf ihr Laptop, das zwischen ihren Füßen unter dem Sofa hervorlugte.

»Hast du heute Nacht etwas gehört?«, wechselte sie das Thema.

»Was denn?«

Wenn sie wacher gewesen wäre, hätte sie Jana wohl unterstellt, einer Antwort bewusst auszuweichen. Sie zog ihr Laptop hervor und klappte es auf. »Mal sehen, ob der nächtliche Besucher wieder bei Lassie war.« Sie öffnete den Bilderordner, in den die Kamera ihre Fotos übertrug. Es dauerte ziemlich lange. »Das Internet gibt's hier auch nur in kleinen Tüten … Landleben pur … He! Da sind zehn Fotos!« Sie öffnete alle gleichzeitig.

Neugierig beugte sich Jana zu ihr.

Auf dem ersten Bild war lediglich Lassie zu sehen, aschfahl im Blitzlicht. Das zweite zeigte einen unscharfen Schatten, der das halbe Bild verdeckte. Tessa klickte das dritte an.

»Holla, dein nächtlicher Besucher hat deine Kamera umgeworfen.«

Tatsächlich war das Bild fast auf Augenhöhe von Lassie aufgenommen. Die Schwestern legten unwillkürlich den Kopf schief, bevor Tessa einfach das Laptop kippte.

»Was ist das?« Tessa spürte, wie ihr die Gänsehaut den Nacken hochkroch.

Ein langgestreckter Schatten hing über Lassie, die aufgeregt mit den Flügeln schlug.

Eilig klickte Tessa die Bilder durch. Anscheinend war der Schatten zu Lassie hineingelangt. Beim letzten Foto stockte ihr der Atem. Ganz nah vor der Kamera hockte ein Tier. Es war ein Marder. Er trug Lassie im Maul. Und … Und Tessa hätte schwören können, dass er ihr zuzwinkerte.

»O mein Gott!« Mit einem spitzen Schrei sprang Tessa auf und rannte über die Veranda zum Hühnerstall.

Im Hasendraht klaffte ein Loch, er war durchgenagt und regelrecht nach außen gerissen worden. Drinnen offenbarte sich ein Schlachtfeld. Der Boden war mit Lassies rotbraunen Federn übersät.

»Es tut mir leid.« Jana stand in ihre schlabbrige Strickjacke gehüllt und mit einer Tasse Tee in der Hand am Fuß der Terrasse.

Tessa starrte stumm auf den Ort des feigen Mords.

»Wir hatten schon etliche Hühner. Der Marder holt sich ab und an eben eins.« Jana legte ihr einen Arm um die Schulter. »Wenn er nicht reinkommt, fällt auch gerne das ein oder andere vor Angst tot um. Wir sind hier eben auf dem Land.«

»Ja, stimmt, hier fällt so mancher tot um«, Tessa lachte bitter. »Ist mir jetzt auch so langsam klar.«

Janas Blick hätte nicht böser sein können.

»Okay. 'tschuldigung«, maulte Tessa und stapfte zurück zum Wintergarten. »Du hast aber auch nicht ewig die Füße eines Toten gehalten. Ich hab nicht umsonst bei LandChic angefangen und nicht bei PathologieChic.«

Brummelnd warf sie sich aufs Sofa, sah das Bild des zwinkernden Marders und klappte das Laptop zu. »Verdammt! Dieses Mistvieh hat meine Lassie gefressen. Was ist los mit euch hier? Was – was mach ich denn jetzt?«

Da klingelte es an der Haustür.

»Ist offen!«, brüllte Tessa sauer.

»Du bist noch halb nackt«, stellte Jana pikiert fest.

»Ist das mein Problem?«

Jana brummte etwas Unverständliches, ging dem Besuch entgegen, während Tessa auf dem Sofa hocken blieb.

»Kuckuck!« Martin steckte seinen Kopf zur Küchentür rein. »Ich hab was mitgebracht.«

Tessa war sofort auf den Beinen. Sie schob den Präsentkorb von Wölper zur Seite, damit Martin seinen Korb daneben stellen konnte. Er war mit Einmachgläsern gefüllt.

»Was ist das?« Tessa machte einen langen Hals, um in den Korb zu gucken.

»Oh – äh – also«, stotterte Martin und starrte sie an.

»Schoko?« Gierig hatte sie sich eines der Gläser gegriffen und angelte einen Löffel aus der Besteckschublade.

Martin stotterte weiter, und erst als Jana sich räusperte, sah Tessa auf. Sie hatte schon die Klammern des Glases gelöst und wollte gerade den Deckel öffnen. Puterrot stand Martin vor ihr und starrte auf ihre nackten Beine. Grummelnd stellte Tessa das Glas weg. »Martin, du brauchst 'ne Freundin. Was machst du eigentlich, wenn die Mädels hier in zwei Monaten zum Baden gehen?«, maulte sie und ging zum Sofa zurück, um sich eine Hose überzustreifen.

»Ich, äh, das ist was anderes. Irgendwie …«

»Wann hast du das denn nun wieder gebacken?«, schimpfte Jana scherzhaft, um Martin aus der peinlichen Situation zu holen.

»Also, das ist Schoko mit Zucchini. Schön saftig. Und eine Handvoll Pistazien. Hab ich gestern Nacht noch fix in den Ofen. Ich kann besser denken, wenn ich backe.«

Tessa kam barfuß, doch nun immerhin in Jeans, in die Küche. Sie hob den Deckel vom Glas und sog das Aroma ein. Wie eine Wolke kam es ihr entgegen und überschüttete sie mit Glückshormonen. »Das riecht fantastisch.« Seufzend stach sie ein Stück des Schokokuchens ab. Es zerfloss regelrecht auf ihrer Zunge. »Ich glaube, ich glaube … Vergiss das mit der Freundin! *Ich* heirate dich, Martin!«

»W-w-w-was?«, stotterte der und sah hilfesuchend zu Jana, die aber bloß einen tadelnden Blick für Tessa hatte. »W-w-w-was? D-d-das war wieder sarkastisch, oder?«

»Nein, das war einfach nur *begeistert*. Einfach nur begeistert.« Tessa schenkte ihm ein magisches Strahlen.

»Na ja, danke. Es ist … Es ist nicht der Rede wert. Ich – ich heirate dich auch, wenn du … wenn du willst.«

»Äh, das verschieben wir noch mal, okay?« Sie zwinkerte ihm zu.

»Äh ja, okay.« Er nickte erleichtert. Dann fuhr er fort: »Aber ich zähl trotzdem auf dich. Also auf dich und Frau Doktor Hinrichs. Auf euch beide also.«

»Wie meinst du das?« Skeptisch beäugte Jana eines der Einmachgläser. Anscheinend war ihr die Methode, Kuchen im Glas zu backen, neu. Und der Kombination Schokolade und Zucchini misstraute sie ebenfalls.

»Na ja, ihr wisst ja, dass Rolf …« Er fuhr sich mit dem Finger quer über den Hals und streckte die Zunge raus.

»Martin!«, tadelte ihn Jana sogleich.

»Entschuldigen Sie, Frau Doktor Hinrichs.« Für einen Augenblick wirkte der Dorfpolizist wieder wie ein Schuljunge, der von seiner Lehrerin bei einem Streich erwischt wurde. Er räusperte sich. »Also, Rolf hat die Morde begangen, sagt Kettel. Es ist nun also alles geklärt – sagt Kettel.«

»Rolf?«, fragten Tessa und Jana zugleich.

»Wir dachten, Nils.«

Martin winkte ab. »Der ist wieder hier. Er hat ein Alibi. Das Schrot passt allerdings vom Kaliber zu Susannes Flinte. Aber Kettel denkt, es war Rolf.«

»Rolf«, stieß Jana missmutig aus. »Dieser Kommissar macht es sich wirklich einfach. Hat er jemals nach anderen Verdächtigen gesucht?«

»Er verhört Susanne.«

»Nein.« Ungläubig schüttelte Jana den Kopf.

»Gab es denn einen Brief?«, wollte Tessa wissen.

»Einen Brief? Von Rolf? Nein. Wieso?«

»Ihr habt keinen Abschiedsbrief bei ihm gefunden?«, hakte Tessa nach.

»Die Tat ist doch Beweis genug für seine Schuld. Das meint jedenfalls Kettel. Fall gelöst.«

Tessa steckte den Löffel in den restlichen Kuchen und stellte ihn beiseite. »Das ist nicht sein Ernst, oder?« Ärgerlich musterte sie den jungen Mann.

»Also, ich glaube nicht, dass das … also, dass das sarkastisch gemeint war. Ach ja. Außerdem habe ich die Handtasche der Engländerin bei Rolf gefunden.«

Das überraschte Tessa und Jana. Dass es eine Handasche geben musste, war klar. Abigail war nicht ohne Ausweis und Geldbeutel unterwegs gewesen. Sie hatte sie garantiert dabei, als sie erschossen wurde. Tessa war jedoch der Überzeugung gewesen, der Mörder hatte die Tasche weggeworfen, irgendwie vernichtet. Schon allein um Abigails Identität zu verschleiern. »Wo war die Tasche?«

»Unter seinem Bett.«

Jana zog die Augenbrauen hoch. »Unter Rolfs Bett?« Welcher anständige Mörder behielt so ein Beweisstück? Warum hatte er das Ding nicht verschwinden lassen?

»Er hat sie unter das Bettzeug in so eine Box gestopft, die man drunterschieben kann.«

»Dann erzähl uns doch mal, was passiert ist, Martin«, forderte Jana den jungen Polizisten auf. »Ich meine, was laut Kettels Theorie passiert ist.«

»Also …« Martin zückte seinen Block und schlug nach. »Also, Rolf hat die Schuldgefühle nicht mehr ertragen. Zwei Morde lasten auf seinem Gewissen.« Als Tessa ansetzte, ihm zu widersprechen, hob er die Hand. »Sekunde. Die Handtasche von der Engländerin war unter seinem Bett versteckt. Und außerdem hat Kommissar Kettel das hier von der Bank.« Er fummelte einen Zettel aus seiner Jackentasche und schob ihn neben Tessas halb leer gegessenes Glas. Bevor sie zugreifen konnte, hatte Jana ihn schon.

»Nicht zu fassen«, murmelte sie und gab ihn an Tessa zurück. »Ich versteh das nicht.«

Es war ein Auszahlungsbeleg über 30.000 Euro in bar an Herrn Rolf Schwanbeck vom Montag letzter Woche.

»Die Füllung des Teddy-Bären. Zwei Tage vor Abigails Tod«, stellte Jana bestürzt fest.

»Warum zum Teufel hätte Rolf Abigail das Geld geben sollen?« Etwas verklumpte sich in Tessas Magen. Auch sie ahnte, dass etwas nicht stimmte.

»Hab ich ihn falsch eingeschätzt?«, wollte Jana wissen.

»Was meinst du?«

»Rolf hatte doch keine Affäre mit seinem 18-jährigen Au-pair? Ich meine, er schwängert sie und …«

»… und kurz danach lässt sich Anna Schwanbeck von Rolf scheiden. Es ist eigentlich schon sehr schlüssig.«

»Sagt nicht«, bat Martin, »dass der Kettel recht hat.«

Tessa knurrte. Sie konnte nicht widersprechen, doch ihr erschien das alles zu glatt.

Auch Jana schüttelte kaum merklich den Kopf. Nachdenklich ruhte ihr Blick auf dem Präsentkorb des Blaubeerhofs.

»Ich denke, es ist alles zu einfach. Das habt ihr doch gesagt«, meinte Martin.

»Rolf kann uns nicht mehr die Wahrheit verraten. Aber was ist, wenn das Kind von ihm ist? Er hat eine Affäre mit dem Kindermädchen, der Klassiker. Abigail wird schwanger, reist ab. Seine Ehe geht drauf. Und jetzt kommt sie wieder und …«

»Und will Geld von ihm«, spann Jana den Faden weiter. »Anna erfährt von Abigails Forderungen, es kommt zum Streit mit Anna, die er im Affekt erschlägt. Er liebt sie eigentlich noch immer, aber nun ist sie tot. Und schuld daran, so sieht er es, ist Abigail, die nach zehn Jahren wieder aufkreuzt.«

»Und er hat ihr das Geld gegeben. Er bringt sie um. Kann jedoch mit der Schuld nicht leben und begeht Selbstmord. Das klingt sehr schlüssig.«

»Also wenn die Schürze nicht aus der Küche kommt, sondern vom Hof … Was, wenn Anna gerade auf dem Hof ausgeholfen und Ware für eine Lieferung verpackt hat …« Jana zog den Korb mit den Blaubeerköstlichkeiten näher zu sich. »Wahrscheinlich, sie hat das öfter gemacht. Sie und Rolf verband noch etwas. Er hat aus ihrem Haus Erinnerungsstücke mitgenommen. Er hat aufrichtig getrauert.«

Jana wog eines der Gläser aus dem Präsentkorb in der Hand. Mit einem Mal verschwanden die Falten auf ihrer Stirn, und sie lächelte selig. Tessa kannte dieses Lächeln mittlerweile. »Was ist los? Hast du eine Idee?«

Immer noch grinsend hielt sie Tessa und Martin das Glas hin. In ihren Augen funkelte es. »Ja. Und ob«, sagte sie und schnappte sich unvermittelt ihre Jacke. »Zieh zu, wenn du gehst«, rief sie Martin zu.

»Was …? Mensch, Jana! Was ist denn?« Tessa hatte noch immer nicht verstanden.

Als könnte sie damit alles erklären, warf Jana ihr das Glas Blaubeermarmelade zu. »Komm. Ich muss was prüfen.«

Apfel-Zucchini-Schokokuchen im Glas

Zutaten für 6 Weck-Gläser à 250 ml Inhalt:

200 g Mehl
1/2 Päckchen Backpulver
1/2 TL Natron
3 Eier (M)
180 g brauner Zucker
100 ml Sonnenblumenöl
100 g Granny-Smith-Äpfel
100 g Zucchini
50 g Zartbitterschokolade
2 EL Kakaopulver
1 Handvoll gehackte Pistazien
1 Prise Salz

Zubereitung:

Schritt 1: Den Backofen auf 180 Grad Umluft vorheizen. 6 Weck-Sturzgläser mit 250 ml Inhalt einfetten und mit Mehl ausstreuen. Das überschüssige Mehl abschütteln. Achtet darauf, dass der Rand der Gläser sauber bleibt. Die Dichtungsringe der Weck-Gläser in einen Topf mit heißem Wasser legen.

Schritt 2: Die Äpfel grob raspeln, die Zucchini fein raspeln, die Zartbitterschokolade fein hacken. Das Mehl mit Backpulver und Natron mischen.

Schritt 3: Eier, Zucker und Öl in einer großen Schüssel mit dem Handrührgerät aufschlagen.

Schritt 4: Mit einem Holzkochlöffel mit Loch die restlichen Zutaten vorsichtig unterrühren. Die Zutaten müssen nicht komplett vermischt sein, der Teig darf ruhig etwas »klumpig« aussehen.

Schritt 5: Den Teig in die Weck-Gläser füllen, dabei darauf achten, dass sie nicht mehr als 2/3 gefüllt sind. Die Gläser auf ein Backblech stellen, die Glasdeckel der Gläser mit aufs Blech legen und 25-30 Minuten im vorgeheizten Backofen backen.

Schritt 6: Die Gläser mit einem Backhandschuh aus dem Ofen holen (Achtung: sehr heiß!!) und auf ein Holzbrett stellen. Die Gummiringe aus dem heißen Wasser holen, mit Küchenpapier abtupfen und vorsichtig auf den Rand der Gläser legen. Diese sofort mit den heißen Deckeln verschließen. Kühl und lichtgeschützt sind die Kuchen so bis zu 3 Monate haltbar.

34

Vom Dach wucherten Moos und Grünspan hinab in den Putz und troffen in schwarzen Streifen die Hauswand hinunter, wie Tränen das Mascara von Witwen zerrinnen lassen.

Ängstlich beugte sich Fabian vor und musterte das hässliche Gebäude, bevor er nervös an seinem Vollbart herumnestelte. »Ich … Also … ich hab mir ihr telefoniert«, begann er zögerlich. »Das müsste also kein Problem sein, mein ich. Wenn ihr da einfach so anklopft und nach ihr fragt.«

Jana und Tessa beugten sich im Landrover nach hinten und musterten den jungen Arzt. »Moment mal, du hast doch vorhin gesagt, dass deine liebe Freundin damit eben doch Probleme haben könnte.«

»Ja«, warf Tessa ein. »Und du wolltest extra mitkommen, um diese Beatrix persönlich zu überzeugen.«

Fabian schluckte. »Also ich … ähm, ich weiß, was ich gesagt habe. Aber … Also meine Ex, die Trixi, das ist so eine Sache … Ich … Ich fürchte … also ich fürchte, ihr müsst das doch allein durchziehen. Tut mir leid.«

»Du kommst den ganzen Weg nach Hamburg mit, und jetzt hast du Schiss vor deiner Ex?«, fuhr Tessa ihn an.

Jana legte ihr beruhigend die Hand auf die Schulter. »Ich glaube, es liegt nicht an der Ex.«

»Nee, an Beatrix liegt's nicht. Aber an … an ihrem Beruf.«

Tessa und Jana sahen noch einmal hinaus. Der Schriftzug »Institut für Rechtsmedizin« prangte an dem schmucklosen Betonbau.

»Ich meine, wir haben beide zusammen studiert. An der Medizinischen Hochschule. Aber …«

Jana verzog mitfühlend das Gesicht. »Aber sie musste ausgerechnet in die Rechtsmedizin gehen«, meinte sie seufzend.

»Ich hasse Leichen. Ich meine, wie sagt man, wenn man einen Raucher küsst?«

»Er schmeckt nach Aschenbecher …?«, fragte Tessa.

»Küsst ihr mal eine, die den ganzen Tag in der Forensik …« Fabian musste würgen, woraufhin sich Jana sofort zu Tessa beugte und einen Keks aus dem Handschuhfach holte. »Hier. Langsam kauen.«

Tessa verdrehte die Augen. »Das heißt, Fabian, du traust dich jetzt doch nicht?«

Erst nickte Fabian, dann schüttelte er den Kopf. Aber so oder so war klar, was er antworten wollte. »Ich dachte, ich kann. Nun weiß ich, ich kann nicht.«

Ohne ein weiteres Wort stieg Tessa aus und warf die Tür zu.

»Wo finden wir sie?«

»Fragt einfach am Empfang.« Fabian lächelte schüchtern.

Bevor auch Jana zum Institut hinüberging, schenkte sie ihm noch ein aufbauendes Lächeln. »Vielleicht solltest du dich deinen Ängsten einfach stellen. Ansonsten – da sind noch mehr Kekse.«

Wenig später warteten sie an einem mit Luftschlangen und Ballons geschmückten Tresen auf Fabians Ex-Freundin, die Gerichtsmedizinerin Beatrix Van Bijert.

Während Tessa die Luftballons arrangierte und für die Kamera hübsch in Kontrast zur sonst extrem grau-tristen Beton- und Edelstahl-Einrichtung brachte, sah sich Jana ein wenig um. Das gerichtsmedizinische Institut war ein einstöckiger Flachbau aus den Siebzigern und versprühte den Charme eines zerquetschten Igels. Eine Tür wurde geöffnet, und Lachen drang zu ihnen.

Die beiden Schwestern erwarteten wegen ihres Nachnamens eine kühle, blonde Holländerin, aber eine gemütliche 30-Jährige mit Rastalocken und Sommersprossen trat auf sie zu. In ihre Mähne hatte sie einen winzigen Papierhut gesteckt, und aus ihrer Kitteltasche ragte eine übergroße Pferdespritze.

»Oh«, meinte Jana. »Kinderbesuch?«

Die Frau lachte einnehmend. »Nein, nein.« Sie tastete nach ihrem Hütchen. »Ein runder Geburtstag. Mein Kollege. Wir haben nur gerade angestoßen.«

»Nett«, war Tessas einziger Kommentar. Sie konnte es nicht lassen, noch ein Bild zu schießen.

»Beatrix Van Bijert, und Sie müssen die beiden Hinrichs-Schwestern sein.«

Während Jana nickte, druckste Tessa herum. »So ungefähr. Zur Hälfte. Sie ist Hinrichs, ich bin nur eine Eichhorn.«

»Ja, stimmt. Fabian hat etwas von einer komplizierten Immobiliengeschichte erzählt.«

»Hoffentlich hat er auch erzählt, weswegen wir hier sind«, warf Jana ein.

»Es geht um Abigail Morton und Anna Schwanbeck?«

Die beiden nickten.

»Hat er gesagt. Aber hören Sie, so gern ich den Fabian habe, aber das … also das geht nicht. Ich hab schon am Telefon versucht, ihm das klarzumachen. Es handelt sich ja um ein laufendes Verfahren.«

»Sekunde«, meinte Tessa. »Zu uns sagte er bloß, dass sie eine großartige Ärztin seien, deren ungemein gutes Renommee sicher einen vertraulichen Blick in die Akten zuließe.«

»Oder auf Anna Schwanbeck«, wandte Jana charmant ein.

Geschmeichelt errötete Beatrix leicht. »Das ist nett, dass sie das so sagen. Es ist aber so, normalerweise dürfen wir keine Einsicht in die Untersuchung geben, und der Seziersaal ist für Unbefugte tabu.«

»Normalerweise?«, hakte Tessa nach.

»Auch in Ihrem Fall, meine ich.«

»Das heißt, Sie würden gerne«, stellte Tessa fest. »Aber Sie können nicht?«

»Das heißt, ich kann leider keine Ausnahmen machen. Selbst für Fabian oder seine Bekannten nicht. Es tut mir leid. Sie hätten sich den Weg sparen können.«

Jana schob sich an den Tresen vor. »Es geht wirklich um Leben und Tod. Die Kriminalpolizei will die Akte schließen.«

»Ja«, stand Tessa ihr bei. »Aber wir glauben nicht an die Theorie von Kommissar Kettel.«

»Und wenn wir recht haben, dann kommt ein Mörder ungestraft davon. Er lebt in unserem Dorf und …«

»Kettel?«, wollte Beatrix plötzlich wissen. »So ein halber Meter. Hemd mit Stehkragen. Schaut einen nicht an?«

»Ach. Witzig, welch große Schatten so kleine Dinge werfen können«, meinte Tessa und grinste. »Sie hatten wohl auch schon das Vergnügen?«

Prompt drehte sich die Gerichtsmedizinerin um. »Kommen Sie mit. Der Typ ist eine Katastrophe.«

Bereits fünfzehn Minuten später betraten die beiden den Seziersaal. Sie hatten sich Haarnetze übergezogen, Mundschutz auf und waren in Einweg-Overalls geschlüpft, ganz so, wie es Beatrix Van Bijert befohlen hatte.

Am liebsten hätte Tessa sich den Mundschutz über die Augen gezogen, aber sie hielt tapfer durch, selbst als Beatrix die Bahre mit Anna Schwanbeck hereinrollte.

»Wonach suchen Sie genau?«, wollte sie wissen. »Die Obduktion ist für morgen früh vorgesehen.«

»Ich muss etwas überprüfen«, begann Jana und nahm ihr Blaubeerglas zur Hand. »Es dauert nicht lange. Wir sind davon ausgegangen, dass Anna Schwanbeck von einem Linkshänder umgebracht wurde.«

Beatrix nickte. »Ah ja, die Wunde spricht dafür, rechte Schläfenseite.«

»Dachten wir auch. Warten Sie.« Jana zog ihre Handschuhe glatt und strich Anna Schwanbeck vorsichtig das Haar von der Wunde. »Tessa? Kommst du mal bitte?«

Wie in Zeitlupe näherte sich Tessa ihrer Schwester, den Blick nicht auf die Leiche, sondern auf Beatrix' aufmunterndes Lächeln gerichtet.

»Mach schnell, ja«, raunte sie ihrer Schwester zu. »Egal, was du machen willst.«

Behutsam hielt Jana das Glas an Annas Stirn, drehte es etwas, um herauszufinden, wie es zum Abdruck im Schädel passte.

»Sie meinen, die Tatwaffe war Blaubeermarmelade?«, fragte Beatrix schließlich.

»Warum nicht?«, antwortete Jana, und die Pathologin bestätigte: »Von Größe und Form her kommt das Glas sehr gut in

Betracht. Die Wunde sieht tatsächlich wie von einer Flasche oder Ähnlichem aus. Es gibt keine Splitter. Zumindest ist hier oberflächlich nichts zu erkennen.«

»Wenn Anna auf dem Hof gerade solche Gläser verpackte, könnte es doch sein, dass sie damit erschlagen wurde«, sagte Jana. Beatrix ließ sich das Glas reichen und versuchte, den Schlag nachzustellen, aber das Glas passte nicht zur Wunde.

»Tut mir leid.« Sie gab Jana das Glas zurück. »Die Wunde hat einen anderen Winkel. Es war ein stumpfer Gegenstand, aber das Glas …?«

»Tja, Schwesterchen. Gute Idee gewesen. Ich warte draußen.« Tessa drehte sich prompt zum Gehen, als Jana plötzlich zum Schlag ausholte, und es sah so aus, als wollte sie Tessa glatt mit dem Blaubeerglas von hinten einen Scheitel ziehen!

»Ey! Spinnst du!«, schrie Tessa auf und fuhr herum.

»Halt mal still! Komm, dreh dich noch mal um.«

»Was? Was ist denn?«

»Ich bin ganz vorsichtig. Dreh dich noch mal um, los, Hinterkopf zu mir.«

Noch einmal holte Jana aus.

»Bingo«, stellte Beatrix fest.

»Was *bingo?*« Tessa sah die beiden fragend an.

Erneut schob Jana die Haare von der Schläfe der Toten. »Die Wunde ist hinten tiefer als vorne. Und wenn ich das Glas so nehme …«, sie stellte es kurz auf dem Leichentisch ab und griff anders zu, hob es zum Schlag, »dann liegt es hier auf dem Handballen. Damit treffe ich zuerst. An dieser Stelle wirkt die meiste Kraft.«

Beatrix Van Bijert nickte. »Ja, das ist korrekt.« Sie sah auf die Wunde und runzelte die Stirn.

Aber Tessa schüttelte den Kopf. Den Blick auf die Leiche vermeidend, zeigte sie auf den Hinterkopf. »Nicht alles klar. Warum ist der tiefste Punkt hinten?«

Jana grinste, und Beatrix Van Bijert führte aus: »Weil sie nicht von vorne erschlagen wurde.«

»Natürlich. Sie streiten, Anna dreht sich um, will gehen, und da greift der Mörder sich eines der Gläser und schlägt zu.«

Genauso sah Jana das auch. »Von hinten. Genau. Und wir sind immer von einem …«

»… einem Schlag von vorne ausgegangen«, bestätige die Gerichtsmedizinerin und eilte zu ihren Akten. »Ich denke, ich beginne wohl gleich mit der Obduktion.«

Zufrieden deckte Jana den Leichnam wieder zu. »Und wir machen uns auf die Suche. Wir suchen keinen Linkshänder. Wir suchen einen Rechtshänder.«

»Rolf war es also nie und nimmer«, stellte Tessa fest.

Nachdem sich Jana bei Beatrix bedankt und sie zu einem Urlaub am See eingeladen hatte, eilte Jana in den Umkleideraum. »Es sind noch zu viele Fragen offen. Wenn Rolf das Geld bezahlt hat, wer hat dann Abigail getötet? Und warum?«

»Wollte er das Geld nur für sich?«, spann Tessa die Frage weiter.

»Was ist mit Susanne? Doch ein Eifersuchtsdrama? Doch zwei Täter?« Jana zog den Overall aus. »Oder wo liegt die Verbindung zu Anna?«

Wenig später schob sich Tessa auf den Beifahrersitz, zog die Beine an und stellte die Füße auf das Armaturenbrett. »Die einzige Verbindung, die immer wieder auftaucht, ist, dass Abigail vor zehn Jahren abgereist ist und Anna sich fast zeitgleich hat scheiden lassen.«

Auf der Rückbank rappelte sich Fabian auf. Sein Bart war verkrümelt, und er sah verschlafen aus. »Ihr habt also was rausbekommen?«

Beide Frauen stoppten ihn mit einem harschen »Sssssht!«.

»Irgendetwas ist damals passiert«, meine Jana und startete den Motor. »Irgendwas muss vor zehn Jahren vorgefallen sein, das wir bisher nicht beachtet haben.«

35

Berthold musterte die beiden Frauen lange und eindringlich. »Beklage nicht, was nicht zu ändern ist, aber ändere, was zu beklagen ist!«, brummte er. »Wehe, meine Damen, ihr bringt mir irgendetwas durcheinander.«

»Berthold, wir wollen bloß einen Blick in den Jahrgang 2005 werfen. Das ist alles.«

Nachdem er gründlich Luft geholt und einen Moment nachgedacht hatte, rieb sich Berthold die Fingernägel an seiner Weste blank. »Nun denn. So folgt mir stets mit leisem Schritte.« Er verließ sein Notarzimmer, nickte der Sekretärin zu, die ihm daraufhin einen altmodischen Schlüssel überreichte, und nahm die Treppe zum Dachboden der Villa.

»Und?«, begann er mit einem Mal im Plauderton, ganz ohne Shakespeare-Attitüde. »Haben Sie sich schon eingelebt, Frau Eichhorn?«

»Na ja, eher *eingestorben*. Kann man das so sagen?«

»Na, Sie machen mir Spaß.« Er warf einen Blick auf seine sündteure Taschenuhr, die er an einer Kette trug. Ein Nürnberger Ei – original, wie er immer zu sagen pflegte. Er schloss das Dachzimmer seiner Kanzlei auf.

Der abgestandene Geruch von Papier und Holz kam den beiden Schwestern entgegen. Lediglich durch zwei kleine Giebelfenster drang Licht und ließ Staub in der Luft glitzern. Dutzende Hirsche, Marder, Enten und Fasane begafften die drei Besucher. Landkarten und uralte Postkarten schmückten die Wände, Schmuckscheiben längst verblichener Schützenkönige lehnten an Vitrinen mit Hochzeitskleidern, Gala-Uniformen und uralten Nachthemden. Ein massiver Holztisch, der sicherlich mit einem Kran durchs Dach gelassen worden war, bildete den von hölzernen Aktenschränken und Vitrinen umstellten Mittelpunkt.

»Willkommen in Bertholds Sammlung«, verkündete Jana und schob die staunende Tessa in den Raum.

»Ist das ein Museum?« Baff ging Tessa zum Tisch vor und musterte die unzähligen Sammelstücke.

»Ich darf wohl sagen, nein. Entschieden nein«, meinte Berthold. »Ich dachte mir bereits als junger Bursche, es sei von Nutzen, ein wenig die Vergänglichkeit unseres schönen Ortes zu konservieren.«

»Berthold hat einen Sammeltick. Darf ich doch so sagen, oder?«

Berthold musterte Jana finster.

»Es ist unser Stadtarchiv«, stimmte Jana den Notar wieder milde. »Und ganz allein Bertholds Verdienst.«

»Die Wahrheit, nichts als die Wahrheit«, tönte er. »Hier finden sich persönlich gesammelte Stadtgeschichten. Bekanntmachungen, Abschriften einiger Beschlüsse, Memoiren, aber vor allem sämtliche Ausgaben des Burgheider Blatts, des örtlichen Stadtblättchens.«

»Und beinahe alle Ausgaben des Kreisboten, unsere regionale Zeitung«, ergänzte Jana.

Die jahrhundertealten Dielen ächzten unter Bertholds Schritten, als er sich einem der Aktenschränke zuwandte und mit zwei Griffen die richtige Holzkiste voller Zeitungen herauszog.

»2005 sagtet ihr? Nun, hier ist das Burgheider Blatt und …« Er holte eine zweite Kiste. »Hier haben wir den Kreisboten.«

Die Schwestern nahmen am Tisch Platz und mussten sich noch einmal Bertholds Hausregeln aufzählen lassen. Anstatt die beiden allein zu lassen, zog sich Berthold einen antiken Sessel heran, setzte sich ebenfalls und beobachtete die Frauen mit Argusaugen.

»Wartet nicht irgendein Mandant, dem du noch dringend ein Sonett schreiben musst?«, stichelte Jana. Immerhin stand Berthold räuspernd auf, kratzte sich die spärlichen Haare und brummte: »Nein. Eigentlich nicht.«

Er setzte sich wieder.

Jana verdrehte die Augen. »Na dann mal los«, sprach sie sich Mut zu und begann mit Tessa, alles durchzusehen.

Sie öffneten den ersten Karton, auf dem in alter Schönschrift »Kreisbote, Ausgaben Januar bis März 2005« vermerkt war. Behutsam hob Tessa den Stapel heraus und teilte ihn auf.

»Wonach soll ich denn suchen?«, fragte Tessa. »Ich kenn mich hier doch gar nicht aus.«

»Vielleicht siehst du deshalb irgendetwas, das mir durchrutscht.«

»Na schön.«

Mit einem Kontrollblick zu Berthold, der mittlerweile sein Smartphone gezückt hatte und irgendein Spiel daddelte, blätterte Tessa vorsichtig die Zeitung auf. Viele kleine Artikel sprangen ihr entgegen: Die Landfrauen trafen sich im Hofcafé, Nachtflohmarkt am Kirchturm, die freiwillige Feuerwehr pumpte die Salamandersenke aus …

Tessa knipste das Licht der Leselampe an und rückte es zurecht, um das Foto mit den Feuerwehrleuten besser zu erkennen. In der zweiten Reihe, am linken Rand stand Nils. Er hatte sich in den zehn Jahren kaum verändert. Sie blätterte weiter. Bald hatten die beiden Frauen die erste Kiste durch und schoben die Ausgaben achtsam und natürlich chronologisch geordnet wieder zurück in den Karton.

Schließlich war April bis Juli an der Reihe. Tessa wusste immer noch nicht, wonach sie eigentlich suchte. Ein gewisser Hans-Peter Remme hatte auf dem Marktplatz fegen und rückwärts auf einem Esel reiten müssen. Eine Lili Margarete war geboren und von Oma und Opa per Annonce willkommen geheißen worden. Die freiwillige Feuerwehr übte und übte, die Landfrauen kochten und kochten, und Herr Willibald Granz war verstorben. Ebenso Hartmut Schwanbeck.

»Schwanbeck!«, entfuhr es Tessa. »Da, sieh mal.«

Jana sah auf die Todesanzeige. »Hartmut …« Ihre Stirn legte sich in Falten. »War das auch 2005? Hm … Stimmt. Im April?«

Tessa überprüfte die Ausgabe und suchte nach der folgenden. Das Papierrascheln alarmierte Berthold, der mit einem mahnenden Räuspern von seinem Spiel aufsah.

Doch Tessa achtete nicht auf ihn, sie hatte Blut geleckt. Hastig durchforstete sie die Seiten und fand schließlich einen Artikel. Sie schob ihn Jana hin.

Nach dem überraschenden Tod von Hartmut Schwanbeck übernimmt sein Sohn Rolf zusammen mit Peter Wölper die Geschäfte des Blaubeerhofs in Burgheide. Die beiden stellen demnächst ein neues Geschäftsmodell vor und wollen dem Hof binnen zwei Jahren zu neuer Blüte verhelfen. »So traurig die Umstände sind«, meint Peter Wölper, »so sind wir doch voller Ideen und Tatendrang. Wir werden möglichst bald mit der Herstellung eigener Produkte beginnen, die wir in unserem neuen Hofladen anbieten werden. Außerdem ist ein Vertrieb geplant, der nun endlich realisiert werden kann.«

»Das klingt«, meinte Tessa, »als hätten Wölper und Rolf nur auf den Tod des Hausherren gewartet.«

Jana nickte. »Berthold, können wir das kopieren?« Sie stand auf und wedelte Berthold mit der Seite zu.

»Selbstverständlich. Das heißt, wenn du meine Zeitung durch dein Gewedel nicht ruinierst. Vorsicht, Kindchen.« Er hievte sich aus dem Sessel und zupfte Jana die Zeitung mit spitzen Fingern aus der Hand. »Danke sehr, folgt mir bitte.«

36

Wieder der Stammplatz?« Tessa schob sich in die Nische. Seitdem sie Bertholds Kanzlei verlassen hatten, war Jana keine Silbe über die Lippen gekommen. »Alles in Ordnung mit dir?«

Jana schüttelte den Kopf, in dem tausend Gedanken kreisten. Hartmut … Rolf … Anna … Wie in einem verhedderten Wollknäuel suchte sie einen Anfang, einen roten Faden, an dem sie sich entlanghangeln und alles entwirren konnte.

»Was ist denn?«, wollte Tessa wissen, aber Jana brachte sie mit einer Geste zum Schweigen. Fieberhaft suchte sie nach dem Anfang. Irgendwo musste er sein, und wenn sie ihn hatte, dann würde sich der Wirrwarr ganz von allein auflösen.

Klirrend stellte die Bedienung ein Tablett vor Jana ab, darauf ein winziges Kännchen mit dampfendem Tee und natürlich die Schale mit Kluntjes. Vor Tessa landete ein angeschlagener Becher mit einem verblichenen Logo irgendeines Landmaschinenherstellers. Die rabenschwarze Brühe darin sah trügerisch aus. Neben der Tunke harrten ein Schälchen mit eingepacktem Würfelzucker und Plastiknäpfchen voll Kondensmilch ihres Schicksals. Stirnrunzelnd schob Tessa Kaffee und Zuckerschälchen beiseite. »Hm«, brummte sie. »Ich bin hier irgendwie auf kaltem Entzug.«

»Dann musst du eben doch Martin heiraten.« Endlich war Jana aus ihrer Starre erwacht.

»Vielleicht kann ich ihn ja mit 'nem Abo von einer Backzeitschrift beglücken und bekomme dafür eine Kaffee-Flat.« Nun zog sie doch den Kaffee heran, riss gleich drei Milchnäpfchen auf und rührte um. Sonderbar, der Kaffee blieb pechschwarz. »Also, Jana. Nu mal los. Erzähl mir von Hartmut. Das bewegt dich doch.«

»Es ist … Das schwirrt alles in meinem Kopf so rum …«, seufzte sie.

Tessa nahm Janas Hand. »Fang einfach irgendwo an. Was dir als Erstes in den Sinn kommt.«

Zögerlich begann Jana: »Also, Hartmut war ein ziemlich trockener und harter Kerl. Ich meine, een Kaneelsk. Rigoros in seinen Ansichten. Er war so gut wie nie umzustimmen, wenn er sich mal eine Meinung gebildet hatte.« Das Kandisstückchen knackte heimelig im heißen Tee. »Und ich bin zu ihm gerufen worden. Damals. Ich erinnere mich.«

»Gerufen? Als Ärztin?«

»Ja. Er muss über siebzig gewesen sein. Anna hat mich angerufen. Es war ganz früh am Morgen. Sie und Rolf haben ihn im Bett gefunden.«

»Woran ist er gestorben?«

Jana sah von ihrer Teetasse auf und runzelte die Stirn. »Er war leberkrank. Der Alkohol. Das Herz war auch nicht mehr das beste. Es hat mich nicht überrascht. Ich meine, der alte Hartmut hat kein Fest ausgelassen und ist immer mit dem Kopf durch die Wand.«

Tessa nickte. »Und kaum ist der Gute unter der Erde, krempeln die drei den Hof um. Und Anna verkracht sich mit Rolf und wendet dem Hof den Rücken zu …«

»Hmm … Ja, das ist schon eigenartig. Ich meine, sie hat den Hof geliebt, keine Frage.«

»Und nun übernimmt ihr Mann alles, zusammen mit einem Kumpel?«

Anstatt sich zu lockern, zog sich das Knäuel in Janas Kopf noch enger zusammen.

»Hallo die Damen.« Gustav rutschte gegenüber auf die Bank und ließ das Tütchen mit Schrotkugeln über den zerkratzten Holztisch zu Jana schlittern.

»Oh! Und? Hast du etwas darüber in Erfahrung gebracht?«, wollte Tessa wissen.

Gustav nickte und gab der Bedienung ein Zeichen. »Es ist 20er Schrot. Susannes Gewehr passt. Kaliber stimmt zumindest, aber sonst …«

»Was meinst du?«

»Wenn du wen erschießen willst und keine Rückschlüsse auf deine Waffe haben möchtest – nimm Schrot.«

»Also eine Sackgasse«, murmelte Jana.

»Na ja.« Gustav wog den Kopf hin und her. »Es kann Susannes Waffe sein, klar. Aber ich glaube, es war kein Jäger. Da hat sich einer eine alte Flinte und alte Munition geschnappt und losgeballert.«

»Und Susanne hat einen Jagdschein und ist öfter auf der Pirsch …«, grübelte Jana. »Die kennt sich aus.«

»Gut«, warf Tessa ein. »Aber auch ohne sie haben wir genug Verdächtige.«

»Ihr habt jetzt gleich mehrere?« Interessiert beugte sich Gustav vor, und die drei steckten die Köpfe zusammen. Tessa und Jana versuchten, Gustav ihre Theorien darzulegen, welches Motiv für Susanne plausibel wäre. Oder welches Rolf gehabt haben könnte. Und wie der Ablauf gewesen sein müsste, wenn Nils der Täter war.

Gustav lehnte sich zurück und grübelte. Inzwischen hatte die Bedienung ihm ein kleines Bier hingestellt. In Anbetracht ihrer Kaffeekatastrophe bestellte sich Tessa kurzerhand auch eines.

»Wenn ich mich richtig entsinne, dann war Hartmuts Tod doch damals die Rettung des Hofs«, meinte Gustav. »Oder?«

Jana sah ihn fragend an.

»Das wusstest du nicht? Der Hof war damals bankrott. Hartmut hatte doch Probleme.« Liebevoll tätschelte er ihre Hand. »Ach, Frau Ärztin. Sie hatten damals eben einfach viel zu viele Patienten.«

»Bitte?« Empört richtete Jana sich auf.

»Du hast echt viel gearbeitet, Jana. Und immer ein offenes Ohr für jeden gehabt. Aber Hartmut, der trank nicht nur gerne einen zu viel. Er spielte auch einen zu viel.«

»Er war spielsüchtig?«, hakte Tessa nach.

Nickend nahm Gustav einen Schluck. »Damals ging das Gerücht, dass er den Hof verpfänden muss.«

Eine Weile saß Jana da und starrte vor sich hin. »Es war kühl und kurz vor der Dämmerung, als ich auf den Hof kam. Es sah dort noch anders aus. Die Häuser waren nicht ausgebaut. Sein Zimmer war über dem heutigen Laden. Anna hat mich die Stiege hochgeführt. Er lag im Bett. Kerzengerade, auf dem Rücken.« Sie schloss die Augen, um sich das Bild noch einmal zurückzuholen. Eine karge Kammer. Über der Tür ein kleiner Fernseher. Seine Sachen lagen ordentlich gefaltet auf einem Stuhl neben dem Bett.

»Und weiter.« Tessa bekam ihr Bier gereicht.

Jana ließ die Augen geschlossen, um ihren Gedanken besser beim Entwirren des Knäuels zuzuhören. »Ich hab mich zu ihm gebeugt. Den Puls gefühlt. Die Haut war kalt. Die Totenstarre hatte nicht vollständig eingesetzt. Sein Kopf war noch beweglich. Anna war verweint, Flecken, rote Nase, verquollene Augen. Sie wusste schon, dass ich ihm nicht mehr helfen konnte. Wir sind wieder in den Hof, und ich, ich hab Flachskamp angerufen.«

»Unseren Bestatter hier«, warf Gustav ein.

»Ich hab den Totenschein ausgestellt. Vor dem Haus auf dem Hof warteten Rolf und sein Freund Wölper.« Jana riss die Augen auf. Da war es. Sie hatte den Anfang gefunden. Ihr wurde schlecht. Sie schnappte sich Gustavs Bier und stürzte es in einem Zug hinunter. »Gottverdammt!«

»Allerdings«, entrüstete sich Gustav, »das war mein Bier!«

»Ich bin blind gewesen! Ich bin schuld!« Sie wurde kreidebleich und spürte, wie ihr Puls raste.

Tessa legte ihr die Hand auf den Arm. »Was? Was redest du denn da? Jana?«

»Die beiden Männer. Rolf und dieser Wölper. Sie sahen aus wie … wie … Wie Teenager, die man bei was Verbotenem ertappt. Sie lungerten vor dem Haus rum, rauchten und traten von einem Fuß auf den anderen. Es war vier Uhr morgens. Warum war Wölper überhaupt da? Rufst du deine Freundin an, mitten in der Nacht, noch bevor du den Arzt verständigst, wenn dein Vater gestorben ist?«

Tessa und Gustav starrten sie sprachlos an.

»Ich dachte damals, diese Sprachlosigkeit sei Trauer. Es gibt schließlich so viele Arten, wie Menschen mit dem Tod umgehen …«

»Aber es war etwas anderes?«, tastete sich Tessa vor.

Jana nickte. »Rolf ist zu Anna gegangen, wollte sie in die Arme nehmen, doch sie hat ihn weggestoßen. Das hat mich damals schon verwirrt, das weiß ich noch.«

»Sie hat sich nicht von ihrem Ehemann trösten lassen?«

»Ich … ich hab mich gewundert, aber … ich … ich hab mir nichts gedacht! Hartmut war gesundheitlich sehr angeschlagen. Es war nur eine Frage der Zeit. Einen Infarkt hatte ich erwartet. Aber wieso war Peter Wölper da?«

Für eine Sekunde zuckte Tessas Hand. »Du hast keine Autopsie machen lassen?«

Jana schüttelte den Kopf.

»Moment.« Gustav beugte sich zu ihnen vor. »Wollt ihr beide mir da gerade sagen, dass Hartmut damals ermordet wurde? Von Rolf oder Wölper?«

Für eine Sekunde herrschte Schweigen am Tisch. Es kam Jana so vor, als knipse jemand eine Lampe nach der anderen an. Hartmut. Rolf. Anna. Abigail. Alles ergab plötzlich einen Sinn. »Wölper war da. Hartmut, der Eigentümer und Sturkopf, stirbt, und nur ein paar Tage später erklärt Rolf seinen Freund Wölper zum Geschäftsführer«, meinte Jana.

»Wenn der Hof wirklich ruiniert war«, warf Tessa ein, »wenn Hartmut vorgehabt hatte, ihn zu verpfänden, dann mussten sie etwas unternehmen.«

Jana nickte.

37

Frau Doktor Hinrichs hielt sich stets an die Verkehrsregeln, fuhr nie schneller als die erlaubten fünfzig. Bis jetzt.

»Bordstein! Boooooordstein!«, schrie Tessa und klammerte sich ans Armaturenbrett. Jana schleuderte mit dem Geländewagen beinahe aus der Kurve und über den Fußweg in Isis Krämerladen. Sie riss das Steuer herum, ließ den Landrover aufheulen und schoss weiter direkt durch den Ortskern von Burgheide.

Auf der Rückbank stieß Gustav einen Schrei aus, der eine Mischung aus Begeisterung und Todesangst war.

»Uns kann ja nichts passieren«, rief er gegen den rasselnden Motor an, den Jana im zweiten Gang zu Höchstformen anspornte. »Wir haben ja 'ne Ärztin an Bord.«

Tessa prüfte den Sitz ihres Gurtes. »Als ich auf dem Hof war, da hat Wölper gesagt, dass das Geschäft immer laufen muss, dass private Sorgen nicht zählen.«

»Der Wölper war schon immer ein berechnender Typ«, meinte Gustav. »Sein Vater war auch so ein unterkühlter. Ich hatte mit dem mal zu tun.«

Der Landrover geriet für einen Moment ins Schlingern, als Jana einer Katze ausweichen musste, die über die Straße huschte. »Jana! Mensch!«, beschwerte sich jetzt auch ihr Freund und klammerte sich an den Haltegriff.

»Anna konnte Rolf den Mord am eigenen Vater nicht verzeihen. Deshalb hat sie die Scheidung eingereicht.«

»Und diese Engländerin ist damals nicht wegen der Schwangerschaft frühzeitig weg, sondern weil sie …

»… weil sie Angst vor Rolf hatte«, erklärte Jana. »Oder vor Wölper. Sie packte überhastet ihre Klamotten und kehrte nach England zurück, weil sie wusste, was Rolf und Peter Wölper getan haben.«

»Vielleicht hat sie den Mord sogar gesehen.«

Endlich schaltete Jana hoch. »Und jetzt, zehn Jahre später, kommt sie zurück nach Burgheide. Sie braucht Geld. Und sie erpresst Rolf.«

»Richtig. Und Rolf hat gezahlt.«

»Und sich dann umgebracht?«

Jana und Tessa tauschten einen Blick, worauf Jana einen Wutschrei ausstieß und trotz der engen Dorfstraße die Tachonadel zur Achtzig zittern ließ.

»Wölper!«, murmelte Tessa. »Er hat gewusst, dass Rolf da hängt, er hat es gewusst, weil er …« Sie konnte nicht weitersprechen. Die Vorstellung war einfach zu grausam. »Deswegen wollte er erst zu den Feldern mit mir gehen und nicht in die Scheune! Erst als er sich sicher war, dass alles vorbei ist, hat er mich absichtlich hineingeführt. Damit wir Rolf zusammen finden.« Tessa wurde aschfahl. Sie ließ das Fenster runter, um frische Luft zu schnappen.

»Achtung!« Jana ließ den Landrover über den Rinnstein hoppeln und kam mit quietschenden Reifen direkt vor der Polizeistation zum Stehen.

Kommissar Kettel tupfte sich mit einer Serviette Schokolade vom Kinn, als die beiden Schwestern mit Gustav im Schlepptau in den Reviergarten stürmten.

»Wartet doch mal! Frau Doktor! Tessa!« Hinter den dreien stürzte Martin – eine Schürze über der Uniform, Backofenhandschuhe an – die Steinstufen hinab in den Garten.

Anstatt aufzublicken, gab Kettel seinem Assistenten Instruktionen und genoss ein weiteres Stück Schoko-Soufflé-Muffin. Sein Beamter sortierte auf der Wallnussbaumbank Unterlagen in einen der vier Aktenkoffer, die neben einem Pappkarton voller Muffins standen.

Nicht einmal, als die Frauen sich vor der Bank aufbauten, hielt es Kettel für nötig aufzublicken.

»Sie haben den Falschen verdächtigt«, schoss Jana unverhohlen los und rang nach Atem. »Rolf ist nicht der Täter.«

Kettel schob sich das restliche Stück Muffin in den Mund und wandte sich an seinen Assistenten. »Sind wir fertig mit Packen? Die Muffins gleichfalls, Herr Sprockhövel? Wir wollen ja nicht, dass eines bei ihrer memmischen Fahrweise zerdrückt wird.«

»Nein, wollen wir nicht, Chef.«

»Haben Sie mich überhaupt verstanden?« Jana nahm Kettel kurzerhand das Tellerchen aus der Hand. Immerhin würdigte er sie jetzt eines Blickes. »Kommt zwischen Ihren Ohren an, was ich sage?«

»Akustisch sehr wohl, Frau Doktor Hinrichs. Aber intellektuell bleibt es eher in meinem intraparietalen Sulcus haften … Ups. Und ist schon wieder raus aus meinem Kurzzeitgedächtnis … Teller.«

Sprachlos gab sie ihm den Teller wieder und musste mit ansehen, wie er sich einen weiteren Muffin aus der Schachtel angelte. »Wir sind im Begriff, dieses Örtchen zu verlassen. Dieser Fall ist ausermittelt.«

»Ist er nicht. Sie sind vom falschen Motiv ausgegangen.« Tessa baute sich vor ihm auf.

»Ein Stück zur Seite bitte. Die Abendsonne. Das Glitzern auf der Schokolade ist ungewöhnlich gut, Martin.«

»Äh, danke«, brummte Martin verlegen, und Tessa trat verwirrt ein Stück zur Seite.

Bedächtig ließ Kettel die Gabel durch den fluffigen Teig gleiten und beobachtete mit Entzücken, wie sich die noch flüssige Schokolade aus dem Kuchen ergoss. »Sehen Sie?«

Jana zog dem Kommissar abermals den Teller weg.

»Frau Doktor!«

»Sehen Sie mich an, wenn ich mit Ihnen rede!«

»Sie mischen sich in Ermittlungen ein.«

»Sie erledigen Ihren Job nicht richtig!«

Erst jetzt sah Kettel sie an. »Das weiß ich wohl besser zu beurteilen. Immerhin haben wir Herrn Schwanbecks Handschrift geprüft und festgestellt, dass Nils Hellbrinks Schrift auf dem Zettel gefälscht wurde. Und zwar von Rolf Schwanbeck, denn es waren seine Fingerabdrücke auf dem Zettel. Und der Zettel stammt aus seinem Büro. Das nennt man Beweisführung.«

»Beweisführung«, ätzte Tessa. »Wenn es ein Zettel aus seinem Büro ist, sind da natürlich Rolfs Fingerabdrücke drauf.«

»Rolf Schwanbeck hat Frau Morton umgebracht, weil sie ihn erpressen wollte. Das hat Anna Schwanbeck erfahren und musste ebenfalls sterben … Muffin«, forderte Kettel Jana auf, aber die dachte gar nicht daran und ließ den Muffin kurzerhand ins Gras plumpsen.

»Mord war das Motiv. Abigail und Anna wussten von einem Mord, der vor zehn Jahren bei Schwanbecks stattgefunden hat. Abigail erpresste Rolf damit, er wäre ruiniert gewesen, wenn die Wahrheit über seinen Vatermord ans Licht gekommen wäre. Doch umgebracht hat die beiden jemand anderes.«

Sprockhövel sank auf die Knie und sammelte und pustete und strich den Muffin für seinen Chef sauber. Prompt überreichte er ihn ihm, wie eine Opfergabe.

»Hört sich schick an«, entgegnete Kettel, der nicht einsah, den ruinierten Kuchen anzunehmen, und stattdessen aufstand. »Ist aber keine Beweisführung.«

»Wir wissen es. Es ist eindeutig, dass …«

Er stoppte sie mit einem harten Blick. »Hörensagen. Der Fall ist abgeschlossen, der Täter hat sich selbst gerichtet. Aus. Papiere ausgefüllt, Auftrag erledigt … Sprockhövel!«, forderte er seinen Assistenten auf, die Aktenkoffer und den Karton zu schnappen. Kettel ging voraus, während sein Beamter verzweifelt versuchte, den ganzen Kram in den Griff zu kriegen und ihm zu folgen.

Fassungslos sahen Jana und Tessa dem Kommissar nach, während Martin seine Erleichterung über Kettels Abzug kaum verhehlen konnte. Stille senkte sich über den Garten, aus der alten Revierküche piepte Martins Ofen, und ein paar Vögel beklagten die nahende Nacht.

»Was, ähm, was machen wir denn jetzt?«, fragte Martin. »Ich meine, also … Ihr glaubt, dass es Wölper war, richtig? Wir können doch keinen Mörder hier in Burgheide rumlaufen lassen.«

»Wir brauchen Beweise«, stellte Jana grimmig fest.

38

Jana hämmerte an die Tür der Schwanbecks, doch Torben öffnete nicht. »Torben!« Wie eine Furie rüttelte sie an der Klinke.

»Der kann doch nicht ständig weg sein?« Tessa wippte ungeduldig auf den Zehenspitzen.

Endlich drehte sich der Schlüssel im Schloss, und die Tür wurde aufgerissen. Der Junge sah zum Fürchten aus. Unter seinen rotgeweinten Augen lagen Schatten, und seine Gesichtsfarbe glich saurer Milch. »Ich bin nicht da!«, knurrte er.

»Wir müssen reden. Es ist wichtig. Es geht um deine Familie.«

Für eine Sekunde sah er Jana mit leerem Blick an. Dann liefen ihm Tränen über die Wange. »Welche Familie? Ich bin 'n verfluchter Vollwaise.«

»Torben. Es war nicht Rolf.« Tessa schob sich an ihm vorbei ins Haus. »Dein Vater hat nichts mit den Morden zu tun.«

»Blödsinn.« Er wandte sich ab und stapfte zurück ins Wohnzimmer. Dort schob er ein paar Decken beiseite und ließ sich aufs Sofa fallen. Die Jalousien waren heruntergelassen. Zahlreiche Bierflaschen lagen herum, eine halb leere Schachtel Pizza stand auf dem Boden. Auf dem Fernseher flackerte eine Sendung über Goldsucher, der Ton war abgestellt.

Jana setzte sich ruhig zu ihm und beobachtete stumm, wie er ziellos durch die Programme zu zappen begann.

»Torben, wir brauchen Beweise«, platzte es aus Tessa heraus, die wie ein gefangenes Tier auf und ab schritt und von Janas Beherrschtheit immer unruhiger wurde.

»Sssht.« Mit einem Wink stoppte Jana ihre Schwester und wandte sich Torben zu. Er schaute auf den Fernseher, ohne fernzusehen. »Es tut mir unendlich leid«, begann sie leise. »Und ich weiß, wie schwer es ist, jetzt zu reden. Im Dorf geht die Runde, dass sich Rolf erhängt hat, weil er deine Mutter umgebracht haben soll. Aber das stimmt nicht.«

Torben dachte nicht daran, Jana anzusehen.

»Wir glauben, dass der Mord an Anna etwas mit dem Mord an Abigail zu tun hat. Und die kennst du doch.«

Verwirrt sah er sie durch den Tränennebel an. »Was? Wer?«

»Abigail. Sie war …«

»… das Au-pair-Mädchen bei euch«, platzte Tessa heraus. »Du warst zehn.«

Erst nachdem Jana ihre Schwester erneut mit einem strengen Blick bedacht hatte, hörte Tessa auf herumzurennen und setzte sich ebenfalls.

»Abigail Morton. Eine Engländerin. Sie hat auf dich aufgepasst«, führte Jana aus.

Eine Weile grübelte Torben, tauchte dann allmählich zurück in die Erinnerungen. »Mama und Papa waren noch zusammen«, sagte er. »Großvater hat noch gelebt. Das war das Frühjahr, in dem er starb. Alle sterben im Frühling.«

Jana ergriff seine Hand.

»Opa starb und Mama hörte auf, Papa zu lieben. Ich weiß noch, dass sie sich immer angeschrien haben nach Opas Tod.«

»Und deine Mutter und du, ihr seid hierhergezogen, hier in das Haus.«

Torben nickte.

»Was hat Rolf getan? Warum konnte sie nicht mehr mit ihm leben?«

Torben zuckte die Schultern. »Ich glaube, es lag an Wölper. Mama konnte den noch nie leiden. Er riss alles an sich. Großvater war noch gar nicht beerdigt, da hatte er schon das Bauunternehmen bestellt und den Hof umgebaut.«

»Und Abigail?«, wollte Tessa wissen.

»Sie reiste einen Tag nach der Beerdigung ab. Die Tage davor war sie fürchterlich. Ich weiß noch, dass sie immer gleich geschimpft hat. Das hatte sie vorher nie. Es war 'ne Scheißzeit.« Wütend pfefferte er ein Kissen in den gegenüberliegenden Sessel. »Und jetzt ist auch eine Scheißzeit. Reicht das jetzt? Kann ich jetzt endlich fernsehen?«

»Nein. Kannst du gleich …«, meinte Jana bestimmt. »Hat deine Mutter zu dir mal irgendetwas über Wölper gesagt?«

»Außer, dass er ein habgieriger Mistkerl ist und ein berechnendes – na ja – Sie wissen schon.«

»Hat deine Mutter Tagebuch geführt?«, wollte Jana wissen, doch Torben schüttelte bloß den Kopf.

»Keine Ahnung. Glaub nicht. Warum?«

»Wir brauchen etwas, das Wölpers Schuld beweist.«

»Wölper … Der kann mich mal.« Torben stand auf, schaute in drei Bierflaschen, ob noch ein Rest drin war, und schlurfte dann zu einem Stapel Post, der unbeachtet auf dem Boden neben einigen Computerspielen herumlag. »Er hat mir gestern etwas gebracht, das ich unterschreiben soll. Möglichst bald, hat er gesagt. Ich hab noch nicht reingesehen.«

Neugierig reckte Tessa den Hals, um besser in die Unterlagen zu sehen, die er Jana gab.

Die Dorfärztin überflog die vier zusammengetackerten Seiten. »Dieser Loorbass!« Mit gespitzten Lippen gab sie Tessa das Papier.

»Ein Abtretungsvertrag?« Janas Schwester überflog die Paragraphenwüste ebenfalls. »Er will, dass du ihm dein Erbe überlässt. Den Bickbeerenhof für 40.000 Euro.«

»Ist der Scheißhof endlich weg. Was hab ich mit den blöden Beeren zu schaffen.«

»Torben!« Tessa warf ihm den Brief hin. »Hast du dich mal auf dem Hof umgesehen? Da steckt wirklich Geld drin. Der haut dich hier voll übers Ohr. Soll ich dir was sagen? Der hat damals deinen Vater angestiftet, deinen Opa umzubringen, damit der Hof nicht gepfändet wird. Dann bringt er Abigail um, dann deine Mutter und dann … dann deinen Vater! Und jetzt will er dich um deinen Anteil bringen.«

Jana sah Tessa vernichtend an. Sie hätte Torben auch gleich mit einer Dampfwalze überrollen können.

Doch der Junge war so ausgelaugt, dass er keine Reaktion zeigte. Ihm war wirklich alles egal, was Tessa noch mehr auf die Palme brachte. Wütend schnappte sie sich die Erklärung und zerriss sie prompt.

»Ey!«, fuhr Torben sie an.

»Gott«, schrie sie auf. »Es muss doch etwas geben, wie wir diesen Kerl kriegen. Er hat Hartmut, Abigail, Anna und Rolf auf dem Gewissen! Dieser Wölper macht vor nichts Halt. Und dir ist das egal, ja?!«

Torben sah weg.

»Er muss gestehen«, stellte Jana fest. »Oder besser, wir ertappen ihn auf frischer Tat.«

Fragend sahen sie alle Jana an.

39

Der typische Burgheider Wind hatte eingesetzt und verwehte die letzten Nebelschwaden, die sich über Nacht ins feuchte Gras des Friedhofs gelegt hatten.

Rolf Schwanbecks Leichnam war von der Gerichtsmedizin freigegeben worden, während Anna Schwanbeck zusammen mit Abigail weiter in Hamburg verbleiben musste.

Torben wollte gar nicht daran denken, dass er in wenigen Tagen ein weiteres Mal hierherkommen und seine Mutter beerdigen lassen musste.

Pastor Klum, ein stämmiger Kerl, der gut als Statist in einem Wikingerfilm hätte mitwirken können, fand die richtigen Worte, um Rolf Schwanbeck das letzte Geleit zu geben.

Torben trat nach vorne. Er war gebeten worden, ein paar Worte zu sagen, brachte jedoch nichts über die Lippen, wandte sich dem Eimerchen mit Erde zu und warf schnell zwei Handvoll auf den schmucklosen Sarg.

Er war kaum vom offenen Grab weggetreten, als Wölper sich von den wenigen Trauergästen löste und ihn ein paar Schritte zur Seite nahm.

»Mein Beileid, Torben.«

»Danke.«

»Wie sieht's denn aus?«, wollte er wissen. »Hast du dich entschieden?«

»Die Abtretung?« Torben rieb sich die Arme. Es würde ein schöner Tag werden, aber die Morgenkühle strich unangenehm über seine Haut. Statt eines schwarzen Anzugs hatte er seine schwarzen Jeans herausgesucht und ein T-Shirt angezogen. Eine Nachbarin hatte ihn einkleiden wollen, hatte angeboten, ihm zu helfen, aber er hatte abgelehnt. »Ich habe mit diesen Bickbeeren eh nichts am Hut. Von mir aus können Sie den ganzen Laden haben.«

Ein Lächeln huschte über Wölpers Lippen. »Ich glaube, du entscheidest dich da richtig. Ich werde das Ansehen deines Vaters in Ehren halten. Du weißt, wir waren beste Freunde.«

Torben bejahte. Nachdem er ein paar Hände geschüttelt hatte, ging er mit Wölper zum Ausgang. Einen offiziellen Leichenschmaus würde es nicht geben, doch Rolfs Freunde hatten zu einem Imbiss im Fief Düwelskeerls geladen. Torben war sich noch unsicher, ob er sich ihnen anschließen sollte.

»Wann kann ich mit deiner Unterschrift rechnen, Torben? Tut mir leid, dass ich so drängele, aber du weißt, der Hof … Es muss da einfach weitergehen. Und ich … ich brauche nach dem ganzen Trubel einfach Planungssicherheit.«

»Planungssicherheit … Verstehe ich, ja … Es ist so«, begann Torben und atmete getroffen ein paar Mal ein und aus. »Unser Notar hier, der Finke, der hat mich angeschrieben. Mein Vater hat wohl ein Testament hinterlassen und ein paar Tagebücher. Er hat sich bei Finke extra ein Schließfach angemietet … seitdem ich mit Mama vom Hof bin.«

»Wirklich? Ein Schließfach?«

»Davon wusste ich auch nichts. Ich wollte morgen zu Finke gehen und die Sachen einsehen, die Papa hinterlassen hat.«

»Tagebücher«, Wölper lächelte. »Wusste gar nicht, dass es so viel zu erzählen gibt von unseren Blaubeeren.«

Achselzuckend hielt Torben das Eisentor des Friedhofs auf. »Der Notar hat irgendwas gemeint, dass Papa verfügt hätte, die Aufzeichnungen dürfen erst nach seinem Tod eingesehen werden. Es lag ihm wohl viel daran, uns allen noch was mitzuteilen. Keine Ahnung.«

In Wölpers Gesicht war das Lächeln längst gefroren und sehr viel kälter als der Morgenhauch geworden.

»Wenn Sie wollen, können wir uns ja in der Kanzlei treffen und dann die Abtretung gleich beglaubigen lassen. Das Geld wäre wirklich ein Geschenk, damit kann ich erst mal Abstand gewinnen.«

Wölper nickte, aber er war nicht bei der Sache, sondern tief in Gedanken versunken.

»Herr Wölper?«, riss ihn Torben aus der Grübelei.

»Was? Ja. Morgen bei Finke. Passt gut. Sicher, lass es uns so machen, Torben.« Er strich dem Jungen über die Haare. »Du entscheidest ganz richtig, dein Vater wäre stolz auf dich.«

Sich die Augen reibend sah sich Torben noch einmal zum Friedhof um. Zwei Nachbarfamilien standen noch am Grab, der Rest war zum Fief Düwelskeerls gegangen. Torben wischte sich eine Träne aus den Augen. »Ich will hier nur weg.« Er wandte sich um, ließ Wölper stehen, ging ein paar Schritte die Schmuckmauer entlang, bevor er ins Laufen fiel und rannte.

40

Peter Wölper parkte seinen BMW zwei Straßen von Bertholds Kanzlei entfernt und löschte das Licht. Sorgsam faltete er seine Skimaske und steckte sie in den dunklen Parka. Im Fußraum vor der Rücksitzbank lag die Schrotflinte, aber sie war viel zu unhandlich, um sie mitzuschleppen. Abigail, diese verlogene Erpresserin, hatte ihm etwas Besseres überlassen. Er ließ das Handschuhfach aufspringen und zog die Walther PPK heraus. Sie war noch immer geladen. Letzte Woche, als er Abigail in die Hütte gelockt hatte, wollte er sie schon wegwerfen, sie in der Kluckbeeke versenken, hatte sich jedoch aus einem Impuls heraus anders entschieden. Zum Glück.

Er wog die Waffe in der Hand, checkte das Magazin. Nachdem er ausgestiegen war, zog er das kurze Stemmeisen von der Rückbank und wartete, bis zwei der Feuerwehrmänner, die noch vor der Wache rauchten, wieder ins Gebäude gegangen waren. Dann drückte sich Wölper in eine Nebenstraße, lief hinter den Häusern am Marktplatz entlang und erreichte den Garten der Kanzlei Finke.

Er brauchte nicht einmal das Brecheisen, weil die Gartenpforte lediglich angelehnt war. So schnell er konnte, huschte er hindurch und streifte sich die Maske über.

»Ich sterbe, ist das guuuuut«, frohlockte Tessa und nippte noch einmal am Kaffee, den Martin ihr aus einer Thermoskanne eingegossen hatte.

Martin lief rot an. »Ich – ich kann eben nicht nur backen. Ich – ich dachte, ich rühr noch ein bisschen Vanillesirup rein …«

Kurzentschlossen gab Tessa ihm ein Küsschen auf die Wange, was Martin vollends verwirrte. Er zuckte zurück, kippte sich seinen Kaffee geradewegs über die Uniform und stammelte vor Erschrecken, Verlegenheit und Schmerz: »Äh, ich warte im … Aua … Ahh … im Wagen … Wenn was ist … Arrgh! Dann … Also … Anrufen … Ich.«

Und weg war er, geradewegs aus Fabians Arztzimmer gestürmt, am Empfang der Praxis vorbei und nach draußen geeilt.

»Warte«, rief sie ihm nach. »Tut mir leid, ich wollte nicht … Martin?«

»Was ist denn mit ihm?« Jana und Fabian kamen herein. »Hast du ihn geschlagen?«

»Nur geküsst.«

Das entlockte Jana ein herrlich dämliches Gesicht.

»Was?«, fragte Tessa. »Darf man das hier nicht?«

»Doch, doch. Alles gut.« Jana zog die Stirn in Falten, räusperte sich kurz und legte die Konversation ad acta, indem sie Tessa ihr Laptop hinschob.

»Wir haben den Akku aus meinem genommen. Selbes Modell. Geht wieder«, erklärte Fabian.

Tessa bootete ihren Computer, während Jana sich ans Fenster stellte, die Jalousien mit den Fingern spreizte und in die Nacht stierte. »Hat sich was getan?«

Sie hatten sich alle nach Feierabend bei Fabian eingefunden und warteten nun schon seit vier Stunden. Bertholds Kanzlei lag nur wenige Häuser von der Arztpraxis entfernt auf der anderen Seite des Marktes. Doch dort drüben war alles dunkel. Kein verdächtiges Auto zu sehen, kein Schatten vor oder hinter den Fenstern …

»Nein. Bisher nicht. Martin und ich, wir haben die ganze Zeit das Haus im Auge gehabt.«

»Bis aufs Knutschen«, warf Fabian frotzelnd ein und blickte ebenfalls nach draußen.

Tessa musste lachen. »Genau, Herr Doktor.«

Weil Fabian weiter die Stellung hielt, setzte sich Jana an ihren alten Schreibtisch. Tessa entging nicht, dass ihre Schwester liebevoll mit der Hand über das Holz strich. Dann zog sie sich Tessas Kamera heran. »Darf ich?«

Tessa bejahte, und Jana begann, sich die Fotos von Burgheide anzusehen.

»Und wenn Wölper nicht kommt?«

»Der kommt«, entgegnete Jana. »Torben hat doch gesagt, er hat angebissen.«

»Die sind wirklich gut.« Jana klickte die Fotos durch.

»Danke.«

»Du könntest ja mal eine große Serie über Burgheide machen. Bei LandChic, mein ich. Wie nennt sich das?«

»Ein Special?« Tessa lächelte und versuchte, sich nicht anmerken zu lassen, dass dies gerade unmöglich war. »Gute Idee. Ich werd's mal vorschlagen.«

»Jeden Monat was Schönes vom Land«, begeisterte sich Jana. »Die Leichenbilder lassen wir weg.« Sie war mittlerweile bei den ersten Bildern auf der Karte angelangt. »Ja, das wär es doch, Schwesterchen. ›Neues aus Burgheide‹ oder so ähnlich.«

Je mehr Jana für ihre Idee entflammte, desto stiller wurde Tessa. Es war einfach nicht richtig, ihre Schwester anzulügen.

»Ich – ich muss dir was sagen«, begann sie zögerlich, doch in dem Moment schrie Jana auf und schob den Apparat von sich.

»Oh, das! Oh. Entschuldige, ich … Ähm. Ich dachte nicht, dass du …«

Fragend nahm sich Tessa die Knipse und sah nach, was ihre Schwester so geschockt hatte.

Ein splitternackter Karsten, der dämlich, mit schiefer Brille auf der Nase, in die Kamera glotzte.

Der Anblick hätte sie eigentlich erheitern sollen, aber er versetzte Tessa einen Stich.

»Ich wusste nicht, dass du deinen Freund … Karsten, richtig? Also … Tut mir leid«, meinte Jana pikiert.

»Schon gut.« Tessa drückte das Bild weg. »Ich brauch mal frische Luft.«

Mit dem Aufbrechen von Türen hatte er so viel Erfahrung wie mit Kühemelken. Gar keine. Deshalb musste er das Brecheisen drei Mal ansetzen, bevor er die Hintertür von Bertholds Anwesen aus den Angeln gehoben hatte. Zufrieden, weil es kaum Krach gemacht hatte, drückte er sich in die Kanzlei und versuchte, sich zu orientieren. Er kannte das Haus von einigen Besuchen und wusste, dass Berthold Finke die Schließfächer im ersten Stock untergebracht hatte – direkt in seinem Büro.

Durch zwei Türen gelangte er in den Flur. Soweit er das abschätzen konnte, war keine Alarmanlage aktiviert. Warum auch, in Burgheide wurde nur selten eingebrochen.

Wölper huschte über die nach Politur duftenden Stufen in den ersten Stock und fand die Tür zum Vorzimmer bloß angelehnt vor.

Die Maske kratzte unangenehm, das Brecheisen wog schwer, und er fühlte sich wie im Fieber. Was er und Rolf vor zehn Jahren mit dem Mord an Hartmut losgetreten hatten, würde diese Nacht endlich, endlich ein Ende finden.

Niemals hätte er gedacht, dass Rolf so dumm sein und ihre Tat niederschreiben könnte. Aber Rolf war schon damals nur schwer mit der Schuld klargekommen. Und er hatte Abigail vor einer Woche tatsächlich bezahlt, dieser Schlampe einfach Geld gegeben, die aus dem Nichts hier aufgekreuzt war und sie erpresste. Dieses Miststück.

Mit einem leisen Kracks hebelte er die Tür zu Bertholds Büro auf und erschrak.

Ein Mann mit einem Schwert sah ihn grimmig an. Übergroß und bunt. Das Mondlicht fiel durch seine Gestalt und ließ sie in allen Farben aufglimmen. Georg tötete seinen züngelnden Lindwurm und starrte auf jeden Besucher.

Wölper holte Luft, zwang sich zur Ruhe. In fünf Minuten würde er hier raus sein. Berthold Finke besaß die Schlüssel für jedes Fach, aber bei ihm zu Hause einzubrechen war Wölper zu riskant erschienen. Zumal die Schließfächer bloße Holzkästen waren, einfache Fächer aus den fünfziger Jahren, keine Tresorfächer wie in einer Bank. Wenn es sein musste, würde er sie einfach allesamt aufbrechen. Aber vielleicht hatte er Glück.

Tessa lehnte sich an den Efeu und atmete die klare Nachtluft ein. Sie hörte Fabians Metallschild in der Brise quietschen und die Kluckbeeke plätschern. Zumindest nahm sie an, dass es der

Bach war, denn es regnete nicht und der Springbrunnen des Markplatzes wurde in der Nacht ausgestellt.

Was hatte Georg gesagt? … *Schätzchen, atme mal durch, lern reiten, genieß es. Und wenn's dich nervt, dann ab nach Hause.*

»Wenn ich wüsste, wo das ist, Georg«, murmelte sie nun vor sich hin. Ihr Blick wanderte gen Himmel. Und mit einem Mal überkam sie ein Gefühl unglaublicher Ruhe.

Dort oben glitzerten Milliarden Sterne.

»Was bedrückt dich, Tessa? Irgendwas hast du doch.« Jana war aus der Praxis getreten und sah mit Tessa in den Nachthimmel. »Ist es was mit Berlin? Mit Karsten?«

Tessa biss sich auf die Lippe.

»Entschuldige, wenn ich frage, aber ich habe nicht mitbekommen, dass du ihn angerufen hättest … Oder er dich …«

Tessa seufzte. »Ich … ich muss dir was sagen. Das mit Karsten und LandChic … Ich bin Journalistin, aber …« Tessa sah in Janas gütiges Gesicht. Sie schaffte es einfach nicht, ihrer Schwester zu offenbaren, dass sie völlig mittellos war. Dass ihre Klamotten in einem Büro lagerten, in einem Verschlag, der nicht mehr ihrer war, in einem Leben, das nicht mehr ihres war. Wenn sie recht überlegte, war ihr Telefonbuch im Smartphone prallvoll mit »Kontakten« – das war alles. Kontakte, keine Freunde. Außer Georg war niemand da, nichts, was sie wirklich in Berlin hielt. Die Erkenntnis schnürte ihr den Hals zu. Als könnte sie den Gedanken so abschütteln, schüttelte sie den Kopf.

»Was ist, Tessa? Sag schon«, flüsterte Jana einfühlsam, aber Tessa drehte sich weg. »Ist das etwa die Milchstraße?«, fragte sie mit aufgesetzter Fröhlichkeit.

»Na, ich denke schon.«

»Es ist echt immer wieder erstaunlich, wie gut man sie auf dem Land sehen kann.«

»Tja, kein Metropolen-Smog.«

»Tja, und keine Straßenlaternen.«

»Ja, hier ist es finster wie in een Pisspott!«

»Jana!«

Sie zuckte mit den Schultern. »Stimmt doch. Lässt du deswegen dauernd das Licht an?«

»Ich?«

Jana nickte.

»Ertappt«, gab Tessa zu. »Schwesterchen, du hast mich ertappt. Ich brauch 'ne Babyleuchte.« Nachdenklich sah Tessa nochmals hinauf, so lange, bis ihr der Nacken weh tat. »Ich finde, wir sollten uns eine Chance geben.«

»Das denk ich auch. Das denk ich auch«, wiederholte Jana. »Ein bisschen frischer Wind tut mir gut.«

Grinsend zwickte Tessa ihre Schwester. »Und dem Haus. Da muss auch frischer Wind rein. Ein Hurrikan von einem Wind. Ich hab da mal einen Artikel geschrieben. Über so schöne, shabby-chick vintage Retro-Look-Sachen!«

»Nein!« Warnend zog Jana eine Augenbraue hoch. »Finger weg. Das bleibt alles, wie es ist. Dein künstlich auf Alt getrimmtes Designerzeug kannst du nach China zurückschicken! Wir haben hier echte alte Sachen mit echter alter Geschichte.«

»Aber pass mal auf. Ich hab mir da schon was ausgedacht …« Gerade wollte Tessa ihrer Schwester die ellenlange Einkaufsliste vorbeten, die sie im Kopf hatte, als Fabian aus der Praxis gerannt kam.

»Berthold ist da. Wir haben ihm doch gesagt, er soll nach Hause fahren!«

Entsetzt sahen sich die Schwestern an.

Der klobige Schreibtisch schimmerte in Ritter Georgs buntem Licht. Sofort testete Wölper die Schubladen. Aber alle waren verschlossen, bis auf die mittlere. Jede Menge Stifte, zwei Theaterhefte – irgendwelche Stücke von Shakespeare – und ein abgewetztes, gebundenes Notizheft. Er schlug es hastig auf, und ein »Großartig« entwich ihm.

Es war das Heft mit den Fachbelegungen. Etliche Fächer waren seit Jahrzehnten vergeben, bloß fünf oder sechs wechselten ständig den Besitzer. Sein Finger glitt über die Spalten … Da! Rolf Schwanbeck. Fach 31.

»Bingo«, sagte er leise zu sich und kratzte am Stoff seiner Maske. Dann trat er vor die Wand mit den Fächern und setzte das Stemmeisen an.

Das Holz splitterte, die Tür gab nach. Er griff hinein und zog ein paar Tagebücher und einen Umschlag heraus.

»Wollen doch mal sehen …«

Da knurrte eine raue Stimme hinter ihm: »Die Hölle ist leer, der Teufel ist hier!«

Erschrocken fuhr Wölper herum, nur um im selben Atemzug unter seiner Skimaske zu grinsen. Vor ihm stand der alte Notar, in der Hand eine antike Prunkpistole, die sicherlich noch aus vorrömischer Zeit stammte.

»Sagen Sie nicht, die ist geladen«, meinte Wölper und schnellte vor.

Berthold wich überraschend flink zurück. »Haltet ein!«, sagte er und zielte abermals. »Die ist gepulvert und geladen. Und ich empfehle nicht, mit ihren Kugeln Bekanntschaft zu machen!«

»Ich glaube nicht, dass Sie mich erschießen, Herr Finke. Da gehört eine Menge mehr dazu.«

»Ach, und Sie wissen, was dazugehört. Sie haben schon mal jemanden erschossen?«

»Ja. Ich weiß, was es heißt zu töten. Glauben Sie mir. Und jetzt weg mit dem albernen Ding. Wir wollen doch nicht, dass etwas passiert.« Langsam schob sich Wölper Richtung Tür, die Unterlagen vor die Brust geklemmt.

»Die Tapferen kosten einmal nur den Tod«, deklamierte Berthold und spannte den mächtigen Hahn seiner verzierten Waffe. »Sie haben mein hübsches Schließfach demoliert. Es war aus den fünfziger Jahren. Adenauer hatte da mal seine Badelatschen drin. Adenauer!«

»Machen Sie keine Dummheiten.«

»Warum brechen Sie hier ein? So wertvoll sind die beiden Shakespeare-Theaterstücke und der Hefter über meinen Cholesterinverlauf nun auch nicht.«

Wölper sah verwirrt auf das, was er umklammert hielt. »Verdammt, was …?«

Genau in diesem Moment stürmten Tessa, Jana und Fabian herein.

»Herr Wölper. Lassen Sie das Eisen fallen«, forderte Tessa ihn auf und rang nach Luft. »Wir wissen alles.«

Seine Augen verengten sich zu Schlitzen, und er musterte die Frauen durch die unheimlichen Gucklöcher.

»Was wollen Sie schon wissen.«

»Dass Sie damals Hartmut Schwanbeck umgebracht haben.«

»Und wenn schon.« Er lachte gedämpft. »Der Alte hätte sonst die Goldgrube von Hof doch für seine Spielsucht verschachert. Außerdem war er längst dem Tod geweiht bei dem Alkohol und seinem Herz.« Wölper zog die Skimaske herunter. »Nachweisen können Sie da nichts mehr, Sie schlaue Dorfärztin. Sie haben doch sogar den Totenschein unterschrieben.«

Vor Wut zog sich Janas Stirn in Falten, am liebsten wäre sie Wölper an die Gurgel gesprungen.

Mit einem Mal stürzte Berthold, für seine achtzig Jahre erstaunlich rheumafrei, nach vorn und griff sich das Stemmeisen in Wölpers Hand.

Ein kurzes Ringen, Wölper stieß ihn brutal von sich. Mit dem Eisen in der einen Hand, der antiken Waffe in der anderen fiel Berthold rückwärts gegen den Tisch. Ein Schuss ließ die Luft vibrieren, dann den Kronleuchter. Mit einem Schmerzensschrei sank Berthold zu Boden.

Sofort waren Fabian und Jana bei ihm. »Sie sind wahnsinnig«, schrien die beiden Wölper an.

Doch der lächelte bloß. »Sie haben keine Beweise, dass ich Anna, Rolf und diese britische Schlampe umgebracht habe. Keinen einzigen.«

»Und warum brechen Sie dann hier ein, um eine Aussage Ihres Freundes zu klauen?«

»Ich glaube, Ihre Falle geht nicht auf«, meinte er schlicht und zog die Walther PPK. »Hände hoch, würde ich sagen. Stellen Sie sich alle schön vor diesen Ritter da mit seiner Schlange, dann muss ich Sie nicht auch noch alle erschießen. Danke.«

Jana und Fabian zogen Berthold auf die Beine und gehorchten.

Tessa nicht.

Sie blieb in der Tür stehen. Prompt richtete Wölper die Waffe auf sie. »Sie auch. Los. Gehen Sie zur Seite.«

»Niemals. Sie kommen uns nicht davon.«

Janas Blick sprang zwischen Wölper und ihrer Schwester hin und her. »Tessa, mach keinen Unsinn.«

Aber Tessa bewegte sich immer noch nicht, fixierte Wölper. Sie schien zu überlegen, nur um plötzlich die Arme zu heben. »Okay. Gehen Sie.«

Für einen Moment sah Wölper irritiert zu, wie Tessa zu den anderen ging. Er drehte sich zur Tür und – Martin erwischte Wölper mit der Thermoskanne genau an der Schläfe. Es schepperte gehörig, und bevor Wölper begriff, sank er auch schon zu Boden.

Von seinem gloriosen Schlag selbst überrascht, stand Martin verdattert da und blickte auf den bewusstlosen Gegner. »War – war – war ich das?«, entfuhr es ihm. »Der hat ja eine Waffe dabei!« Er wankte ins Zimmer und sank in Bertholds Bürostuhl.

»Seien Sie bloß vorsichtig, Herr Polizeimeister. Der ist antik«, knurrte Berthold.

»Alles gut, Martin«, meinte Jana. »Gib uns aber mal bitte die Handschellen, bevor Wölper aufwacht.«

Nachdem Tessa die Pistole weggetreten hatte, bekam sie von Jana die Handschellen zugeworfen und fesselte Wölper.

»So. Ich hol die Kamera«, sagte sie und schob einen Stuhl vor eines von Bertholds Bücherregalen. »Und du, Jana, hast die Ehre, unseren charmanten Kettel anzurufen.«

Mit einem Grinsen zog Tessa die Wildkamera aus dem Regal. Auch wenn die Kamera Lassies Mörder nicht hatte festsetzen können, jetzt hatten sie einen notariell beglaubigten Videobeweis. Zufrieden kletterte sie herunter und hielt Jana freudestrahlend die Hand hin.

Aber ihre Schwester verstand die Geste nicht.

»High Five!«, erklärte Tessa.

»Erfahrung wird durch Fleiß und Müh' erlangt … « Prompt klatschte Berthold Tessa ab. »… Und durch den raschen Lauf der Zeit gereift. Meine Damen, das war bühnenreif!«

41

Frühlingslicht strich über den See bis ins Turmzimmer. Es war leergeräumt und wartete auf Farbe. Tessa rückte ihren Papierhut zurecht, zog die Latzhose hoch und wischte sich den Schweiß von der Stirn. Nun war auch der letzte von Janas Kartons in den Flur gewuchtet worden und der Weg frei.

Von unten aus dem Wohnzimmer hörte sie Jana mit Ruth plaudern. Der Duft von Earl Grey wehte die Treppe hinauf und vermischte sich mit dem Geruch der Farbe, die sie mit Gustav bereitgestellt hatte.

»Jetzt ist alles abgeklebt, kann losgehen«, sagte er und zeigte stolz auf die Malerfolien und das Kreppband. Seit sie vom Baumarkt gekommen waren, nervte Gustav mit seinem Aktionismus. Bereits um sechs Uhr in der Früh hatte er die beiden Schwestern zusammen mit Ruth aus dem Schlaf geklingelt, fertig ausgerüstet mit Arbeitshose, Arbeitsschuhen, Arbeitshandschuhen und einem ziemlich albernen Bauhelm.

Nachdem sie Wölper überwältigt hatten und sein Geständnis der Morde aufgezeichnet war, erschien Kettel tatsächlich sehr schnell in der Kanzlei. Der Kommissar war mehr als erbost, die Schwestern und ihre Freunde zu sehen – und einen niedergeschlagenen Einbrecher. Doch die Beweislage war erdrückend, so dass Kettel Peter Wölper sofort mitnahm.

Das alles lag nun eine Woche zurück. Wölper war mittlerweile in die Untersuchungshaftanstalt Hamburg eingefahren, und Torben hatte vor drei Tagen begonnen, sich in die Geschäfte des Blaubeerhofes einzuarbeiten, nachdem Berthold ihm theatralisch seine Pflichten und Rechte als Erbe vorgetanzt hatte. Wie Jana und Tessa bei ihrem gestrigen Hofbesuch erfahren hatten, legten sich alle Mitarbeiter – selbst Riedel – ins Zeug, um ihren neuen, jungen Chef zu unterstützen.

»Warte! Gustav! Wir müssen das erst mal mischen«, wandte Tessa ein und zog das Sieb aus dem Eimer, das er gerade in der Farbe versenkt hatte.

»Ich denke, du hast das im Baumarkt mischen lassen.«

Tessa winkte ab. »Nein. Farbe von der Karte kann jeder. Ich mach das nach Gefühl. Das muss aussehen wie von anno tuck.« Sprach's und kippte einen gehörigen Schluck Blau ins Weiß. Sie verglich noch einmal prüfend mit einem Foto, das sie vor Jahren von einem Bauernhof für LandChic geschossen hatte, kippte noch mal nach und schien zufrieden. Dann zog sie ihre Strümpfe aus.

»Ihr habt ja immer noch nicht angefangen«, meinte Ruth, als sie mit einem Tablett voll Teegebäck hereinkam. Gustav und Tessa straften sie mit einem bösen Blick. »'tschuldigung. Kaffee ist auch gleich fertig.«

»Das ist eindeutig 'ne Drohung«, frotzelte Tessa und rührte die Farbe um. Beherzt tunkte sie die Rolle ein und begann mit Gustav die Wand zu streichen, an die bald ihr neues Bett geschoben werden sollte.

»Warte mal. Wir sind so dämlich, Tessa. Wir müssen doch erst die Decke streichen.«

»Verdammt, du hast recht.« Der Stuck war durch den Pfeifenrauch ihres Vaters vergilbt, die alte Deckenfarbe an einigen Stellen abgeblättert.

Bevor Tessa den Eimer für die Decke holte, unterbrach ein Hupen ihre Arbeit. Da ihr Turmzimmer zum See hinaussah, wusste sie nicht, wer im Rondell vor dem Haus gehalten hatte.

Sie eilte hinunter. Ein Lkw war vorgefahren, ein stämmiger Fahrer sprach bereits mit Jana. »Tessa Eichhorn?«, begrüßte er Tessa, als sie mit nackten Füßen über den sonnenwarmen Kies zu ihnen hüpfte.

»Ja?«

»Ey, ick hab jeglobt, ditt findste hier bis Neujahr nich, wa. Ditt Navi is' voll ausjestiegen. Ditt hab ick ihr' Mutter schon jesacht.«

»Schön hier oder? Findest du doch auch, Mama.«

Jana kicherte. »Ganz wunderbar, Kindchen. Ganz wunderbar.«

»Ick hab 'ne Lieferung für Se.« Er hielt Jana einen Wisch zum Unterschreiben hin, dann führte er sie nach hinten und öffnete den Lkw.

Gestern hatte Jana endlich Georg zu Hause erreicht, der seit einigen Tagen wegen einer Champagner-Shrimps-Vergiftung, seine Worte, im Bett lag.

Sie hatte ihn gebeten, ihr, so schnell es ging, die Kartons zu schicken.

»Das soll'n Witz sein, oder?« Auf dem Lastwagen stand ein Hubwagen mit Palette. Und auf der Palette standen zwei einsame Kisten.

»Seh ick aus, als tu ick ma amüsieren?« Der Fahrer zog sich auf die Laderampe und begann, die zwei Kisten abzuladen.

»EC is ma lieber als dit Barjelumpe. Fünfundsechzig macht ditt.«

Noch immer fassungslos starrte Tessa die beiden Kisten an. Gestern hatte Georg noch etwas von achtundzwanzig Kartons gesagt. »Müssten das nicht viel mehr sein, ich meine …«

Der Typ sah Tessa an, dann auf seine Papiere, dann auf Tessa. Und dann verneinte er.

So schnell hatte Tessa ihr Handy noch nie gezückt. Georgs rauchige Stimme klang, als sei er gerade aus dem Bett gefallen. »Schätzchen, davon weiß ich nichts. Die sollten im Büro das alles für dich regeln. Ich bin doch noch zu Hause wegen dieser Scheißshrimpsnummer.«

»Zwei Kisten? Georg. Du hattest mein Leben da im Büro stehen …« Sie zog eine der Kisten auf. Karsten hatte ein paar Aktenordner, einen Anspitzer und anderen Kram von ihrem Schreibeck aus der Villa hineingeschmissen.

»Sekunde. Ich check das.« Kurz darauf hörte sie ihn am Festnetz mit LandChic telefonieren und immer zorniger werden. Schließlich meldete er sich wieder kleinlaut bei ihr. »Tessa. Das … Also das tut mir leid. Da gab's wohl 'ne Verwechslung. Die … Also die Redaktion wird doch zum Teil nach Hamburg verlagert. Und da haben die anscheinend deine Kisten mit den ganzen dreihundert Kartons vom Verlag irgendwie dazugeworfen.«

»Das ist dein Ernst, oder?«

»Tut mir leid, Schätzchen. Ich ruf da gerne an. Aber bis die alles auseinandergefummelt haben … das kann dauern.«

Tessa setzte sich auf einen Karton. Sie hörte Georg schon gar nicht mehr zu, obwohl er eine Tirade über seine Praktikanten losließ und schließlich eingestand, dass die Kisten wahrscheinlich nie wieder auftauchen würden.

»Danke«, sagte sie tonlos ins Handy, bevor sie auflegte und niedergeschlagen ihre EC-Karte zücke, um sie durchs hingehaltene Lesegerät zu ziehen.

»Sieh's doch mal so …« Jana setzte sich auf die zweite Kiste und nahm Tessas Hand. »Der Umzug wird auf jeden Fall ein Kinderspiel.«

Tessa atmete durch, und in diesem Moment geschah etwas Merkwürdiges. Es war, als falle alle Last von ihr ab. Sie fühlte sich mit einem Mal leicht, spürte den Frühling auf ihrer Haut und roch den kommenden Sommer, hörte dem Kiesknirschen zu, als der Lastwagen mit dem Berliner Kennzeichen wie eine Fata Morgana zwischen den sanften Hügeln des Waldes verschwand.

»Wir haben auch eine Kiste für dich, Schwesterchen.«

Als Tessa sich umdrehte, standen Ruth und Gustav da und hielten ihr einen bunten Karton entgegen.

»Was wird das? Ne Torte von Martin?«

»Besser.« Jana zwinkerte und stellte den Karton in die Sonne. »Mach's auf.«

Das ließ sich Tessa nicht zweimal sagen, sie riss die Schachtel auf, und ein weißes Huhn sprang protestierend heraus. Es flatterte ihr entgegen, und sie wich mit einem überraschten Aufschrei zurück. Dann sprang das Huhn auf den Kies und gackerte wild.

»Was …?«

»Alles Gute zum Einzug«, riefen die drei.

»Darf ich vorstellen? Flipper.« Jana klopfte Tessa auf die Schulter.

Ungläubig sah Tessa das Huhn und dann ihre Freunde an. »Danke«, sagte sie schlicht.

»Na … Lob nicht den Tag vor dem Abend. Das Vieh ist ziemlich frech. Passt zu dir.«

»Und wie krieg ich's in meinen Hühnerstall?«

»Mit den Händen«, meinte Gustav und lachte.

»Tja, fangen musst du es schon selbst.« Schmunzelnd ging Jana zurück zum Haus. »Ich gieß dir schon mal Kaffee ein.«

Tessa breitete die Arme aus und tat einen Schritt auf Flipper zu. Kaum hatte sich Tessa einen Zentimeter vorgewagt, flitzte Flipper ein paar Meter weiter.

Das Huhn starrte Tessa an.

Tessa starrte das Huhn an.

»Willkommen in Burgheide«, hörte sie Jana noch rufen und begann die Jagd.

Danksagung

Auch auf dem Land schreibt sich ein Landkrimi nicht von allein. Ohne großartige Helfer hätten Tessa und Jana niemals ins Seehaus einziehen, geschweige denn ihren ersten Mordfall lösen können.

Mein besonderer Dank geht an Dorothe Niewind, die mit Adleraugen und viel Einfühlungsvermögen die beiden Mordsschwestern bei Schritt und Tritt verfolgte.

Ebenso großer Dank gebührt Christiane Kruse und ihrer Platt-Runde, ohne sie könnten Jana, Ruth und Gustav nicht so herrlich fluchen.

Dass Martin so leckere Rezepte kennt, verdankt er dem Backbuben Markus Hummel, ganz lieben Dank dafür.

Einen dicken Dank an Ina, die sich so wunderbar mit der menschlichen Anatomie auskennt.

Und natürlich an Derek – Motivator, Lektor und Rückenfreihalter.

Mehr über Mareike Marlow alias Marion Meister unter www.marionmeister.info.

Und noch viele weitere leckere Rezepte vom Backbuben finden Sie unter www.backbube.com.

Mareike Marlow

BLUTROTER FLIEDER

Kriminalroman

In Burgheide könnte es Ihnen gefallen: Irgendwo zwischen Lüneburg und Bremen gelegen, Pferde auf den Weiden, trockener norddeutscher Humor. Und ab und an eine Leiche. Keine von der friedlich entschlafenen Sorte, versteht sich. Hier teilen sich die Halbschwestern Tessa und Jana – 30 Jahre auseinander, Berliner Großstadtgewächs die eine, Burgheider Urgestein die andere – das Haus am See. Und hin und wieder einen Mordfall. Wenn zum Beispiel die Gutsbesitzerin bei einem Reitunfall ums Leben kommt. Ohne Helm soll sie geritten sein, der hängt nämlich noch im Stall. Nur warum duftet das Ding wie frisch aus dem Laden?

KNAUR